Friedrich Gerstäcker

Die Colonie

Zweiter Band

Friedrich Gerstäcker

Die Colonie

Zweiter Band

ISBN/EAN: 9783943850505

Auflage: 1

Erscheinungsjahr: 2013

Erscheinungsort: Bremen, Deutschland

@ weitsuechtig in Access Verlag GmbH, Fahrenheitstr. 1, 28359 Bremen. Alle Rechte beim Verlag und bei den jeweiligen Lizenzgebern.

Cover: Foto © Lezumbalaberenjena (Wikipedia)

weitsuechtig

1.

Künstler.

Director Sarno hatte in diesen Tagen so außerordentlich viel zu thun gehabt, daß er sich mit seinem Gaste gar nicht oder doch nur sehr wenig beschäftigen konnte. Alles drängte auf ihn ein – Alles wollte von ihm Hülfe, Rath, Lebensmittel, Colonien, Ackergeräthe und tausend andere Dinge, die er unmöglich Jedem schaffen konnte, und doch that er was in seinen Kräften stand, um vor allen Dingen wenigstens die Familien unterzubringen.

Schwartzau war indessen sehr fleißig gewesen und hatte einen ziemlich bedeutenden Landstrich vermessen, auf dem ein großer Theil der erstgekommenen Colonisten untergebracht werden konnte. Aber das half immer noch nicht für den ersten Augenblick, wenn sich jetzt auch wenigstens ein Ende absehen ließ. Die neuen Colonisten mußten damit beginnen, in den ihnen bezeichneten Gränzen einen Fleck »klar« zu machen, um ihr Wohnhaus darauf zu setzen, blieben aber in der Zeit, bis das geschehen, noch immer auf ihr Nachtquartier in der Colonie angewiesen, wobei ihnen das Hin- und Herwandern noch sehr viel Zeit fortnahm.

Die meisten der Emigranten bedurften dabei für ihren nächsten Lebensunterhalt der ihnen versprochenen Subsidiengelder, d. h. einer Unterstützung, die ihnen der Staat gab und die sie nur verpflichtet waren, nach einem Zeitraume von fünf Jahren zinsfrei zurückzuzahlen. Aber was kümmerten sich die Leute jetzt um das, was man ihnen etwa nach fünf Jahren wieder abverlangen könne! Ihnen gehörte nur der Augenblick, und was sie deshalb an solchen Unterstützungen aus dem Director herauspressen konnten, hielten sie Alles für rein gewonnen und geschenkt, wie sie es ebenfalls dem Director zur Last legten, wenn er so viel als möglich mit den Geldern zurückhielt. Er gönnte es ihnen nur nicht, meinten sie, und wolle es vielleicht gar für sich behalten. Daß er sie selber davon zurückzuhalten wünschte, zu viele Schulden zu machen, fiel ihnen gar nicht ein.

Director Sarno hatte den Kopf in der That zum Zerspringen voll, und Könnern, der mit seinen eigenen Hoffnungen und Plänen ebenfalls reichlich beschäftigt war, ging ihm schon so viel als möglich selber aus dem Wege. Als er aber gefunden, daß mit der Jagd in der Nachbarschaft wenig oder gar Nichts zu machen war, hatte er seine Mappe wieder vorgenommen, und vor allen Dingen einen passenden Platz an den nächsten Hängen gesucht, von wo er einen Überblick über die Colonie bekam.

Daß er dabei Meier's kleine, freundliche Plantage besonders im Auge hatte, mochte er sich im Anfange selber nicht recht gestehen, aber es ließ sich auch nicht lange mehr sogar vor sich selber verläugnen, denn um d e n Platz her suchte er den ganzen Wald ab, nur um einen Punkt zu finden, von wo er einen Überblick in das Thal gewann, und war endlich glücklich genug, einen vorspringenden Felsen an einem der Bergabhänge aufzufinden, von dem aus er Meier's Besitzthum gerade überschaute, während weiter zur Linken die Colonie Santa Clara mit ihren lichten Gebäuden und rothen Dächern, mit den gelben, schmalen Wegen und dunkeln Fruchtbaum- und Gebüschgruppen ein ganz freundliches und auch wirklich malerisches Bild zeigte.

Allerdings waren ihm hier noch ein paar Palmen und Baumwipfel im Wege, welche zum Theil die ungestörte freie Aussicht verdeckten, aber auch das ließ sich mit geringer Arbeit beseitigen. Selber im Gebrauche der Axt tüchtig eingeübt, stieg er am nächsten Morgen wieder mit einem solchen Werkzeuge zu seinem Waldes-Atelier hinauf, markirte sich die im Weg stehenden Stämme und ging dann scharf an die Arbeit, um sich freie Bahn zu schaffen. Noch vor Dunkelwerden war das auch geschehen und die kleine Felsplatte da oben jetzt so weit freigelegt, daß er am nächsten Morgen seine Arbeit, von keinem Hindernisse mehr gestört, beginnen konnte.

Etwa um zehn Uhr Morgens stieg er, seine Mappe auf dem Rücken, seinen Stock in der Hand und ein kleines Beil im Gürtel, auf einem schmalen, zum Theil selber ausgehauenen Stege bergan, und fast unbewußt nickte er, als er den offenen Platz erreichte und das untere Thal mit seinen bewaldeten Seitenhängen vor sich liegen sah, freundlich nach der Stelle hinüber, wo Meier's Chagra lag — hatte sein Blick sie doch schon lange, selbst durch die Büsche hin, gesucht!

So schaute er denn still und schweigend dort hinüber und sein Auge haftete unverwandt auf dem Einen Punkte. Endlich, wie mit Gewalt die Gedanken zurückdrängend, schüttelte er sich das wirre Haar aus der Stirn und wollte sich eben nach dem schon ausgesuchten Platze wenden, um seine Arbeit zu beginnen, als sein Blick auf eine dort ausgestreckte menschliche Gestalt fiel.

Es war ein Mann in, wie es schien, anständiger Kleidung, der hier auf der Brust, das Gesicht im Grase und den einen Arm lang ausgestreckt, regungslos lag. — War er todt? — Wirres, schwarzes Haar hing ihm um die Schläfe, daß sich die Züge nicht erkennen ließen — und die eine Hand — Könnern blickte überrascht zu der Gestalt zurück, denn die Hand war zart und weiß, als ob sie einem Mädchen gehöre. — Die Mappe und seinen Stock jetzt in das Gras legend, bog er sich zu dem vor ihm Ausgestreckten nieder, um zu sehen, ob noch Leben in dem Körper sei. Kaum berührte aber seine Hand die Schulter desselben, als der vermeintliche Todte den Kopf hob, Könnern anstarrte und sich dann langsam aufrichtete.

»Fehlt Ihnen Etwas?« fragte Könnern, als er die dunkeln Augen eines jungen Mannes auf sich haften sah.

»Nein« — lautete die Antwort — »ich war nur müde — gedankenmüde geworden, und hatte mir die heiße Stirn ein Wenig kühlen wollen. Haben S i e den Platz hier ausgehauen, daß man den freien Blick über da unten gewinnt?«

»Ja,« sagte Könnern, den Fremden noch immer halb erstaunt betrachtend, denn er konnte aus der eigenthümlichen Erscheinung desselben nicht recht klug werden. — »Ich glaube, der Punkt hier eignet sich vortrefflich dazu, um von hier aus die Colonie und ihre nächste Umgebung aufzunehmen.«

»Vortrefflich,« erwiederte der Fremde, sich mit der Hand über die Stirn fahrend, »Sie sind Maler? Aber dort hinüber fehlt Ihnen noch ein kleiner Theil. — Sehen Sie da durch den Wipfel jener dünnen Palme das helle Haus mit dem kleinen Erker oben drauf? Wollten Sie Santa Clara zeichnen und d a s Haus verdecken?«

Könnern wußte nicht recht, was er aus dem Benehmen des Fremden machen sollte. Dieser aber, ohne seine Antwort abzuwarten, fuhr fort:

»Ach, wie ich sehe haben Sie ein kleines Beil bei sich, damit geht es besser als mit meinem Messer, mit dem ich schon versucht habe die Palme zu fällen. — Geben Sie mir das Beil — ich mache Ihnen Raum.«

Der junge Maler mochte dem so eigenthümlich gestellten Verlangen nicht entgegentreten, und während der Fremde mit ordentlicher Hast nach dem Beile griff und die wenigen Schritte den Hang hinabkletterte, folgte er ihm, damit die junge Palme nicht falsch geworfen würde und ihm vielleicht einen andern wichtigen Punkt verdecke. Er traute dem Fremden eben nicht viel praktische Erfahrung im Baumfällen zu.

Dieser hackte unerbittlich auf den schlanken Stamm los, und Könnern sah zu seinem Erstaunen, daß er wirklich schon mit dem Messer tiefe Einschnitte in die Rinde gemacht, die Arbeit aber endlich als eine zu mühsame aufgegeben hatte.

Als die Schläge den Baum trafen, fielen die schweren Tropfen, die der Nachtthau darauf geworfen, von den Blättern nieder. Der Fremde hielt ein, stützte sich mit dem linken Arm gegen den Stamm und sagte traurig:

»Der Mensch ist doch eigentlich ein recht grausames Geschöpf und vernichtet, wohin sein Fuß nur tritt, wohin er die Hand nur ausstreckt, erbarmungslos was ihm im Wege steht. — Sehen Sie, wie der armen Palme die Thränen von den Wimpern fallen. So jung und schon sterben — so schön und in der Blüthe ihrer Jahre zu Boden geworfen werden — zu Boden, zwischen Gras und Lianen, die sie in wenigen Monaten bedecken und umranken werden. — Aber was kann's helfen,« setzte er nach einigen Secunden rasch und fast wild hinzu, indem er das Beil wieder aufgriff — »weshalb soll der Baum gerade leben und im Sonnenlichte seine Arme dem Glücke entgegenbreiten? Fort mit dir,

Bursche, du stehst Anderen im Wege! was nutzen uns deine Thränen, dein Herzblut wollen wir haben; in dein Mark hinein wollen wir dringen, und wer der Bitte nicht nachgiebt, ei, den zwingt zuletzt die Gewalt!« — und mit raschen, schlecht gezielten Schlägen hackte er wieder auf die junge Palme ein, aus der er aber doch Spahn auf Spahn heraushieb, bis sich endlich der schwere Wipfel langsam zu neigen begann und der Baum in das Gewirr von niederen Büschen und Ranken hineinsank.

»Da liege und träume,« sagte der wunderliche Fremde — »und du bist immer noch glücklich dabei,« flüsterte er, von Könnern ungehört, dazu, »denn du stirbst i h r e t wegen!«

Einen Augenblick stand er und schaute sinnend auf den gefällten Baum, dann aber, wie seine Gedanken gewaltsam abschüttelnd, sprang er empor, schwang das Beil in der Luft und rief:

»So, mein lieber Herr Maler, das letzte Hinderniß ist beseitigt, nun können Sie ungestört an Ihre Arbeit gehen!«

Könnern hatte dem sonderbaren Wesen und Treiben des Mannes schweigend zugesehen, und zerbrach sich dabei den Kopf, wer der Fremde wohl eigentlich sein und was er treiben könne, denn der Anzug gab, wie er recht gut wußte, in den Colonien nur selten den Maßstab für den Mann selber. Die feinen, fast zarten Hände verriethen, daß er noch nie eigentlich schwere Arbeit gethan, und die Ungeschicklichkeit, mit welcher er den jungen Baum fällte, bezeugte das ebenfalls. — Was trieb er denn, um seinen Platz hier in der Colonie auszufüllen?

Der Fremde aber ließ ihm nicht lange Zeit zu solchen Betrachtungen und schien sonderbarer Weise selber das größte Interesse an der Malerei zu nehmen. Er drängte wenigstens zum Beginne derselben und half bereitwillig Alles verrichten, was Könnern seine Arbeit erleichtern konnte.

Dann, als der junge Mann seine Mappe öffnete und seine Arbeit wirklich in Angriff nahm, streckte er sich neben ihm auf dem moosbewachsenen Steine aus und schaute in tiefem Sinnen lange auf die vor ihnen ausgebreitete, wahrhaft wundervolle Landschaft.

5

Können, vollständig mit seiner Arbeit beschäftigt, hatte seine Nähe schon fast ganz vergessen und entwarf rasch und mit kecken Strichen die Umrisse des kleinen, freundlichen Bildes, als der junge Mann an seiner Seite plötzlich mit leiser Stimme fragte:

»Glauben Sie an Träume?« Er hob dabei das bleiche, ausdrucksvolle Antlitz zu dem Maler und schaute ihn mit den dunkeln Augen scharf und forschend an.

»Nein,« lächelte Können, ohne sich in seiner Beschäftigung stören zu lassen. Er zeichnete gerade Meier's Haus, das eigentlich den Vordergrund zu der Skizze bilden sollte, und wieder und wieder flog sein Blick hinüber.

»Ich dachte es mir,« erwiederte ruhig der Frager und ließ den Kopf wieder sinken — »die wenigsten Menschen glauben an Träume, und doch sind sie nur zu oft das Spiegelbild unserer Seele, von der wir allein auf diese Weise Etwas zu sehen bekommen können.«

»Das wäre ein eigenthümliches Spiegelbild,« lachte Können kopfschüttelnd, »das mir Etwas zeigt, an das meine Seele das ganze Jahr nicht gedacht hat. Ist man denn im Stande das zu träumen, was man sich ersehnt? — nie! Wir mögen unsern Geist den ganzen Tag mit festem und entschiedenem Willen auf einem Punkte festhalten bis zum Schlafengehen, ja, bis sich die müden Augen schließen, und Zehn gegen Eins, der Traum springt mit uns nach irgend einer andern Gegend hinüber, und bringt uns die verwirrtesten, fremdesten Bilder — aber nie das Verlangte.«

»Aber der Geist hat mit dem Traume auch gar Nichts zu thun,« sagte der Fremde, »sonst allerdings wäre er von diesem abhängig und müßte ihm auf seinen Bahnen folgen. Nur mit der Seele harmonirt der Traum, und im Gedächtnisse hat er seine besonderen Kammern, seine eigenen Örtlichkeiten, Scenen und Handlungen, in die er den Geist nur zu Zeiten einläßt und in denen dieser wohl hin- und herwandern, aber sie nicht festhalten darf.«

Können sah überrascht von seiner Arbeit zu dem Redenden nieder, der, scheinbar ohne auf ihn Acht zu haben, mehr mit sich selber als zu ihm sprach. Der Kopf wirbelte ihm dabei, wenn er den tollen Gedanken folgen wollte, und er sagte endlich kopfschüttelnd:

»Aber wie kommen Sie auf solche Ideen, und was haben wir hier überhaupt mit einem Traum zu thun? Liegt nicht die Wirklichkeit um uns her so wunderbar schön — viel schöner, als sie uns ein wirrer Traumgarten bieten könnte?«

»Ach, ich träume immer so schwer!« sagte der Mann mit einem recht aus tiefster Brust herausgeholten Seufzer, indem er mit der flachen Hand seine Stirn preßte — »und wenn ich dann aufwache — aber Sie haben Recht,« brach er kurz ab. »Zum Orkus mit den Träumen! Wir wollen uns lieber mit der Wirklichkeit beschäftigen, die uns ja auch nur wie ein Märchentraum umgiebt. — Sehen Sie hier, da hat sich der dünne grüne Stiel mühsam aus der engen Felsspalte herausgearbeitet, nur um ein einziges riesengroßes Blatt zu treiben, und da der Cactus — sehen Sie den Cactus an — sind Sie wohl im Stande, sich eine vegetabilische Katze zu denken? — Das ist eine. — Sehen Sie, wie jener Cactus auf den vom Sturme geworfenen jungen Stamm gesprungen ist und sich daran festgeklammert hat. Die Wurzel des armen Baumes hängt noch zum Theil im Boden und er hätte daraus Jahre lang seine Nahrung ziehen und seine Schößlinge nach oben treiben können — wie es mancher arme, umgeworfene Baum thun muß — aber nein, der Cactus sprang auf ihn; sehen Sie, wie er ihn überall mit seinen gegliederten Armen umspannt und preßt, und da aus der Wunde, in die er sich eingebohrt, hat er ihm den Lebenssaft langsam, aber sicher ausgesogen. Es ist merkwürdig, daß wir selbst in dem Leben der Pflanzenwelt so häufig sprechende Ähnlichkeiten mit den Charakteren, mit dem ganzen Treiben unserer Menschenwelt finden — wenn wir nur eben ein Auge dafür haben — und ich glaube fast, ich kenne einen ganz ähnlichen Cactus und« — setzte er langsamer und wie scheu hinzu — »kenne auch den todten Baum, dem er das Herzblut ausgetrunken.«

Könnern war mit dem Auge dem ausgestreckten Arme seines neuen Bekannten gefolgt, und er mußte sich gestehen, daß der Vergleich ihm selber merkwürdig treffend schien. Der junge

Baum war umgeweht, und der darauf gewachsene Schmarotzer-Cactus sah wirklich so aus, als ob er den Stamm gierig und fest umklammert hielt, einem Raubthiere gleich, das sich auf ein gestürztes Stück Wild geworfen.

»Und da drüben,« fuhr der Fremde fort — »sehen Sie den schlanken Laubholzstamm, neben dem der aus seiner Wurzel aufsteigende Schoß wie der Sohn neben dem Vater steht? Haben Sie schon darauf geachtet, wie starr die Äste des Alten nach allen Seiten sich ausstrecken, nur nach der nicht, wo sein junger Auswuchs keimt? Rechts und links davon zweigt er aus, daß keiner seiner Arme den schlanken Wuchs des Knaben stört, aber er schützt ihn dabei von beiden Seiten und mit dem eigenen Leibe gegen den Südsturm, der nicht selten diese Hänge fegt. — Und dort die Rebe, die sich an den Baum schmiegt und von ihm genährt, getragen und gehalten wird — es ist nicht das Bild der Liebe, wie es auf den ersten Blick erscheinen möchte — es ist der falsche Freund, der den Umgarnten hält und in seiner treulosen Umarmung endlich erstickt. — Aber ich halte Sie von Ihrer Arbeit ab,« unterbrach er sich wieder — »das war mein Wille nicht. — Lieber Gott, es ist doch eigentlich recht traurig, daß ich immer und immer wieder nur allen Menschen im Wege sein muß!« — Er warf sich bei diesen Worten auf den Stein nieder, lehnte die Stirn auf seinen Arm und lag viele Minuten still und regungslos.

Könnern zerbrach sich noch immer den Kopf, was er aus seiner neuen Bekanntschaft machen solle, denn manchmal kam es ihm so vor, als ob er es mit einem halb Wahnsinnigen zu thun habe, und dann auch wieder verwarf er den Gedanken und hielt den Fremden nur für einen Unglücklichen, der, in seinen Hoffnungen und Erwartungen getäuscht, Bitterkeit gegen das ganze Menschengeschlecht im Herzen trage, diesem Gefühle aber auf seine eigene barocke Weise Raum gebe. Es that ihm aber auch wieder leid, daß sich der Fremde seinetwegen Vorwürfe machen solle, und er sagte freundlich:

»Machen Sie sich deshalb keine Sorge. Sie sind mir nicht im Geringsten im Wege und stören mich gar nicht. Im Gegentheil, es ist ganz angenehm, bei der Arbeit Jemanden zu haben, mit dem man plaudern kann, und in der Colonie habe ich bis jetzt leider noch Wenige getroffen, mit denen es der Mühe lohnte.«

Der Fremde richtete sich langsam auf, strich sich die Haare aus dem Gesicht und sagte dann: »Ich danke Ihnen; Sie sind wenigstens nachsichtig mit meinem Geschwätz. Aber ich will Ihre Geduld auch nicht mißbrauchen — vielleicht vertreibe ich Ihnen die Zeit auf eine andere Weise« — und mit den Worten selbst trat er in das nächste Gebüsch, und Könnern sah zu seinem Erstaunen, wie er von dort eine Violine nahm und sie stimmte.

»Sie sind Musiker?« fragte er.

»Musikant — ja,« lachte der Fremde bitter vor sich hin — »ich darf den Bauern zum Tanz aufspielen und den Jungen die Griffe lehren und mir die Ohren zerreißen lassen, wenn sie mit den dicken, gefühllosen Fingern auf allen Saiten zugleich herumtappen« — und damit strich er wild in die Saiten, bis sich sein Ärger in den Tönen des eigenen Instrumentes milderte, und er zu einem weichen, meisterhaft gespielten Adagio einlenkte.

Könnern lauschte entzückt dem Spiele des Fremden, und als dieser endlich innehielt und sein Instrument in tiefen Gedanken neben sich auf den Boden stemmte, sagte er freundlich:

»Sie sind mehr als Musikant, mein lieber Freund, und wie Sie sich auch hier Ihr Brod verdienen müssen, Ihr Spiel verräth den Künstler.«

»Künstler,« lachte der Fremde und warf sich die Haare wieder aus der Stirn — »es ist ein wunderlicher Name, und ich habe mir schon oft den Kopf darüber zerbrochen, weshalb man derartige Leute K ü n s t l e r nennt — doch wohl nur deshalb, weil sie sich mit einem solchen Instrumente nur höchst künstlich am Leben erhalten und vor dem Verhungern schützen können. Künstler — der Name hat etwas Vogelfreies in der Bedeutung, selbst in dem Doppelsinn des Wortes — eine wunderliche Brüderschaft mit ihren Auswüchsen von Seiltänzern, Taschenspielern und Bänkelsängern. — Man sagt, das Handwerk habe einen goldenen Boden, und was hat die Kunst? — Einen vergoldeten Deckel, und darunter liegt Jammer und Elend, Hunger und Noth — Neid und

Bosheit. — Wenn ich einen Knaben hätte, er müßte mir ein Handwerk erlernen, und wenn er das geringste Talent zu einer sogenannten »Kunst« verriethe, drehte ich ihm mit kaltem Blute selber den Hals um.«

»Und doch sitzen hier oben auf dem einen alten Felsblocke zwei lebendige Wesen, die der nämlichen vogelfreien Gilde angehören,« lachte Könnern.

»So treffen sich die Menschen in der Welt,« sagte der Fremde leise, »wandern eine kurze Strecke eine und dieselbe Bahn und trennen sich wieder, um an verschiedenen Orten ihr eigenes Grab aufzusuchen — wunderliches Leben das!« — und wieder sein Instrument aufnehmend, überließ er sich ganz seinen wilden Phantasien. Könnern unterbrach ihn auch nicht darin und zeichnete fleißig weiter, bis er die erste Anlage seiner Skizze vollständig beendet hatte und aufstand, um seine Mappe zu schließen.

»Sind Sie fertig?« fragte der Violinspieler und sprang ebenfalls auf.

»Noch nicht, aber doch mit der Anlage. Wie finden Sie die Skizze?«

Der Fremde warf einen flüchtigen Blick darüber hin, und dann die vor ihnen ausgebreitete Gegend mit dem Auge überfliegend, sagte er, wieder zu der Zeichnung zurückdeutend: »Da liegt die Palme, die wir erst gefällt, und gleich darüber, in die Blüthenbüsche hineingeschmiegt — doch fort, was kümmern m i c h die Leute, und daß ich immer dorthin zurück muß, kann ich's ändern? — Ha, da ist das Directions-Gebäude und die Kirche, wo die Bauern Sonntags ihre Gesangbuchsverse abbrüllen und das Andacht nennen. Dahinter liegt der kleine, dunkelgrüne Hügel — da das Schulhaus, wo hinein sie m i c h bannen wollten, wenn ich nicht eben vogelf r e i gewesen, und hier im Vordergrunde die Höhle des alten Mannes mit den weißen Haaren, der vollkommen Recht hat, daß er die Menschen haßt und scheut, und nur dabei vergißt, daß er ein anderes, junges Leben ebenfalls in seiner Gruft vergräbt.«

»Sie kennen den alten Meier?« fragte Könnern rasch.

»Ich kenne ihn,« sagte der Fremde ruhig, »und habe ihn manchmal gesehen, wie man den Panther sieht, wenn man durch den Wald streift — wie einen Lichtschein durch die Büsche, und fort! Aber das ist keine Natur die m i r zusagt, ich hasse Vögel im Bauer, und nur draußen in der Freiheit — da — da sehen Sie dort?!« unterbrach er sich rasch und deutete mit ausgestrecktem Arm in die Ansiedelung hinab, »sehen Sie, wie der Schimmel dort unten durch die Straßen fliegt? — sehen Sie, wie die Locken der Amazone wehen, wie ihr Auge blitzt, wie die Wangen vom scharfen Ritt geröthet sind und die kleine Hand das Thier unter sich doch immer zu noch schärferer, wilderer Flucht antreibt? — Ach, d a s ist Musik, wenn das muthige Roß den Boden mit den Hufen schlägt — das ist Musik, wenn ihr fröhliches Lachen durch die Seele dringt und die Brust mit Wonne und Jubel füllt! Das Andere, was w i r Musik nennen,« setzte er langsamer und finster hinzu, »ist nur eine Art von musikalischem Lärm — ein Mißton in der Harmonie der Natur — gehen Sie mir mit solcher Musik!« Und ohne eine weitere Antwort des jungen Malers abzuwarten, ja, ohne ihn weiter zu beachten oder Abschied von ihm zu nehmen, stieg er mit seiner Geige mitten in das Dickicht hinein, um sich seinen Weg nach der Ansiedelung hinab direct zu bahnen.

Könnern, der anfangs dem ausgestreckten Arme des Fremden mit dem Blicke gefolgt war, hatte in der von hier aus ziemlich fern gelegenen Colonie nur eben drei Reiter erkennen können, die in voller Flucht die breite Hauptstraße hinabsprengten. Einer von diesen ritt einen Schimmel, weiter ließ sich aber natürlich auf solche Entfernung Nichts erkennen.

Jetzt sah er erstaunt und kopfschüttelnd seinem neuen Bekannten nach, der ihn auf so rasche und schroffe Art verließ. Aber nicht gesonnen sich ihm aufzudrängen, wenn er sich auch fest vornahm, unten in der Colonie nähere Erkundigungen über ihn einzuziehen, packte er sein Zeichenbuch ebenfalls zusammen und stieg langsam auf dem von ihm selber ausgehauenen Weg in die Colonie zurück. —

In der einen Querstraße Santa Clara's, am westlichsten Ende der Ansiedelung, wo sich der bebaute Platz schon nach den Bergen hin zu heben begann, stand ein kleines, ziemlich ärmlich aussehendes Häuschen mit drei Fenstern und einer Thür und unter dem Ziegeldache eine Bodenkammer.

Ärmliche Häuser gab es nun zwar in Santa Clara genug, aber die meisten sahen doch wenigstens reinlich aus, und wenn sie auch keinen Reichthum verriethen, zeigten sie doch fast alle das Streben der Insassen nach einer gewissen Wohnlichkeit, die sich auch durch das einfachste Material herstellen läßt, wenn nur eben Alles sauber und in Stand gehalten wird. Es bedarf nicht immer künstlich zugehauener Steine und werthvoller Hölzer; ein Topf weiße Farbe und ein Scheuerlappen verrichten oft vortreffliche Dienste, nur muß der gute Wille und das Gefühl dafür vorhanden sein.

Hier schien das Alles zu fehlen. Der weiße Anputz des Hauses war lange von Wind und Wetter heruntergewaschen, die Fensterscheiben waren an vielen Stellen zerbrochen und an der Wetterseite mit Papier nothdürftig verklebt. Das Staket des kleinen Gartens, in dem nur Unkraut groß gezogen wurde, lag an mehreren Stellen niedergebrochen; im Dache fehlte hier und da ein Ziegel, und der Regen ward durch untergeschobene Spähne an solchen Stellen nothdürftig abgehalten, sich seinen Weg in's Innere zu bahnen.

Eben so sah es vor dem Hause selber aus. Wo fast alle anderen Ansiedler gar nicht schwer zu erlangende Steinplatten gelegt, die wenigstens einen trockenen und reinlichen Eingang in den Hausflur bildeten, hatte der Besitzer dieses Hauses bequemer zu erreichendes Material verwandt und nur einige Körbe voll Spähne, die das Feuerholz geliefert, oben auf den weichen Lehm geschüttet und nach und nach hineintreten lassen oder selber hineingetreten. Aber diese waren nicht einmal erneuert worden und dadurch Stellen entstanden, die man bei nasser Witterung nur mit größter Vorsicht passiren konnte.

Nichts desto weniger prangte über der Thür ein mächtig großes Schild, das fast die Hälfte der Hausbreite einnahm und den Raum zwischen Thürsims und Dach vollständig ausfüllte. Auf diesem standen mit in die Augen springenden Buchstaben die Worte:

12

Bekleidungs-Akademie von Justus Kernbeutel,
Kleiderkünstler für Herrn, und Zimmermaler.

Justus Kernbeutel selber saß auch unter seinem Schilde an
einem der offenen Fenster auf seinem Zuschneidetische und hatte
ein Paar alte breitgestreifte Hosen vor sich auf dem Schooße, auf
die er eben in Ermangelung eines ähnlichen Stoffes einen violet
carrirten Flicken setzte, während in dem andern Zimmer auf einem Heerd, der eine ganze Sammlung von schmutzigen und
zerbrochenen Töpfen trug, eine zu der ganzen Umgebung vortrefflich passende Frau das Mittagsmahl bereitete.

Meister Kernbeutel oder »Justus«, wie er in der Ansiedelung
gewöhnlich glattweg genannt wurde, schien übrigens seiner Arbeit nicht zu eifrig obzuliegen, denn er ließ oft die Nadel ruhen,
um etwa Vorübergehenden nachzusehen oder dann und wann
auch Einen oder den Andern anzurufen. In ein ordentliches Gespräch ließ sich aber Niemand mit ihm ein, denn Jeder hatte seine
bestimmte Beschäftigung, und daß Justus keine zu haben schien,
kümmerte die Anderen eben nicht.

Justus sah übrigens auch gar nicht so einladend aus, das
Haar hing ihm noch wirr um Kopf und Schläfe, als ob er sich an
dem Morgen — etwas sehr Wahrscheinliches — noch nicht einmal gewaschen hätte, und ein paar blutige Striemen in dem von
Leidenschaften gefurchten und unrasirten Gesichte dienten ebenfalls nicht dazu ihn zu verschönern.

Sein Humor schien aber dafür desto besser; er pfiff fortwährend bei der Arbeit, aber ob aus eigener fröhlicher Laune oder
vielleicht die Vorübergehenden und die Nachbarn wissen zu
lassen, daß er sich den Henker um Einen von ihnen scheere, ließ
sich nicht genau erkennen. Es kümmerte sich auch Niemand darum.

Da kam ein einzelner Fußgänger langsam die Straße herauf.
Er hatte die Mütze, mit einem Tressenbande darum, schief und
herausfordernd auf dem linken Ohr, beide Hände in den Taschen
einer alten Militärhose, die Weste um einen Knopf zu hoch ein-
geknöpft und den blauen Leinwandrock fleckig und an der
Schulter eingerissen, außerdem aber eine kurze, schmutzige Por-

zellan-Pfeife im Munde und einen roth und grünen Tabaksbeutel vorn im Knopfloch hangen.

Wie er dem Hause gegenüber war, blieb er stehen und las das Schild, besah sich dann aufmerksam den im Fenster sitzenden Eigenthümer, ging ohne Weiteres zu ihm hinüber, lehnte beide Arme auf das Fensterbret und sagte:

»Guten Morgen, Schneider, wie geht's?«

Es giebt in der Welt eine Physiognomik, die wie die Freimaurerei ihre gewissen Zeichen unter sich hat, und nach der sich verwandte Charaktere oft wie durch eine Art von Instinct zu erkennen scheinen. Im Guten wie im Bösen zeigt sich das, und wie sich ein braver, rechtlicher Mann von dem offenen und ehrlichen Auge eines oft ganz Fremden angezogen fühlt, so kann der Lump oder Verbrecher gerade das offene und ehrliche Auge nicht leiden, fühlt sich aber augenblicklich heimisch, wo er die Gewißheit findet das zu treffen, was er selber zu seinem eigenen Wohlbehagen braucht: Genossenschaft im Laster und ein schlechtes Gewissen. Zu dem Ersten müßte er aufblicken, das ist ihm unbequem — zu dem Andern sagt er Du — wenn auch nicht immer gleich wörtlich, doch immer gleich im Geiste, und d i e Gesellschaft ist ihm gerade recht.

»Guten Morgen, Schneider, wie geht's?« redete auch deshalb der Fremde den am Fenster sitzenden Justus an, als ob sie seit Jahren Freunde gewesen wären, und nicht erst heute oder gestern erfahren hätten, daß sie gegenseitig auf der Welt wären — »immer so fleißig?«

»Muß ja wohl,« lautete die für jetzt noch ausweichende Antwort des Arbeitenden, dem der Fremde zu rasch gekommen war, um sich gleich in ihn hinein zu finden; »wohl erst neulich angekommen?«

»Mit dem Schiff — ja. Hübsch hier in Brasilien, wie?«

»Wem's gefällt, ja,« lautete die Antwort; »aber Donnerwetter, wie ist mir denn? Das Gesicht sollt' ich doch kennen — bist D u denn nicht der Bursche, Kamerad, den die vornehme Gesellschaft da neulich beim Bier hinausfuhrwerkte? Hast wohl noch keine Zeit gehabt, Dir den Rock wieder zu flicken?«

»Hm,« brummte der Fremde, dem die Erwähnung jener Scene eben nicht besonders angenehm zu sein schien; »wenn zehn Lümmel über Einen herfallen — hübsche Gastfreundschaft hier bei Euch, das muß wahr sein; und Du hast vielleicht auch mit angefaßt?«

»Doch nicht,« sagte Justus kopfschüttelnd — hol' sie der Teufel, die Canaillen, mir sind sie eben so wenig grün, und ich hab' gerade eine solche Kreide gegen sie.«

»Oho?« lachte der Fremde, der dadurch neues Vertrauen faßte — »aber was hilft's? Viele Hunde sind des Hasen Tod, und wenn die Meute zusammenhält, wer kann dagegen?«

»Deshalb muß man warten, bis man sie einmal auseinander trifft, und nachher seine Zeit wahren — aber wo kommst Du her?«

»Vom Rhein,« sagte der mit der Tressenmütze.

»Und was hast Du für ein Geschäft oder Handwerk?«

»Keins von Beiden,« brummte der Bursche, sich bequem mit dem Kinn auf seine beiden Arme lehnend.

»Schafskopf!« sagte auf einmal eine deutliche Stimme dicht hinter dem Schneider, der sich rasch und erschreckt umsah und die Nadel fallen ließ, als er keinen Menschen hinter sich erblickte.

»Nanu?« rief er ordentlich bestürzt aus und fuhr auf seinem Stuhle herum — »da hätt' ich denn doch darauf schwören wollen, daß Jemand dicht hinter mir schimpfte. Hast Du Nichts gehört?«

»Ich?« sagte der Fremde gleichgültig — »gar Nichts. Was war's denn?«

»Na, das ist aber doch merkwürdig,« meinte der Schneider kopfschüttelnd — »ich habe ganz deutlich gehört, wie Jemand sagte…«

»Schafskopf!« ertönte die Stimme noch einmal, und der Mann fuhr von seinem Tische herunter, als ob er auf glühendem Eisen gesessen hätte. Jetzt hielt sich aber auch der Fremde vor dem Fenster nicht länger und schlug ein so gellendes Gelächter auf, daß Justus sich erstaunt und halb gereizt nach ihm umsah. Der mit der Tresse aber, noch immer lachend, während er sich mit beiden Händen an dem Fensterbret hielt, rief:

»Beruhige Dich nur, tapferer Kamerad — beruhige Dich nur; es ist nicht der Geist irgend eines verschnittenen Tuchrockes, der zu Dir gesprochen, sondern...«

»Ich war's ja selber,« rief wieder eine feine Stimme aus der entferntesten Ecke vor.

»Ja, was beim hellen Teufel!« fluchte Justus — »Halunke Du, bist Du denn ein Bauchredner?«

Der mit der Tresse lachte noch immer, daß ihm die Thränen von den schmutzigen Backen herunter liefen, und Justus, sich wieder auf seinen Tisch setzend, fuhr jetzt selber lachend fort:

»Verfluchter Kerl! Habe wahrhaftig einen ordentlichen Schreck gekriegt. Aber komm herein, Kamerad; die Alte wird das Essen gleich fertig haben, und wenn Du nicht vielleicht beim Director eingeladen bist...«

»Ein recht vergnügtes und sauberes Pärchen, das muß wahr sein,« unterbrach in diesem Augenblick eine Stimme von der Straße die Unterhaltung der Beiden, und als sie rasch den Kopf danach drehten, ging eben Jeremias mit einem Bündel junger Pfirsichbäume auf der Schulter, die er draußen aus irgend einer Chagra geholt, die Straße hinab.

»Dich kümmert's wohl, Du verbrannter Halunke!« rief ihm der Schneider zu, dem beim Anblick seines Feindes die Galle rasch wieder überlief.

»Lauf', mein Junge, lauf', sie kommen!« rief in dem Momente eine Stimme dicht hinter Jeremias, und dieser drehte rasch und verwundert den Kopf der leeren Stelle zu.

»Lauf', mein Bursche, lauf'! Sie kommen wahrhaftig!« drängte es auf's Neue, und Jeremias, der noch immer keinen Menschen sah, wurde es doch jetzt unheimlich. Er dachte gar nicht mehr an den Schneider und dessen Gesellschaft, sondern schritt schärfer aus, und als jetzt gar eine Stimme an seiner Seite laut wurde, die rief:

»Halt still, Bursche, halt still! Ich muß eins von Deinen Ohren haben!« fing er herzhaft an zu laufen, und stand, von dem jubelnden, wiehernden Gelächter der Beiden verfolgt, nicht eher still, als bis er wieder in die eigentliche Straße und zwischen mehrere Häuser kam.

Justus Kernbeutel war aber jetzt rein außer sich vor lauter Vergnügen, seinen ärgsten Feind — denn er haßte den fleißigen und sparsamen Jeremias wie Gift — so angeführt und gejagt zu sehen, und der mit der Tresse mußte, er mochte wollen oder nicht, mit zu ihm in's Haus hinein, um an der eben aufgetragenen Mahlzeit Theil zu nehmen.

Er fand allerdings nicht viel Appetitliches da vor, denn des Justus' »Haushälterin« paßte zu demselben, und sie dachte nicht daran, wegen so eines Gastes auch noch Umstände zu machen. Das Tischtuch — ein alter Baumwollenlappen — sah aus, als ob es eine Zeit lang zum Fußteppich vor der Hausthür gedient hätte, und war mit Fett übergossen, die irdene Schüssel nur inwendig ein wenig ausgewischt, und die blechernen Löffel trugen noch die Erinnerung an die letzte Mahlzeit. Der mit der Tresse war aber ebenfalls nicht verwöhnt, und es ist sogar möglich, daß er sich vor einem reinen, weißen Tischtuch unbehaglicher gefühlt hätte, als gerade hier. Jetzt fühlte er sich gleich daheim, wischte sich ohne Umstände seinen Löffel an dem nächsten Zipfel des Tischtuches — wenn auch nicht rein, doch trocken, und langte dann tapfer mit in die mitten auf dem Tisch stehende Schüssel hinein, in der eine ziemlich reichliche Mahlzeit von klein geschnittenen Kartoffeln und Fleischstücken aufgetragen stand. Während des Essens wurde nicht viel gesprochen.

»Wie heißt Du denn eigentlich?« fragte der Schneider seinen Gast.

»Bux,« sagte der Mann kauend.

»Kurz genug ist der Name,« lachte der Wirth — »und der Vorname?«

»Hab' keinen.«

»Hast keinen Vornamen? Aber Du mußt doch getauft sein?«

»Möglich; aber schon als Junge wurde ich von meinen Alten nur immer Bux genannt und dabei blieb's. Um Weiteres hab' ich mich nimmer erkundigt, interessirte mich nicht.«

»Und die Polizei daheim ließ sich das auch gefallen?«

»Bah, was wollte sie machen?« lachte der Bursche — »eine Weile fuhrwerkten sie mich per Schub im Lande herum, um zu erfahren wo ich zu Hause sei, und meine Dokumente zu bekommen. Nachher fanden sie sich drein, und Bux hieß ich und blieb ich.«

Die Frau trug das Essen wieder hinaus, als Alle fertig waren, ohne auch nur eine Silbe zu sprechen — nicht einmal guten Tag hatte sie geboten, als sie in's Zimmer kam. Wie sie den schmutzigen Fetzen vom Tische riß und damit verschwand, sagte Bux, hinter ihr her deutend:

»Scheint heute nicht besonderer Laune, das schöne Geschlecht.«

»Hausdrache,« meinte Justus lakonisch, »aber — was ich Dich fragen wollte, kennst Du den Lump, der da vorüber ging?«

»Den ich so hübsch auf den Trab brachte?« fragte Bux, indem er seine kurze Pfeife zwischen die Zähne nahm, und aus dem roth und grünen Beutel stopfte.

Der Schneider nickte und fuhr dann leise fort:

»Das ist der nichtswürdigste Halunke, der im ganzen Ort herumläuft, und hat dabei« — er warf einen Blick zurück, ob die Frau nicht im Zimmer sei — »ganze Säcke voll Silber im Walde vergraben.«

»Der?« sagte Bux, und hielt erstaunt mit Feuerschlagen inne — »sieht aber wahrhaftig nicht danach aus.«

»Und doch ist's wahr,« betätigte Justus; »der Lump ist mit allen Hunden gehetzt, verdient Geld Hand über Hand und giebt nicht einen Pfennig davon aus. Was er aber zusammenscharrt, steckt er in einen alten Sack und gräbt's irgendwo draußen ein, wo es der Teufel selber nicht finden kann.«

»Hm,« sagte Bux, indem er den dicken Qualm aus seiner Pfeife blies und Justus dabei gerade in's Gesicht starrte — »das wäre ein Fund für einen ehrlichen Kerl, wenn man einmal über ein solches Nest stolperte!«

»Ja, hat sich was!« brummte der Schneider — »an unser Einen kommt so 'was nicht — hol's der Böse, ich hab' einmal kein Glück!«

»Zu viel Glück in der Liebe!« lachte Bux, und Justus murmelte einen gotteslästerlichen Fluch vor sich in den Bart, während der mit der Tresse weiter dampfte. Beide blieben auch jetzt eine Weile mit ihren eigenen Gedanken beschäftigt. Endlich nahm Bux das Gespräch wieder auf.

»Sollte er wirklich so dumm sein, es draußen im Walde verscharrt zu haben?«

»Und warum dumm? Sollt' er's lieber Jemandem borgen?«

»Uns Beiden etwa?« lachte Bux.

»Draußen liegt's, das ist sicher,« fuhr Justus fort, ohne auf den harmlosen Scherz einzugehen, »und ich — habe auch eine entfernte Ahnung, wo, aber allein ist mit dem Schuft Nichts zu machen. Er hat Kräfte wie ein Bär, und ich möchte ihm nicht einzeln in der Gegend in den Weg laufen.«

»Und muß er dabei sein? Wenn nun einmal irgend Jemand wo nach Trüffeln gräbt?« fragte der Andere jetzt lauernd, denn sein neuer Kamerad schien mehr zu wissen, als er anfangs selber gedacht. Justus war aber noch nicht recht mit sich im Klaren, denn die Bekanntschaft mochte ihm doch wohl noch zu neu erscheinen, um gleich eine so große Vertraulichkeit zu rechtfertigen. Der mit der Tresse hatte ihn dabei viel zu rasch beim Wort genommen, und Justus, ob er nun wirklich Nichts weiter wußte, oder sich noch erst einmal ein derartiges Compagnongeschäft reiflicher überlegen wollte, hielt zurück und gab ausweichende Antworten.

Bux dachte ebenfalls nicht daran, ihn zu drängen, und nur erst auf die Spur gebracht, brauchte er vielleicht nicht einmal den Schneider zu seiner weiteren Hülfe — er hatte schon andere Dinge möglich gemacht.

»Bleibst Du in Santa Clara?« fragte ihn Justus jetzt.

»Vor der Hand, ja — muß erst wieder frisches Reisegeld haben, um ein Wenig im Lande herumzufahren; nachher lass' ich mich nieder, kaufe mir ein paar Dutzend Mohren und werde Pflanzer.«

»Du giebst wohl Vorstellungen?« fragte der Schneider.

»Wollen sehn was zu machen ist, und ob die Leute Geld haben. Sie werden's doch nicht A l l e im Wald verscharren?«

»Ne, schwerlich,« lachte Justus — »ich wenigstens nicht.«

»Na, denn adjes, Kamerad, für jetzt — bin gerade dabei, ein Bißchen im Orte umher zu horchen, wie die Sache am Besten anzufangen ist. Wer könnte Einem denn da wohl die bequemste Auskunft geben?«

»Hm,« sagte Justus nachdenkend — »der Pfarrer.«

»Hahahaha,« lachte Bux, »da käm' ich gerade an die rechte Schmiede — »ne, Kamerad, mit dem P f a r r e r hat mein Geschäft oder meine Kunst, wenn Du willst, Nichts zu thun.«

»Gut, da geh n i c h t hin,« brummte Justus beleidigt — »wenn Du mir aber folgen willst, gehst Du gerade zum Pfarrer, und um Gotteswillen nicht zum Director, denn mit dem wär's Nichts. Der Pfarrer ist aber ein kreuzfideles Haus, ein Pastor, wie er im Buche steht, der seinen Spaß mitmacht, und auch bei Gelegenheit einmal über die Schnur haut.«

»Und bist Du wirklich im Ernst?« fragte der mit der Tresse, noch immer zweifelhaft.

»Gewiß bin ich,« sagte Justus ernsthaft; »versuch's nur einmal — er beißt nicht.«

»Gott straf' mich, dann geh' ich zum Pfarrer!« lachte Bux laut auf — »und wenn's nur des Spaßes wegen wäre, daß der und ich einmal in einem Joche ziehen. Also auf Wiedersehen, Kamerad!« Damit drückte er seinem neu gefundenen Freunde die Hand, rückte seine Mütze wieder auf ein Ohr und schlenderte langsam in die Stadt zurück.

2.

Die Maniok-Mühle.

Etwa zwölf Legoas die Küste abwärts und eine volle Legoa in den Wald hinein lag eine große, trefflich gehaltene und bestellte Chagra oder Plantage, mit weiten Mais-, Bohnen- und besonders Maniokfeldern[1], in welchen letzteren eine Anzahl Neger beschäftigt war, die großen, schweren Wurzeln auszugraben oder, wo das ging, aus dem Boden zu ziehen und auf Haufen zu werfen, während sie die holzigen Büsche ebenfalls zusammen schleppten, um sie zu verbrennen.

Dicht an den Feldern und in einem wirklichen Walde von Orangenbäumen lagen die Häuser des Eigenthümers mit den Negerwohnungen, ohne Anspruch auf Symmetrie nach allen Richtungen und Winkeln angebaut.

Jedenfalls war es eine sehr bedeutende und umfangreiche Plantage, aber die Wohnungen verriethen das trotzdem nicht, denn etwas Einfacheres als ihre Bauart und Einrichtung ließ sich nicht wohl denken oder herstellen. Die Gebäude selber waren aus Holz und Lehm ausgeführt, mit Schindeln und Schilf gedeckt, und wohl mit Fensterlöchern versehen, aber natürlich ohne Rahmen und Glas. Selbst der Boden war nicht gedielt, sogar nicht einmal in der Wohnstube des Besitzers; die Luft konnte überall frei aus und ein, und wenn sich einmal der Morgen oder Abend außergewöhnlich frisch zeigen sollte, so wurde nur ein großer Brazero, ein Messingkohlenbecken mit Holzkohlen, mitten in's Zimmer gesetzt, und wer gerade darin war, kauerte darum her.

Eben so einfach wie das ganze Haus waren die Möbel, welche allein aus schlicht gehobeltem Holze bestanden, und statt der Betten dienten auf ein Gestell scharf angespannte Kuhhäute, auf denen ein paar wollene Decken und ein mit wilder Baumwolle ausgestopftes Kopfkissen lagen. Unter j e d e m Bett aber standen ein Paar Pantoffeln für etwa eintreffende Fremde, denn es scheint fast, als ob sich ein Brasilianer keine Existenz außer in Pantoffeln denken könnte. Er trägt dieselben nicht allein im Hause, sondern auch auf seinen Spaziergängen, ja selbst auf Reisen, und Brasilianer in Schlapppantoffeln zu Pferde sind gar nicht etwas so Seltenes. So viel ist gewiß, so wie er ein Dampfboot betritt, zieht er augenblicklich die ihm lästigen Schuhe aus und seine ihm weit bequemeren Pantoffeln an, selbst wenn die übrigens rein gewaschenen Socken oft an den Hacken sehr bedenkliche Löcher zeigen.

Für Bequemlichkeit hat deshalb der brasilianische Pflanzer wohl einen Sinn, für Wohnlichkeit oder Häuslichkeit aber gewiß nicht, und er verwendet sein Geld viel lieber auf ein mit schwerem Silber überladenes Reitzeug oder Pferdegeschirr, als auf den Platz, der ihm und seiner Familie zur Wohnung dient, der also seine Heimath sein sollte — hat er doch nicht einmal ein Wort für Heimath.

Dicht an die kleinen Häuser angebaut stand ein großer, auf Pfählen errichteter Schuppen, ebenfalls mit Lehmwänden, einer mächtigen Thür, durch die ein beladener Karren recht gut einfahren konnte, und im Innern mit einer vollständigen Mahleinrichtung, die aber trotzdem kaum den dritten Theil des Raumes ausfüllte.

Die Mühle selber war nicht ganz in der Mitte angebracht und bestand in einem sehr einfachen Räderwerke, das weiter Nichts als ein mit durchlöchertem Eisenblech beschlagenes Rad trieb. Das Eisenblech war in der Art wie unsere gewöhnlichen Reibeisen, welche sich in jeder Küche finden, nur etwas gröber ausgeschlagen, und bestrich einen kleinen Kasten oder eine Art von Gefach, in welches die vorher nur abgeschabten Maniokwurzeln eingeschoben wurden.

Gerade war wieder ein Karren voll dieser Knollen bis hinein in den Schuppen selber gefahren und dann vorn ausgekippt worden, um die Frucht auf den Boden zu werfen. Dort kauerten augenblicklich vierzehn bis fünfzehn Neger, doch nur wenige Männer, Frauen und Kinder, darum her, um mit Messern und Eisen die Knollen abzuschaben, welche dann von anderen Sclaven zu der Mühle getragen und von einem Knaben aufgeschüttet wurden. Indessen war ein kräftiger Stier hereingeführt und mit verbundenen Augen an den senkrecht laufenden Schaft gespannt, welcher das Hauptrad drehte und die hineingeworfenen Wurzeln zerrieb. Das von dem giftigen Safte noch durchdrungene Geschabe wurde dann in grob gewebte Säcke gepackt.

An der Seite des Schuppens waren für diese Säcke Pressen angebracht, rohe, starke Holzschrauben mit Löchern zu Hebebäumen, wie sie auf Schiffen am Gangspill sind. Unter diese kamen die Säcke, unter jede Schraube einer, und wurden erst ein Wenig angeschraubt, daß der Saft aus dem Gewebe herauslief, der sich dann unten in einer Rinne fing und in eine Grube lief. Jede halbe Stunde etwa zogen besondere Leute die Schraube fester und fester an, bis der Sack zu der Form eines kleinen Schweizerkäses fest und hart zusammengedrückt und der letzte Saft aus dem jetzt zu Mehl gewordenen Geschabe entfernt war.

Hinten an der Wand, auf einer Art von Backofen, stand außerdem eine riesige eiserne Pfanne über dem Feuer. Dort hinein kam das immer noch etwas feuchte Mehl, und ein Neger rührte und bewegte es hier ununterbrochen, bis es vollständig ausgetrocknet, in Säcke gemessen und in die Vorratskammer geschafft werden konnte.

Es war ein lebendiges Bild, diese Mühle, mit den fröhlich plaudernden Gruppen der Mädchen und Kinder, mit dem geschäftigen Treiben der Sclaven, welche in ihrer Arbeit so regelmäßig gingen wie der Stier, der die Walze drehte, mit der halb nackten Gestalt des Negers an der heißen Pfanne, welchem die Gluth den ohnehin schon warmen Platz noch unerträglicher machen mußte.

Die Mühle schien aber auch zu einer gewöhnlichen Wohnstube benutzt zu werden, denn dicht neben der Gruppe der schabenden Mädchen stand ein langer Holztisch mit Stühlen darum her, und eine der Negerinnen kam gerade mit dem Tischtuch herein, um für die nächste Mahlzeit zu decken.

Mitten unter den Frauen und Kindern schwarzer Abstammung saßen dazu ein paar weiße Mädchen, mit derselben Arbeit beschäftigt, und eine alte Dame in schwarzem Seidenkleid und schwarzer Mantille lehnte dicht daneben in einem großen Rohrstuhl, und sah der Arbeit zu, während zwei kleine Negerkinder von zwei und drei Jahren zu ihren Füßen spielten und ihr auch manchmal in ihrem Muthwillen auf den Schooß kletterten.

Nur allein in der einen Ecke entfernt von den Übrigen, saß eine weiße Frau, die in die ganze Umgebung nicht zu passen schien. Sie trug augenscheinlich eine fremde Tracht, und auch die lichten Locken stachen gegen die Rabenhaare der übrigen Bewohner auffallend ab. Ihr Gesicht ließ sich aber nicht erkennen, denn sie hatte es mit ihrem Tuche bedeckt — weinte sie? Die Negermädchen unterbrachen manchmal ihre Fröhlichkeit, sahen scheu nach ihr hinüber und flüsterten dann mit einander. Ernste Gedanken konnte aber dieses leichtherzige Geschlecht nicht lange von seinem Muthwillen ablenken, und irgend ein hingeworfener Scherz riß wieder Alle rasch zu lauter Fröhlichkeit hin.

Ein alter Herr in einem dunklen, langen Rock, aber einen Panamahut auf, betrat jetzt die Mühle. Er war jedenfalls ein Geistlicher und der Eigenthümer der Plantage, schien auch die Frau in der Ecke bei seinem Eintritt gar nicht gesehen zu haben, sondern ging zuerst zu den Arbeitern, um sich zu überzeugen, daß die Beschäftigung ohne Störung verliefe, und trat dann zu dem Stuhl der alten Dame, neben dem er sich ebenfalls niederlassen wollte, als eine Handbewegung derselben seine Aufmerksamkeit auf die Fremde lenkte.

Langsam drehte er sich nach ihr um, betrachtete sie wohl eine Minute schweigend, schritt dann auf sie zu und legte seine Hand leicht auf ihren Kopf. Die Frau hob die rothgeweinten Augen zu ihm auf und sah ihn an, und der alte Herr sagte freundlich:

»Aber meine liebe Senhora, was geben Sie sich immer und immer wieder diesen trüben Gedanken hin? Den Schritt, den Sie gethan, haben Sie aus eigener fester Überzeugung und mit freiem Willen gethan; die Gesetze dieses Landes wie die Kirche selber schützen Sie darin, weshalb also nun noch diese Traurigkeit? Frohlocken sollten Sie eigentlich, daß Sie, wenn auch spät, doch endlich zu der rechten Erkenntniß gelangt sind, denn die Bahn liegt jetzt offen vor Ihnen, welche Sie zu Glück und Frieden führen kann.«

»Ach, Sie haben ja wohl Recht, ehrwürdiger Herr,« sagte die Frau in ziemlich gutem Portugiesisch — »ich hab' es ja Alles aus freiem Willen gethan — es hat mich kein Mensch dazu gezwungen, aber nun, da es geschehen ist, kommt mir doch immer noch manchmal ein Gedanke, als ob ich doch am Ende unrecht, als ob ich schlecht gehandelt hätte.«

»Und kann eine Handlung schlecht sein, die Gesetz und Religion auf ihrer Seite hat?« fragte der Mann.

»Ach nein, nein,« sagte die Frau rasch — »es sind ja auch nur manchmal die albernen dummen Gedanken. Sprechen Sie mir nur Trost und Zuversicht ein, lieber Herr, nachher wird schon Alles gut werden. Es ist — es ist mir nur noch Alles hier so neu, so fremd, und ich sollte eigentlich recht, recht glücklich sein, denn mein — früherer Mann darf mich jetzt nicht mehr auszanken und schlagen, und — ich werde die alte vergangene Zeit ja auch bald vergessen.«

»Das werden Sie, liebes Kind,« sagte der Brasilianer, »und sich außerdem auch noch vollkommen ruhig und sicher fühlen können, denn gleich nach dem Essen werden die Pferde kommen, welche Sie nach Santa Catharina bringen sollen. Dort hat Ihr Herr Gemahl eine sehr hübsche Besitzung, und Sie werden dort alles Leid, alle Sorgen bald und schnell — vergessen,« setzte er langsamer hinzu und horchte nach der Thür hinüber, von der ein merkwürdiges Geräusch herschallte. Es war fast, als ob Jemand um Hülfe riefe, und in demselben Augenblicke stürzte auch ein Negerjunge herein, auf seinen Herrn zu und rief:

»Senhor — fremder Mann hat andern fremden Herrn gepackt — hier,« erklärte er deutlicher und griff sich selber nach dem Halse — »so fest. Eine Senhor schreit und andere....«

»Was ist da vorgegangen?« rief der Brasilianer erstaunt, aber die Frau war todtenbleich geworden. Eine Ahnung der Wahrheit schoß ihr durch die Seele, und mit gefalteten Händen emporspringend, rief sie aus.

»Schützen Sie mich um Gottes willen; das ist mein Mann, der mich aufgefunden hat!«

»Hm,« sagte der brasilianische Geistliche — »d a s wäre möglich, aber haben Sie keine Furcht. Hier kann Ihnen Nichts geschehen, denn Sie sind unter m e i n e m Dache.«

Er behielt aber keine Zeit weiter, sie zu beruhigen, denn durch die Thür herein flogen noch ein paar Negerjungen, und dicht hinter ihnen erschien eine Gruppe, vor welcher die Mädchen erschreckt von ihrer Arbeit aufsprangen und die allerdings mit der bisherigen freundlichen Ruhe des Platzes im grellsten Widerspruche stand.

In dem breiten Thore, durch welches erst vor wenigen Minuten wieder der Karren geschoben war, welcher den neuen Vorrath in die Mühle gebracht, erschien unser alter Bekannter, der Colonist Pilger aus Santa Clara, aber nicht mehr der ruhige, stille Mann, wie wir ihn dort gesehen, sondern mit erhitztem Gesichte, zornfunkelnden Augen, die dunkelbraunen Haare wirr um die Schläfe hangend, das Hemd durch das Raufen vorn aus einander gerissen: so trat er ein und seine rechte Hand hatte sich fast krampfhaft in die Halsbinde des früheren Delegado von Santa Clara gekrallt, den er, weiter gar nicht mehr seiner achtend, hinter sich herschleifte.

Der arme Delegado sah bös aus. Seine beiden hübschen Pantoffeln hatte er unterwegs verloren und war in bloßen Strümpfen durch die oft schmutzigen Stellen der Straße hergeschleppt; sein Rock hing ihm nur noch in Fetzen vom Leibe, sein Hemd war zerrissen, sein Hut ebenfalls verloren und im Gesichte blutete er an drei bis vier verschiedenen Stellen.

Die Neger, die ebenfalls herbeigesprungen waren, starrten dabei von der Gruppe zu ihrem Herrn, denn sich in den Kampf zweier Weißen zu mischen, schien ihnen nicht räthlich; aber der Eine von diesen war doch der Gast des Herrn selber, und dessen Befehl erwarteten sie jetzt. Ehe dieser aber nur einen solchen geben, ja, vielleicht selber einen Entschluß fassen konnte, hatte Pilger's wild umherschweifender Blick die Frau erspäht. In dem Moment war der Gefangene, war seine ganze Umgebung vergessen, und den Portugiesen loslassend, der in Angst und Scham hinter dem Geistlichen Schutz suchte, eilte er auf sie zu und rief:

»Margareth! Margareth! und muß ich Dich h i e r finden?«

Er wollte auf sie zugehen und ihre Hand fassen, der Brasilianer aber, der indessen mit ruhigem Blick das Ganze überschaut hatte und den Zusammenhang vollkommen gut begriff, trat zwischen ihn und Margareth, und den Arm gegen ihn hebend, sagte er ruhig:

»Halt, lieber Freund — dies ist m e i n Haus — hier ringsum stehen meine Leute, mir Ordnung zu halten, wenn Jemand dieselbe gegen meinen Willen stören wollte, und ich bitte Sie deshalb jetzt, mir ganz leidenschaftslos zu sagen, was Sie hier wünschen, was Sie hergeführt und weshalb Sie meinen Freund, Dom Franklin, auf so rohe Weise mißhandelt haben.«

»Was ich will? Was mich hergeführt?« sagte Pilger, erstaunt zu dem Brasilianer aufsehend, »fragen Sie die Frau da, welche ohne einen Blutstropfen im Gesichte hinter Ihnen steht und sich mit ihren Augen in den Boden eingraben möchte. W i s s e n Sie, was die Beiden verschuldet, die Frau da und jener blutige Schuft, der dort scheu in die Ecke gekrochen ist?«

»Mein Herr,« sagte der Brasilianer ruhig — »Sie häufen da schwere Anklagen auf zwei Leute, welche, was auch f r ü h e r I h r e Anrechte gewesen sein mögen, j e t z t vollkommen unabhängig unter dem Schutz der brasilianischen Gesetze stehen und von keinem Menschen, am Wenigsten von einem fremden Protestanten, beleidigt werden dürfen. Bedenken Sie das, oder vielmehr, Sie hätten es früher bedenken sollen, ehe Sie die Hand an einen brasilianischen Bürger legten.«

»Und in niederträchtiger Weise hat er mich überfallen!« rief der Delegado jetzt hinter dem Geistlichen vor; »langsam kam ich den Weg entlang, der hier nach der Hacienda führt, als dieser Mensch wie ein Bär über mich her stürzte, mich zu Boden schlug, würgte und mich dann hieherschleppte. Da müßte ja doch keine Gerechtigkeit mehr in Brasilien sein, wenn sich ein brasilianischer Bürger so von einem hergelaufenen Lump behandeln zu lassen brauchte.«

Pilger erwiederte kein Wort, aber der Blick, mit dem er auf den zurückweichenden Delegado zuschritt, schien diesem einen neuen und vielleicht gefährlicheren Angriff zu versprechen, als der erste gewesen. Ein Wink des Hausherrn brachte aber die Neger auf diese Seite herüber, hinter denen der Delegado Schutz fand, und Pilger, nur noch einen verächtlichen Blick nach dem feigen Patron hinüber werfend, sagte in deutscher Sprache:

»Was ärgere ich mich auch noch mit dem Schuft! Komm, Grethe — Du hast hier Nichts mehr zu thun. Wir Beide wollen gehen, und unser Herr Pfarrer daheim mag nachher die Sache in Ordnung bringen. Du scheinst Dich mit mir nicht länger glücklich zu fühlen — gut — ich will und werde Dich nicht zwingen bei mir zu bleiben. Aber Deinen Eltern habe ich versprochen, wie ein ehrlicher Mann an Dir zu handeln — was Du versprochen hast, weißt Du selber am Besten — und so will ich Dich ihnen wenigstens zurück nach Deutschland schicken, daß sie sehen, ich habe mein Wort gehalten. Nun?« fuhr er erstaunt fort, als er sah, daß sich Margarethe gar nicht regte und nicht einmal das Auge aufschlug — »eine volle Woche bin ich in wahrer Todesangst Deinetwegen in der Gegend hier herum gefahren und habe gehungert und gedurstet, nur mit dem Gedanken an Dich — Dich zu retten aus dem Verderben, in das Dich jener Bube gelockt, und jetzt — jetzt hast Du nicht einmal einen Blick für mich, Grethe?«

»Ich weiß nicht, was Sie Beide noch in Deutsch zu verhandeln haben,« mischte sich hier der Brasilianer ein, »denn ich verstehe die Sprache nicht; erlauben S i e mir aber, zu bemerken, mein Herr, daß Sie mit dieser Frau Nichts weiter im Geheim verhandeln d ü r f e n, so lange i c h wenigstens dabei bin, und unter meinem Dache — Sie haben mich doch hoffentlich verstanden?«

»Mit m e i n e r Frau nicht?« lachte der Deutsche bitter — »das wäre nicht übel. Außerdem werde ich Sie nicht länger hier belästigen; daß auch S i e mir aber noch Rechenschaft geben sollen, eine ihrem Manne weggelaufene Frau versteckt zu haben, darauf können Sie sich verlassen. Komm, Grethe, mir wird die Luft zu schwül hier; ich muß fort!«

»Niemand hält Sie,« sagte der Brasilianer kalt — »so viel a-
ber diene Ihnen außerdem zu wissen, daß diese Frau nicht mehr
die Ihrige ist, sondern daß ich sie vorgestern schon mit Dom
Franklin Brasileiro Lima nach dem Ritus unserer Kirche verbunden habe.«

»Sie? Meine Frau mit dem da?« rief Pilger, kaum seinen
Ohren trauend.

»Ich bin Geistlicher,« sagte der Brasilianer, sich hoch empor-
richtend, »und nachdem Ihre frühere Frau den katholischen
Glauben angenommen hat, habe ich sie mit Dom Franklin nach
dem Ritus unserer Kirche zu unlöslicher Verbindung zusam-
mengegeben.«

»Eine verheirathete Frau?« rief Pilger wieder, dem
sich fast die Sinne bei dem eben Gehörten verwirrten.

»Eine protestantische Ehe ist nach unseren Gesetzen kein canonisches Hinderniß,« sagte der Geistliche kalt, »und wenn Sie in
ein fremdes Land kommen, müssen Sie sich auch den da beste-
henden Gesetzen fügen.«

»Bin ich denn wahnsinnig, oder wollen Sie mich erst dazu
machen?« sagte Pilger, und hielt sich mit beiden Händen seine
Stirn — »die Freiheit unserer Religion ist uns vom Staate zugesi-
chert, und alle protestantischen Ehen sollten ungültig sein?«

»Vor dem Gesetze, ja,« sagte der Brasilianer, und ein spöttisches Lächeln zuckte um seine Lippen — »als Concubinat lassen
wir sie gelten, als weiter Nichts. Doch das ist eine Sache, die ich
nicht länger hier mit Ihnen verhandeln möchte. Sie werden nach
dem Vorhergegangenen begreifen, daß Ihre weitere Gegenwart
hier für beide Parteien nur unangenehm sein kann.«

»Und Du, Margareth?« sagte Pilger jetzt mit fast gebroche-
ner Stimme, »Du hast so handeln können? Fühlst Du denn die
Schande und Schmach gar nicht, die Du mir und Dir dabei an-
gethan?«

Die Frau stand regungslos in ihrer Ecke, die Augen fest und
scheu auf den Boden geheftet, aber sie sprach kein Wort, und der

Brasilianer, der dieser Scene unter jeder Bedingung ein Ende machen wollte, rief:

»Jetzt ist's genug, Senhor — die Frau steht hier unter dem Schutze meiner Schwester und ihres rechtmäßigen Gatten. Glauben Sie wirklich noch Rechte an sie zu haben, so wenden Sie sich an die Gerichte des Landes, die Ihnen sagen werden, was Sie zu hoffen haben. Jetzt aber verlassen Sie dieses Haus, wenn Sie mich nicht zwingen wollen, mir mit Gewalt Ruhe und Frieden auf meinem Eigenthum zu verschaffen.«

»Gut,« sagte Pilger ruhig — »ich gehe; ich sehe überhaupt wie es hier steht, denn die Frau da hat Scham und Ehre abgeschworen, und ist doch eines braven Mannes nicht mehr werth. Wenn aber noch Gesetz und Gerechtigkeit in Brasilien zu finden ist, so wollen wir doch sehen, ob ein solcher Schurkenstreich ungestraft verübt werden darf!«

»Joao! Pablo! Pedro!« rief der Brasilianer, bei dem jetzt auch der Zorn die Oberhand gewann — »werft mir diesen Fremden einmal hinaus auf die Straße!« und drei oder vier Neger sprangen vor, dem Befehl zu folgen. Pilger aber, ein breites, schweres Messer aus seinem Gürtel reißend, sagte ruhig:

»Kommt, meine Burschen! Aber Gott verdamm' mich, den Ersten, der einen Arm nach mir ausstreckt, hacke ich in Stücke!« Und damit wandte er sich und ging festen Schrittes der Thür zu.

»Santa Maria!« schrieen die Neger, erschreckt vor dem Stahl zurückprallend, und sprangen dann ebenfalls nach ihren Messern und rissen die Bäume aus den Schraubenpressen, um Gewalt mit Gewalt zu begegnen. Der Brasilianer wollte es aber doch nicht zum Äußersten kommen lassen, und da der Fremde jetzt selber ging, winkte er die Schwarzen zurück. Er sollte den Platz unbelästigt verlassen.

3.

Auf Santa Catharina.

Etwa vier Wochen waren seit den in den letzten Kapiteln beschriebenen Vorgängen verflossen, ohne daß in der Provinz Santa Clara etwas Besonderes vorgefallen wäre.

Herr von Schwartzau hatte indessen fleißig gearbeitet und einen großen Theil des zur Colonisation bestimmten Landes ausgemessen, und der Director dann, so rasch das möglicher Weise anging, den darauf wartenden Colonisten ihre für sie bestimmten Plätze angewiesen. Aber das allein genügte oft nicht einmal, denn er mußte auch noch hinter den Leuten her sein, daß sie nun auf ihrem eigenen Grund und Boden wirklich zu arbeiten anfingen, denn die lange, faule Zeit die sie verlebt, lag ihnen noch so in den Gliedern, daß es einiger Anstrengung bedurfte, ehe sie wieder in Gang kamen. — Die Männer wenigstens hätten sich eben so gern wie bisher noch vier Wochen länger von der Regierung füttern lassen, denn daß sie durch das vorgestreckte Geld in Schulden kamen, machte ihnen vor der Hand noch keine Sorge. Sie besaßen ja selber kein Eigenthum, was konnte ihnen die Regierung denn da abnehmen?

Herr von Schwartzau hatte übrigens mit einem seiner Instrumente Unglück gehabt, denn ein junger Baum war beim Fällen in einer Schlingpflanze hängen geblieben, dadurch in eine andere Richtung gekommen und schlug im Sturz seine beste Bussole zusammen.

Auf Santa Catharina hatte er indessen noch mehr Instrumente stehen, von denen Einiges kommen zu lassen schon lange sein Wunsch gewesen, und da die Regierung, auf des Directors Ansuchen, ein doch vorbeikommendes kleines Dampfboot beordert hatte, in der Mündung des Flusses Santa Clara anzulegen, um die durch den betrügerischen Agenten hierhergeschickten Einwanderer wenigstens bis Santa Catharina zu schicken, von wo sie mit dem gewöhnlichen Postdampfer (unentgeltlich) weiter gebracht werden konnten, so beschloß Herr von Schwartzau diese Gelegenheit zu benutzen, und selber nach der Insel zu fahren.

Vom Director bekam er dazu außerdem noch den Auftrag, im Namen der Colonie die Klage gegen den Delegado und den brasilianischen Geistlichen anhängig zu machen, der eine protestantisch verheirathete Frau, ohne selbst eine Scheidung für nöthig zu halten, anderweit getraut hatte, wenn sich Sarno selber auch wenig Erfolg von diesem Schritte versprach. Er kannte die Geistlichkeit Brasiliens und ärgerte sich nur über die entsetzliche Gleichgültigkeit, mit welcher die deutschen Protestanten diesen Fall aufnahmen, der, wenn etwas Derartiges überhaupt geschehen k o n n t e, alle Familienbande in Frage stellte. Jeder pflichtvergessene Mann, jede treulose Frau brauchte sich an ihre gültig geschlossene Ehe gar nicht mehr gebunden zu halten, und die Folgen blieben unabsehbar.

Nichtsdestoweniger nahmen es die Protestanten außerordentlich kaltblütig. Der Geistliche — ein guter Freund des Dom Franklin — wollte gar Nichts damit zu thun haben und behauptete, es sei einfach eine Sache, welche die Gerichte anginge und von diesen schon bestraft werden würde, und die Colonisten schimpften wohl und schlugen im Wirthshause mit der Faust auf den Tisch — aber dabei blieb es. Selbst ein Circular, das der Director zur Unterschrift herumschickte, wurde von den Wenigsten unterschrieben, denn der deutsche Bauer setzt nicht gern seinen Namen unter irgend ein Schriftstück, es mag enthalten, was es will — ausgenommen eine Quittung.

Pilger selber war wie gebrochen. Er arbeitete wieder, verkehrte aber fast mit keinem Menschen. Machte er sich in seinem Herzen Vorwürfe, daß er die Frau, seine Margareth, wohl auch manchmal rauher behandelt hatte, als recht war — brannte ihm das jetzt auf der Seele, daß er selber vielleicht den ersten Anlaß zu diesem Schritte gegeben, der jetzt sein ganzes Lebensglück zerstörte? Wenn dies auch der Fall war, so sprach er doch mit Niemandem darüber, und die Nachbarn dauerte der fleißige, ordentliche Mann, der jetzt bleich und hohlwangig so allein in seinem Hause saß.

Indessen fuhr Schwartzau auf dem kleinen Regierungs-Dampfer mit günstigem Wind und Wetter gen Santa Catharina, und am dritten Tag Abends bekamen sie die kleine reizende Insel in Sicht, die sich, nur wenige Meilen vom festen Lande entfernt, an der Küste entlang dehnte.

Und das war früher der Verbannungsort Portugals, wie auch die Hauptstadt noch immer Desterro heißt; hierher wurden die Verbrecher, besonders viele Juden transportirt, als Strafe für begangene Missethat, oder vielleicht auch nur, um unbequeme Persönlichkeiten aus dem Wege zu schaffen – ein sehr leichtes und von manchem Staate oft angewandtes Mittel. Aber d i e Zeit ist vorbei, und wie die Bewohner jetzt nicht einmal gern mehr hören, daß der Ort früher zu solchem Zwecke benutzt worden, ist Santa Catharina gegenwärtig der Schlüssel zu vielen vortrefflichen brasilianisch-deutschen Colonien geworden, und eine große Anzahl von Deutschen sind sogar dort geblieben und haben sich als Geschäftsleute oder Handwerker in der Hauptstadt niedergelassen. Desterro ist fast zur Hälfte ein deutsches Städtchen.

Günther von Schwartzau kannte den Ort schon, aber trotzdem weilte sein Auge mit Entzücken auf dem wahrhaft wundervollen Bilde, das sich vor ihm ausbreitete, als sie die, den eigentlichen Hafen gegen die Nordwinde schützende Landspitze umfuhren und jetzt die kleine, freundliche Stadt, terrassenförmig von Bäumen, Büschen und Palmen umschlossen, vor sich liegen sahen. Prachtvolle Gebäude fesselten allerdings nicht den Blick oder gaben dem Hafen einen Anstrich von Glanz und Reichthum, wie das z. B. bei Rio de Janeiro der Fall ist: aber so lauschig und versteckt lag jede einzelne Wohnung in dem sanften Grün der Gärten, so ruhig plätscherte dazu die See und so wolkenrein spannte sich der blaue Himmel darüber hin, daß man sich da wohl fühlte, ehe der Fuß nur das Land betreten.

Als freilich der Anker in die Tiefe schoß, war der Friede auch an Bord gestört. Der Flaggen-Telegraph hatte die Ankunft eines Dampfers vom Norden schon gemeldet, und eine Anzahl von Booten und jenen trefflich gearbeiteten Canoes – die man in der ganzen Welt nicht zierlicher und praktischer gebaut findet, als in Brasilien – kam langseit. Die Bootsleute aber faßten, wie an anderen Orten, so auch hier, ohne Umstände auf, was sie an Gepäck fanden, um es in ihre kleinen Fahrzeuge zu schaffen und sich die dazu gehörigen Passagiere zu sichern.

Günther fuhr natürlich sogleich mit an Land, denn der Aufenthalt auf diesen kleinen brasilianischen Dampfern ist nicht angenehm genug, um den Reisenden länger, als unumgänglich nöthig ist, darauf zu fesseln, und ging dann gleich an der Wohnung des Präsidenten vor, wo er sich wenigstens anmelden wollte. Er hatte sich kaum Zeit genommen, nur die nothwendigste Toilette zu machen, aber die Abende sind in allen jenen Ländern überhaupt d i e Zeit, in der man Besuche macht oder empfängt.

Der Deutsche fand übrigens heute ausnahmsweise eine größere Gesellschaft versammelt, und als die Frau Präsidentin seinen Namen hörte, ließ sie ihn bitten augenblicklich einzutreten. Kam er doch von Santa Clara, und sie nahm selber das größte Interesse daran, von dieser Colonie Näheres und Neues zu hören.

Günther wurde in das große Empfangszimmer geführt und fand hier schon sechs oder acht Herren und eben so viele Damen versammelt.

Der Präsident selber saß in einem Lehnstuhle etwas bei Seite, es war ein kleiner ältlicher Herr, mit einem unendlich gutmüthigen Gesichte und ein Paar großen, klugen Augen; aber er schien sehr leidend. Er sah blaß und angegriffen aus, mit eingefallenen Wangen und einem eigenen schmerzlichen Zuge um den feingeschnittenen Mund.

»Ah, mein lieber Eswartsau[2],« nickte er ihm freundlich zu und streckte ihm die dünne, fast durchsichtige Hand entgegen; »schon fertig in Santa Clara? Das ist rasch gegangen.«

»Noch nicht, Senhor,« sagte Günther, die Hand nehmend und herzlich drückend — »ich muß wieder zurück und erzähle Ihnen nachher, weshalb ich herüber gekommen bin — Senhora, erlauben Sie, daß ich Sie begrüßen darf.«

»Es freut uns sehr,« sagte die Dame mit huldvollem Lächeln, »Sie wieder einmal auf Santa Catharina zu sehen. — Aber setzen Sie sich. Sie kommen wie gerufen, um uns recht viele Neuigkeiten von Ihrer Colonie zu erzählen — es soll ja fürchterlich da zugehen!«

»Fürchterlich?« lächelte Günther; »davon habe ich nun allerdings Nichts gemerkt.«

»Nichts? — Aber erlauben Sie mir, Sie meinen Freunden vorzustellen.« — Und die Senhora machte jetzt die gewöhnliche Formel der Introduction durch, die einen Fremden zur Verzweiflung bringen könnte, wenn die Sache an sich selbst nicht so unbedeutend wäre. Eine Masse von fremden Namen wurden ihm genannt, die er zum großen Theil nicht einmal verstand oder doch in demselben Moment wieder vergaß; die Leute verbeugten sich gegen einander und die Sache war damit abgemacht.

Nur ein Name war Günther aufgefallen, und zwar der eines deutschen Barons von Reitschen. Er gehörte einem ältlichen Herrn von stattlichem Aussehen, mit schon etwas grau gemischten Haaren, aber vollkommen glatt rasirtem Gesicht und einer sehr zierlichen goldenen Brille, der aber, anstatt den Landsmann etwas herzlicher zu begrüßen, sich ebenfalls damit begnügte nur aufzustehen, und eine steife Verbeugung zu machen.

»Und wie weit sind Sie mit Ihrer Vermessung gekommen, lieber Freund?« fragte der Präsident, als die langweilige Ceremonie vorüber war. »Schon Etwas ausgerichtet?«

»Allerdings, Senhor,« erwiederte Günther; »mit Hülfe des Directors Sarno, der mich wacker dabei unterstützte, haben wir es möglich gemacht, genügendes Land für sämmtliche sich jetzt dort befindliche Einwanderer zu vermessen. Ich kehre von hier aber gleich wieder nach Santa Clara zurück, um noch einen andern District in Angriff zu nehmen; denn da jeden Tag ein neues Schiff eintreffen kann, wird es immer besser sein einige vermessene Strecken in Vorrath zu haben.«

Der Präsident nickte beistimmend mit dem Kopfe, schwieg aber, und die Frau Präsidentin sagte:

»Also hat sich der Herr Director doch endlich herbeigelassen, wenigstens in dieser Hinsicht seine Pflicht zu thun. Da muß ihm das Feuer tüchtig auf den Nägeln gebrannt haben!«

»Ich weiß nicht,« sagte Günther, während er einem der mit Erfrischungen herumgehenden Diener ein Glas Limonade abnahm — »in welcher Beziehung Director Sarno seine Pflicht versäumt haben kann, Senhora; so lange ich mich aber in der Colonie aufgehalten, kann ich ihm nur das rühmlichste Zeugniß geben, da er sich der Einwanderer mit wahrhaft eisernem Fleiße angenommen. Sarno scheint mir ein sehr tüchtiger Mann, und besitzt außerdem auch die nöthige Energie, etwaigen Übergriffen fest entgegen zu treten.«

»Energie!« lächelte die Dame; »er ist der reine Unterofficier, und wir haben von der ganzen Colonie Klagen auf Klagen hören müssen, die zuletzt selbst die Geduld eines Heiligen ermüden könnten!«

»Klagen über Sarno?« sagte Günther erstaunt.

»Sie glauben es wohl etwa nicht?« lachte die Dame, indem sie ein Papier von dem nächsten Tische nahm; wollen Sie so gut sein und d a s einmal lesen.«

Günther nahm das Papier und überflog es flüchtig. Es waren in der That eine Menge Anklagen gegen den Director, in denen besonders sein rauhes und rücksichtsloses Betragen »gegen den gebildeten Theil der Gesellschaft« hervorgehoben und zuletzt gebeten wurde, den Director seiner Stelle zu entheben und einen würdigeren dafür hinzusenden. Unterschrieben war das Document von einer Anzahl ihm unbekannter Namen: einige davon kannte er aber doch, und unter den erstgezeichneten standen die Frau Gräfin Baulen, Baron Jeorgy, Pastor Beckstein und Arno von Pulteleben. Ein Name besonders fiel ihm seiner Kürze und Anspruchslosigkeit wegen auf: Bux, Künstler.

»Nun,« sagte die Dame, während er das Papier langsam wieder zusammenfaltete und zurückgab, »was sagen Sie n u n ?«

»Daß es in jeder Colonie eine Menge unzufriedenes Volk giebt,« erwiderte Günther, »das sich mit k e i n e m Director wird befreunden können, es sei denn, er befriedige alle i h r e Wünsche. Ich halte Sarno für den passendsten Mann für einen solchen Posten, den Sie in ganz Brasilien finden könnten.«

»O, Sie sind wahrscheinlich ein besonderer Freund von ihm!« lachte die Frau Präsidentin.

»Ich weiß nicht, ob ich auf den Titel Anspruch machen darf,«
sagte Günther ruhig; »bei meinem Aufenthalt in Santa Clara habe
ich mit dem Director allerdings freundschaftlich, aber nur in meinen Geschäften verkehrt. Wen auch immer ich aber über ihn gesprochen, war der Meinung, daß er für die Stelle passe.«

»So?« lächelte die Dame geringschätzig — »freilich die Bauern müssen das am Besten beurtheilen können. Was halten Sie
aber von einer Colonie, in der Gewaltthätigkeiten, Raub und
Plünderung zu den allergewöhnlichsten Dingen gehören?«

»Von einer solchen Colonie würde ich sehr wenig halten,
gnädige Frau,« lächelte Günther — »ich kann aber doch nicht ver-
muthen, daß Sie glauben ein solches Verhältniß finde in Santa
Clara statt; denn während der fünf Wochen, die ich mich dort
aufhielt, ist nichts dem Ähnliches vorgefallen, und ich habe sogar
nicht einmal von einem einzigen solchen Falle sprechen hören —
eine Entführungs-Geschichte ausgenommen.«

»Wenn Sie im Wald bei Ihrer Arbeit waren, mein lieber Herr
von Schwartzau,« mischte sich Herr von Reitschen in das Gespräch, »so ist es wohl erklärlich, daß Sie die einzelnen Vorfälle in
der Stadt selber nicht beachten konnten. Sie hatten dafür zu viel
zu thun. Der Herr Präsident hier hat aber so authentische Nach-
richten über derartige wirklich geschehene Dinge erhalten, daß
sogar der Entschluß gefaßt ist, mit diesem zurückgehenden
Dampfer Militär nach Santa Clara zu schicken.«

»Militär nach Santa Clara?« rief Günther erstaunt — »einge-
borene Soldaten, um etwa einmal eine gelegentliche Streitigkeit
zwischen den Deutschen zu schlichten? Das ist denn doch wohl
nur ein Irrthum!«

»Nicht allein der Streitigkeiten wegen, lieber Freund,«
mischte sich hier der Präsident in die Unterhaltung, obgleich ihm
das Sprechen schwer zu werden schien; »es sollen sich auch neu-
erdings wieder Indianer in der Nachbarschaft gezeigt haben, und
es ist immer besser, bei Zeiten Vorkehrungen zu treffen, damit
man sich nicht später Vorwürfe über eine versäumte Pflicht zu
machen habe.«

»Aber, bester Herr,« versicherte Günther, »Sie scheinen da wirklich ganz falschen Bericht über die Colonie erhalten zu haben, denn ich gebe Ihnen mein Wort, daß auch nicht die Spur einer Gefahr von Indianern für Santa Clara existirt. Habe ich ja doch vor kurzer Zeit selbst drei Monate an dem noch viel weiter im Innern gelegenen Chebaja zugebracht, und selbst da hat man seit Jahren Nichts mehr von den Wilden gehört oder gar einen von ihnen zu sehen bekommen.«

»Wenn Sie von ihnen hören oder sie sehen, ist es nachher gewöhnlich zu spät, sich noch gegen sie zu schützen,« sagte der Präsident. »Übrigens glaube ich selber…« Ein heftiger Hustenanfall unterbrach ihn, und die Frau Präsidentin sagte:

»Die Colonisten können meinem Mann nur dankbar sein, daß er selbst im Voraus für ihre Sicherheit sorgt.«

»Ich zweifle ja keinen Augenblick,« erwiederte Günther, »daß der Herr Präsident alles Das mit der besten Absicht angeordnet hat; glauben Sie aber mir, Senhora, der ich schon viele dieser deutschen Colonien nicht allein gesehen, sondern genau kennen gelernt habe, die brasilianischen Soldaten dieser Districte, von denen selbst die besten wenig mehr als Gesindel sind, vertragen sich nicht mit den Colonisten, und wenn sie noch so gute Officiere haben; häßliche Reibereien können nie und nimmer vermieden werden.«

»Ich glaubte, Ihre Bewohner von Santa Clara wären so friedfertiger Natur?«

»Kleine Häkeleien fallen bei allen Nationen vor,« sagte Günther achselzuckend, »besonders aber bei den Deutschen, und es gehört nur ein verständiger und entschiedener Mann dazu, der entweder gütig vermittelt, oder auch einmal im Nothfalle ein Machtwort spricht, und den haben die Leute jetzt, wie ich fest glaube, an dem gegenwärtigen Director Sarno.«

»Ja, der sie im Nothfalle die Treppe hinunter wirft, nicht wahr,« sagte die Frau Präsidentin, »und sich mit den einzelnen Colonisten selber sogar prügelt!«

»Aber, gnädige Frau…«

»Lassen Sie es gut sein,« unterbrach ihn die Dame. »Über geschehene Dinge ist es nicht nöthig viele Worte zu verlieren, und daß sie eben nicht wieder geschehen, dafür hat mein Mann Sorge getragen. Ob der Director auch daran schuld ist, daß selbst Streit und Unfrieden fast in allen Familien herrschen und Frauen gezwungen sind, wie das selbst vorgekommen, bei den Brasilianern Schutz gegen die Mißhandlungen daheim zu suchen, weiß ich nicht, es bleibt sich jetzt aber auch gleich. Einem solchen Zustande mußte abgeholfen werden, und ich stelle Ihnen hiermit in einem Landsmanne von Ihnen, dem Herrn Baron hier, unsern neuen Director der Colonie Santa Clara vor.«

Wieder stand Herr von Reitschen auf und verbeugte sich höflich gegen Herrn von Schwartzau, und diesem kam es fast so vor, als ob dabei ein leises, spöttisches Lächeln um seine Lippen zucke. Er neigte sich auch nur leicht gegen ihn und sagte:

»Ich stehe der Sache allerdings zu fern, um auch nur ein einiger Maßen werthvolles Urtheil in dieser Angelegenheit fällen zu können, und hoffe nur, daß Herr von Reitschen im Stande sein wird, allen jenen furchtbaren Übelständen abzuhelfen, die er, dem Anscheine nach, in der unglücklichen Colonie vorfinden soll. Was aber den einen Fall anbetrifft, auf den Sie eben anspielten, gnädige Frau — ich meine den, wo eine deutsche Frau gezwungen war, bei einem Brasilianer Schutz zu suchen — so bin ich zufälliger Weise ganz genau davon unterrichtet, und habe sogar die Klage des Directoriums gegen jenen würdigen Brasilianer für den Herrn Präsidenten mitgebracht. Jener Lump…«

»Entschuldigen Sie einen Augenblick,« unterbrach ihn die Dame rasch — »Sie erinnern sich doch, daß ich Ihnen den Betheiligten, Dom Franklin Brasileiro Lima hier, als meinen Gast mit vorstellte — oder haben Sie es vielleicht überhört? Erlauben Sie, daß ich es wiederhole: Dom Franklin, Herr von Eswartsau. — Bitte, fahren Sie fort — Sie sprachen von dem Ehemanne, der seine Frau mißhandelt hat, nicht wahr?«

Die übrige Gesellschaft, der das Wohl oder Wehe der deutschen Colonie nicht im Geringsten am Herzen lag, hatte sich unterdessen unter einander unterhalten und einer der Herren eine auf dem Clavier liegende Guitarre aufgenommen, mit der er halblaut eines der kleineren brasilianischen Lieder begleitete. Nur Dom Franklin war dem Gespräche, ohne jedoch den Kopf nach Günther umzudrehen, mit Spannung gefolgt, und während er mit einer neben ihm sitzenden Dame scheinbar ein Gespräch unterhielt, horchte er jedem Worte, das über die, ihn besonders interessirende Colonie gesagt wurde. Bei Günther's Anklage zuckte er auch wohl einen Moment zusammen, fand sich jetzt aber nur noch mehr bewogen, das eben Besprochene gar nicht gehört zu haben, und drehte sich erst, scheinbar überrascht, gegen Herrn von Schwartzau um, als die Frau Präsidentin seinen Namen nannte.

Günther fühlte wie er erröthete, denn wenn er den Brasilianer auch verachtete und keinen Augenblick würde gezögert haben, ihm die Anklage mit den schärfsten Worten in's Gesicht zu schleudern, so war es ihm doch äußerst fatal, wenn auch unwissentlich, gegen die Regeln des Anstandes verstoßen und in einer Gesellschaft einen Gast beleidigt zu haben. — Und hatte der Brasilianer seine Worte gehört? Es schien nicht so, denn mit dem freundlichsten Wohlwollen leistete er der zweiten Vorstellung Folge. — Die Dame hatte zeitig genug parirt, einer sehr unangenehmen Scene vorzubeugen, und nur der Präsident mußte in seinem Stuhle Zeuge des Ganzen gewesen sein, denn er lächelte leise vor sich hin.

Wenn aber auch Günther an d i e s e r Stelle natürlich Streit mit diesem Menschen vermeiden wollte, verachtete er ihn doch viel zu sehr, Freundlichkeit gegen ihn zu heucheln. Nur kalt verneigte er sich gegen ihn und fuhr dann zu der Dame gewendet fort:

»Ich habe allerdings keinen speciellen Auftrag für den Herrn selber, von dem ich keine Ahnung hatte, daß er sich in Santa Catharina aufhielt. Hier ist aber unter solchen Umständen keineswegs Ort und Zeit, eine derartige, für beide Parteien unangenehme Sache zu verhandeln, und der Herr Präsident erlaubt mir vielleicht, ihm die Papiere morgen früh vorzulegen.«

»Mit großem Vergnügen,« erwiederte der Angeredete; »aber ich fürchte, wir werden an der Sache nicht viel ändern können.«

»Sie glauben doch nicht, daß…«

»Morgen früh, lieber Freund, morgen früh,« winkte der Präsident mit der Hand, »ich bin heute Abend zu angegriffen.«

Herr von Schwartzau verbeugte sich, und die Frau Präsidentin, die sich indessen leise mit Herrn von Reitschen unterhalten hatte, stand jetzt auf und kam auf Günther zu.

»Lassen wir die fatalen Sachen heute Abend,« sagte sie freundlich, »und spielen Sie uns lieber Etwas auf dem Pianoforte. Sie sind doch musikalisch?«

»Ich muß unendlich bedauern, gnädige Frau,« sagte Herr von Schwartzau achselzuckend, »aber ich kenne nicht einmal die Noten.«

»So spielen Sie Etwas aus dem Kopfe.«

»Ich habe nie eine Taste angerührt.«

»So spielen Sie wahrscheinlich die Violine oder Guitarre?«

»Eben so wenig.«

»Aber die Flöte gewiß?«

»Ich muß zu meiner Beschämung gestehen,« lächelte von Schwartzau, »daß ich bei Allem, was Musik betrifft, einzig und allein zum Zuhören zu verwenden bin.«

»Das ist merkwürdig,« sagte die Senhora »Sie sind der erste Deutsche, den ich kennen lerne, der nicht w e n i g s t e n s die Flöte spielt. Unser Baron hier ist Meister auf diesem Instrumente.«

»In der That?« sagte Günther, der sich auch selbst nicht dafür interessirte.

»Gnädige Frau sind zu gütig,« sagte der Baron; »ich bin weiter Nichts als ein Dilettant. In solchen wilden Ländern aber, in denen ich mich die letzten zwölf Jahre herumgetrieben habe, ist die Flöte wirklich das einzige Instrument, das man leicht überall mit hinnehmen kann, und man vertreibt sich doch manche müßige Stunde angenehm damit.«

»Sie haben sie bei sich, nicht wahr?« fragte die Dame.

»Gnädige Frau hatten mir ja befohlen, sie mitzubringen.«

»O, dann begleiten Sie das Lied jener jungen Dame, bitte!« sagte die Präsidentin — »wir müssen ein wenig Musik haben, damit Leben in die Gesellschaft kommt. Ich weiß gar nicht, so wie nur diese unglückselige Colonie Santa Clara genannt wird, ist es auch gleich, als ob ein schwarzer Schleier über die ganze Unterhaltung geworfen würde. Nun, hoffentlich wird sich das ändern, wenn wir Sie erst einmal dort haben.«

»Gnädige Frau können sich darauf verlassen,« sagte der Baron wieder mit einer halben Verbeugung, »daß ich nach Kräften arbeiten werde, Ihnen jede unangenehme Nachricht zu ersparen.«

»Deß bin ich überzeugt — aber wir müssen beginnen; die Dame präludirt schon und wird sonst ungeduldig.«

Der größte Theil der Gesellschaft gruppirte sich jetzt um das Instrument, und auch Günther ließ sich in einen der leer stehenden Sessel nieder; aber er hörte nicht das Geringste von der Melodie, denn seine Gedanken arbeiteten an dem eben Gehörten.

Also Sarno war abgesetzt — bei Seite geworfen, nur um einem Günstlinge der Frau Präsidentin Raum zu machen, dem zu genügen dann die vagen Gerüchte den Vorwand geben mußten — der Delegado ebenfalls hier und als Gast im Hause, und der Präsident noch dazu von Allem unterrichtet — aber was zum Henker kümmerte ihn auch das Alles? Er vermaß das Land, weiter Nichts, und wen sie nachher darauf setzten oder wie das geschah, konnte ihm doch wahrhaftig gleichgültig sein. Er warf das rechte Bein über das linke und betrachtete sich indessen den Raum, in dem er sich befand.

Mit der Hälfte der Möbel, die in dem Saale standen, hätte er wohnlich, ja sogar elegant genannt werden können, so aber glich er eher einem Möbel-Magazin, in welchem einige Dutzend Stühle mit Sophas und Tischen zum Verkaufe ausgestellt waren. Die

Gesellschaft hatte fast ausschließlich auf den in der Mitte stehenden Sesseln und auf einigen Sophas Platz genommen, aber Stuhl an Stuhl, nur manchmal die lange Reihe von einem anderen leeren Sopha unterbrochen, standen die Wände entlang, und ein halbes Dutzend Tische — alles von Mahagoniholz — waren in zwei Reihen in der Mitte aufgestellt, während jedes andere Stück, wie Secretär, Schreibtisch etc., fehlte. Es ist das aber Sitte in ganz Süd-Amerika, und man würde ein Zimmer oder einen Salon für ärmlich möblirt halten, wenn sich beim ängstlichsten Zusammenrücken auch nur noch Raum genug für einen einzigen Stuhl gezeigt hätte.

Dagegen waren die Wände vollkommen kahl, und die mattgraue, sehr elegante Tapete wurde von keinem einzigen Bilde freundlich unterbrochen. Nur zwei große und gewiß sehr theure Spiegel hingen in breiten, blinkenden Goldrahmen einander gegenüber, und auf den Tischen standen eine Anzahl Porzellanvasen, aber ohne Blumen, unter außerordentlich hohen und viel zu großen Glasglocken.

Ein gewisser Reichthum ließ sich in der ganzen Einrichtung nicht verkennen, aber jede Gemüthlichkeit, jeder Geschmack fehlte, und der Fremde besonders würde sich hier nie haben behaglich fühlen können.

Günther sah wieder eine ganze Zeit lang träumend vor sich nieder, als ihn eine Stimme an seiner Seite aus seinen Gedanken aufstörte. Es war der Baron, der ihn fragte:

»Wann gedenken Sie nach der Colonie zurückzukehren, Herr von Schwartzau? Sie entschuldigen, wenn ich Sie störe,« setzte er lächelnd hinzu, als Günther bei der Anrede ordentlich in die Höhe schrak.

»So bald als möglich,« erwiederte der junge Mann, den Fragenden jetzt erst bemerkend; »meine Geschäfte hoffe ich wenigstens morgen oder übermorgen sicher abmachen zu können, und werde dann die erste sich bietende Gelegenheit benutzen. Wie ich höre, geht der Dampfer leider schon morgen früh ab.«

»Wenn ich Ihnen etwas nach Santa Clara besorgen kann…«

»Sie sind sehr gütig.«

»Sie kennen Herrn Director Sarno näher?« nahm der Deutsche nach einigem Zögern das Gespräch wieder auf.

»Nur von der kurzen Zeit, die ich mich dort aufgehalten habe.«

»Wollen Sie einen guten Rath von mir annehmen?«

»Man soll nie einen guten Rath zurückweisen.«

»Gut — dann vertheidigen Sie Herrn Sarno nicht zu lebhaft der Frau Präsidentin gegenüber.«

»Herr Baron,« sagte Günther, erstaunt zu ihm aufsehend.

»Verstehen Sie mich nicht falsch,« erwiederte dieser ruhig; »dem Herrn Sarno können Sie Nichts mehr nutzen, denn er i s t seines Dienstes factisch entlassen, und sich selber nur dabei schaden, da die Frau Präsidentin den Herrn nun einmal nicht leiden kann, und auch wohl ihre gewichtigen Gründe dafür hat.«

»Und Sie werden seine Stelle einnehmen?« fragte Günther.

»Lieber Gott,« sagte der Baron achselzuckend, indem er mit den Berloques an seiner Uhrkette spielte, »ich habe mich dagegen gesträubt, wie ich konnte, aber da nun einmal eine Änderung unter allen Umständen eintreten s o l l t e, so gab ich endlich den Bitten des Präsidenten nach. Sie sind nicht lange genug in der Colonie gewesen, und Herr Sarno wird sich auch Ihnen gegenüber wohl zusammengenommen haben; die Zustände dort scheinen aber in der That für die armen Colonisten unerträglich zu werden, und da ich glaube, den Anforderungen, die man an eine solche Stellung knüpft, genügen zu können, so habe ich es auch gewissermaßen für meine Pflicht gehalten, die jedenfalls sehr undankbare Arbeit zu übernehmen, unsere deutschen Holzköpfe da drüben ein wenig zur Raison zu bringen.«

»Es wird das allerdings eine sehr undankbare Arbeit werden,« sagte Günther kalt, denn die ganze Art und Weise des Mannes gefiel ihm nicht, hätte er selbst nicht Sarno in seinem Herzen für einen ehrlichen und auch vollkommen tüchtigen

Mann gehalten. Er suchte auch das ihm unangenehme Gespräch über diesen Gegenstand so bald als möglich abzubrechen, und empfahl sich dann bald dem Präsidenten, um an diesem Abend noch einige Bekannte in der Stadt zu besuchen.

Am nächsten Morgen ziemlich früh suchte er denselben aber wieder auf und hatte gehofft, die Unterredung da allein mit ihm haben zu können, weil die Frau Präsidentin doch wohl ihre Toilette noch nicht so bald beendet haben würde. Darin irrte er sich jedoch, denn er war kaum gemeldet und angenommen, als die Senhora auch schon in's Zimmer trat und sich an dem einen Fenster in einem Lehnstuhl niederließ. Der Präsident schien Nichts mehr ohne seine Frau, oder diese vielmehr Alles ohne ihn zu thun.

»Sie sprachen gestern von einer Klage, lieber Freund,« sagte Se. Excellenz, als Günther nach den ersten Begrüßungen Platz genommen hatte — »es wäre mir viel lieber, wenn sie in Santa Clara die Sache nicht weiter aufgerührt hätten, denn es wird wenig daran zu thun sein — meinst Du nicht?«

»Daran zu thun sein,« sagte die Senhora achselzuckend — »was soll daran zu thun sein? Die frühere Ehe war nach unseren Gesetzen vollkommen ungültig, bestand also gar nicht, und wenn kein Hinderniß vorliegt und zwei Leute sich gern haben und einander heirathen wollen, wer kann es ihnen verwehren? Außerdem hat die Frau ein ganz unverdientes Glück mit Dom Franklin gemacht.«

»Kein Hinderniß vorliegt, gnädige Frau?« rief Günther, wirklich erstaunt — »ich kann doch wahrhaftig nicht glauben, daß S i e eine geschlossene Ehe als kein Hinderniß, sich anderweitig zu verheirathen, betrachten würden.«

»Ich hoffe nicht,« sagte die Dame stolz, »daß Sie u n s e r e Ehen mit einem solchen »Contracte« vergleichen werden. Übrigens ist die Sache abgemacht und eine Klage also ganz nutzlos, wo die höchste Behörde schon entschieden hat.«

»Aber das ist ja gar nicht möglich!« rief Günther — »danach würde ja die Regierung muthwillig ihre ganzen protestantischen

Unterthanen demoralisiren und dem Verbrechen mit eigener Hand die Thür öffnen. Gnädige Frau irren sich jedenfalls darin.«

»Irr' ich mich? So — bitte, nehmen Sie einmal das zusammengefaltete Papier, das da neben Ihnen auf dem Tische liegt — nein, das andere dort — das da, und nun sein Sie so gut und lesen Sie den Entscheid unseres Bischofs — lesen Sie ihn laut. Sie werden sich dadurch jedenfalls zufrieden gestellt fühlen, daß die Sache als vollkommen erledigt betrachtet werden kann.«

Günther nahm kopfschüttelnd das Papier, entfaltete es und las:

»Emmanuel durch Gottes Erbarmen und des Apostolischen Stuhles Gnade, Bischof von Santa Sebastiao oder Rio de Janeiro.

»Wir bezeugen andurch auf Verlangen, daß Frau Margarethe Pilger, vormals Protestantin und als solche verheirathet nach dem Ritus der evangelischen Gemeinde mit Herrn Gottlieb Pilger unter'm 15. November, sich kürzlich mit der Bitte an mich wandte, die protestantische Ketzerei abzuschwören und den katholischen Glauben anzunehmen, welchem Verlangen ich mit bestem Willen genügte und in Person den Widerruf des Irrglaubens entgegennahm, gemäß dem Gebrauche der Römischen Kirche.

»Besagte Frau Margarethe Pilger bat mich hierauf um Erlaubniß, sich mit Herrn Franklin Brasileiro Jansen Lima, römischem Katholiken, zu welchem sie sich hingezogen fühlte, zu verheirathen, und auch diese Erlaubniß gab ich ihr durch Bescheid vom 27. Januar, da nach Einhaltung des üblichen Verfahrens kein canonisches Hinderniß zwischen Franklin und Margarethe sich gezeigt hatte und die Heirath Letzterer mit Pilger augenscheinlich ungültig ist, als gefeiert gegen die Form des im Kaiserreiche publicirten und immer beobachteten Tridentiner Concils.

»Palast der Conceicao, 5. Februar 1857.
»(Unterz.) † M a n o e l, Bischof, Graf Capellao-Môr.«[3]

»Nun,« sagte die Senhora, »sind Sie überzeugt? Der ehrwürdige Bischof selber, der sich gerade zufällig auf einer seiner Hacienden in dieser Provinz befand, hat die Ehe geschlossen. Dom Franklin ist ihm eng befreundet — glauben Sie also jetzt noch Etwas mit einer Klage des Herrn Directors Sarno ausrichten zu können?«

»Nein, gnädige Frau,« sagte Günther ruhig, »Sie haben vollkommen Recht. Es ist übrigens gut, daß ein solcher Thatbestand bekannt wird, denn in einem ähnlichen Falle wäre der geschädigte Theil ein Thor, noch auf Schutz und Gesetz in Brasilien zu warten, und weiß dann gleich, daß er sich sein Recht selber zu verschaffen hat.«

»Sie predigen Revolution!« rief die Senhora streng.

»Ich predige das, was ich selber ausführen würde,« sagte Günther kalt; »unter solchen Umständen möchte ich denn auch Ihre werthvolle Zeit nicht länger in Anspruch nehmen.«

»Aber Sie wollten mir noch Etwas über die Colonie sagen,« rief der Präsident, der unruhig auf seinem Stuhle hin und her gerückt war.

»Das wollte ich allerdings,« erwiederte Herr von Schwartzau, »aber nach dem eben Gehörten wird auch das Nichts fruchten.«

»Und was war es?«

»Ich wollte Sie bitten, Senhor, Ihren Entschluß, das Directorium der Colonie zu ändern, noch n i c h t auszuführen, bis Sie nicht wenigstens genauere Erkundigungen über die dortigen Verhältnisse eingezogen. Director Sarno…«

»Kommen Sie uns nicht mit dem Unterofficier!« sagte die Präsidentin ungeduldig — »mein Mann will Nichts von ihm hören.«

»Sarno war Officier,« entgegnete Günther, »und gehört m e i n e r Überzeugung nach zur besten Classe dieser Herren. Daß er derb ist und gerade durch geht, sollte ihm eher zum Lobe gereichen.«

»Die Sache ist schon abgemacht,« sagte die Senhora.

»Aber so laß ihn doch ausreden, mein Kind,« bat der Präsident.

»Ich bin schon fertig, Senhor,« sagte Günther aufstehend — »die Sache scheint allerdings abgemacht, und alles Weitere wäre nur Wortverschwendung. Allein der Colonie zu Liebe möchte ich Sie bitten, kein Militär dorthin zu legen. Es thut nicht gut, und Sie selber haben die Verantwortung zu tragen, wenn Sie den Frieden der jetzt vollkommen ruhigen Verhältnisse dort nicht allein stören, nein, förmlich vernichten.«

»Wir werden die Verantwortung zu tragen haben, Senhor,« sagte die Präsidentin gemessen — »übrigens machen Sie sich keine Sorge weiter deshalb, denn das sind Dinge, welche eigentlich die Regierung am Besten zu beurtheilen versteht.«

Herr von Schwartzau verbeugte sich kalt, und das Gespräch über diesen Gegenstand vollkommen abbrechend, legte er dem Präsidenten nur einige Papiere vor, welche rein geschäftlicher Natur waren, und sich auf seine bereits vollendeten, wie die dort noch nöthigen Arbeiten bezogen. In einer halben Stunde war das Alles erledigt, und der Ingenieur empfahl sich dann sehr förmlich wieder dem Präsidenten und seiner Gattin. Er war fest entschlossen, sie nicht weiter zu belästigen.

An demselben Morgen ging aber der Regierungsdampfer wieder nach Santa Clara und von da nach Rio de Janeiro zurück, und Günther war Zeuge, daß vierzig Mann brasilianischer Truppen, o h n e Officier, auf ihm eingeschifft wurden, um, wie das Gerücht ging, die Colonie Santa Clara gegen in deren Nähe herumstreifende Indianerhorden zu schützen.

4.

Der neue Director.

Die Colonie Santa Clara befand sich indessen in einer Art von Gährung, zu der nicht allein alte Unzufriedenheit, sondern auch neu eingetretene Elemente nicht wenig beigetragen hatten. Die Bittschrift an den Präsidenten, den Director Sarno abzusetzen, war in der That von hier ausgegangen, und zwar, so unglaublich das scheinen mag, durch erste Veranlassung jenes nichtswürdigen Burschen mit dem Tressenstreifen, mit dem sich kein anständiger Mensch in der Colonie abgeben mochte.

Größere Dinge werden aber in unserer wunderlichen Welt gar nicht etwa so selten durch noch schlechtere Hebel in Bewegung gesetzt, wenn man auch oft, nachdem sie geschehen, schwer im Stande ist, auf ihren Ursprung zurückzugehen. Die Sache war jedenfalls angeregt worden, die Gräfin hatte zufällig davon gehört, Herr von Pulteleben war Feuer und Flamme für die Idee, denn der Director hatte ihn ja nicht einmal angenommen, und da es galt eine große Zahl von Unterschriften zusammen zu bringen, so vereinigte sich in dem Schriftstücke — Dinge, die ebenfalls sogar in unserem civilisirtesten Leben manchmal möglich gemacht werden — Aristokratie und Proletariat gegen einen Mann und ein System, der und das beiden Theilen unbequem war, weil er eben weder der einen, noch der andern Seite Zugeständnisse machen wollte.

Der Bursche mit der Tresse übte überdies einen schlimmen Einfluß aus, denn wo er nur konnte, suchte er Unzufriedenheit zu erregen, und wenn man ihn selber auch bald als einen Lump kennen lernte, fielen doch seine Worte nur zu häufig auf fruchtbaren Boden. Die Menschen sind ja leider nur zu gern gewillt, Böses oder Nachtheiliges von ihren Mitmenschen anzuhören und zu glauben, mag die Quelle, aus welcher sie es schöpfen, noch so unrein sein. Außerdem trat er übrigens dem Director auch in offener Opposition entgegen, und wurde darin von einem neu eingewanderten Individuum, das von Santa Catharina mit einem kleinen Schooner gekommen war, unterstützt.

Dieser Mann hieß Buttlich, und begann damit, ein Grundstück in der Stadt mit einem kleinen Hause zu kaufen, wo er mit eingeführten Waaren einen Laden aufsetzte, und in der unteren Eckstube eine Wirthschaft eröffnete. Er hatte dazu gleich die specielle Erlaubniß des Präsidenten mitgebracht, und schien von diesem auch in mancher andern Art begünstigt zu werden.

Bux war unter der Zeit bei dem Director eingekommen, ein kleines Haus, das jetzt nicht mehr benutzt wurde, zur Verfügung gestellt zu bekommen, um darin Vorstellungen in der Bauchredekunst zu geben, aber augenblicklich abschlägig beschieden worden. Der Director ließ ihm sagen, sie brauchten Ackerbauer in der Colonie und fleißige Handwerker, aber kein Meßgesindel aus der alten Welt.

Damit begnügte sich indessen Bux natürlich nicht, und wenn der neue Wirth auch im Anfange Nichts mit dem liederlichen Gesellen zu thun haben mochte, fand er doch kaum, daß sich dieser als Mittel gegen den Director gebrauchen ließ, als er ihm seine Hülfe zusagte, und ihm auf seinem eigenen Grundstück eine Ecke zuwies, in der er sich eine Art von Bude aus Pfählen und Reisig, oder wie er sonst wollte, herrichten konnte; ja, er unterstützte ihn sogar dabei mit Geld.

Bux ging nun auch scharf an die Arbeit, und nach einigen Wochen schon überraschte die Bewohner von Santa Clara die allerdings nur geschriebene Anzeige an verschiedenen Ecken der Stadt und in Bohlos' wie Buttlich's Wirthsstuben, daß am nächsten Sonntag Abend die erste große Vorstellung des berühmten Ventriloquisten Bux aus Paris mit außerordentlichen Productionen der Wunderkinder Guido und Isabella stattfinden solle.

Der Director schickte zu Buttlich und ließ die Vorstellung verbieten. Buttlich sandte aber die Abschrift eines Dokumentes zurück, worin ihm der Präsident erlaubte, auf seinem Grundstücke, vollkommen unabhängig von irgend einer Behörde, zu treiben was ihm beliebe, vorausgesetzt nur, daß es keine feuergefährlichen, oder sonst den Gesetzen des Staates zuwiderlaufende Dinge seien. Damit war die Sache an dem Tage — an einem Samstage — abgemacht. Am Sonntag Abend war die Vorstellung, und man kann sich etwa denken wie erstaunt — weniger die Colonisten, denn diese hatten Derartiges ja schon in Deutschland gesehen — aber besonders die Kinder derselben und der junge Nachwuchs waren. Vor Staunen beinahe sprachlos standen sie, als Sonntag gegen Abend die Vorbereitungen begannen, und Bux plötzlich in fleischfarbenen, etwas schmutzigen Tricots, nur allein mit einer flittergestickten, himmelblauen Schwimmhose und ein Paar eben solchen Schuhen an, auf dem etwas erhöhten Entrée seiner rauh genug hergestellten Bude erschien.

Vorher schon hatte seine Frau, das bleiche, abgehärmte Gesicht von einer verdrückten Rosenguirlande entstellt, die müden Glieder in ein fleckiges, oft und oft ausgebessertes Seidenkleid gesteckt, an einem kleinen Tische vor dem Eingange ihren Sitz genommen, um die Billete für die Zuschauer auszugeben, und Isabella, ihre Tochter, in einem sehr kurzen weißen Kleide, ebenfalls mit fleischfarbenen Tricots, eine Menge Blumen im Haar und die Wangen unnatürlich roth geschminkt, trat zu ihr und lehnte ihren Kopf an der Mutter Schulter.

»Du, Wilhelm — was ist denn das?« fragte ein junger Bursche von vielleicht zwanzig Jahren, der hier in Brasilien geboren worden, seinen Kameraden, indem er mit offenem Munde auf die Gruppe zeigte — »wo kommen die Leut' her und was wollen die hier? Sind das vielleicht deutsche Indianer?«

»Gott weiß es!« sagte der Angeredete, der kein Auge von Bux verwandte — »sieh' nur, der Kerl geht ganz nackigt — oder hat er sich die Beine nur so angestrichen?«

»Und wie sich die Frau herausgeputzt hat,« flüsterten ein paar junge Mädchen mit einander — »und sieh nur, was das Kleid für Flecken hat, und da am linken Ärmelbesatz sitzt ein blauer Streifen, der eingeflickt ist.«

»Und das Kind haben sie roth angestrichen,« antwortete die Freundin — »was mag denn nur los sein, daß sie solchen Unsinn treiben!«

»Immer herein, meine Hörrschaften!« rief da der Ventriloquist mit seiner scharfen Stimme über die sich mehr und mehr sammelnden Zuschauer hin, von denen sich aber noch Keiner getraut hatte, den Platz selber zu betreten — »immer herein, immer herein! H ü r ist der Platz, wo Sie Staunenswerthes sehen und erleben werden, h ü r ist die Gelegenheit, die Wunder des menschlichen Geistes und Körpers zu erkennen! H ü r ist der Ort, wo der berühmte Bux Ihnen zeigen wird, was Sie bis jetzt noch nicht gewußt haben, und der junge Athlete Guido seine Kraft und Gelenkigkeit entwickeln soll, während Mademoiselle Isabella in Grazie und jugendlicher Unschuld einige Tänze aus der alten griechischen Heidenzeit aufzuführen die Ehre haben wird! Immer herein, meine Hörrschaften, immer herein! Keiner ist genöthigt da draußen stehen zu bleiben, und es kostet gar Nichts — nur fünfhundert Reis die Person, Kinder unter zwölf Jahren die Hälfte, Säuglinge frei; immer herein, meine Hörrschaften, immer herein — jetzt gerade wird der Anfang beginnen!«

»Herr Gott, hat der Kerl ein Maulwerk am Kopfe!« sagte einer der Außenstehenden — »wie ein Mühlwerk geht's und klappert auch gerade so.«

Bux stolzirte indessen auf dem schmalen Raume, welcher ihm zum Entrée diente, auf und ab, und zwar mit einem großen rothbaumwollenen Taschentuch in der Hand, das ihm Guido aus der Thür herausreichen mußte. Er hatte den Schnupfen, in seinem gegenwärtigen Costüm aber leider keine Tasche, und der rothe geblümte Lappen paßte eigentlich nicht recht zu den himmelblauen gestickten Schwimmhosen und dem Goldreif um den Kopf.

»Immer herein, meine Hörrschaften!« schrie da plötzlich eine andere Stimme, die unserm Freunde Jeremias gehörte. Dieser war nämlich durch den Lärm ebenfalls angelockt worden und hatte der Versuchung nicht widerstehen können, dem aufgeputzten Burschen, den er haßte, einen Streich zu spielen — »immer nur herein — h ü r werden Sie sehen, wie man Sie auf geschickte Weise um Ihr Geld bringt — h ü r werden Sie schauen, wie sich Jammer und Elend mit Blumen herausstaffirt und ein paar aufgeputzte Kindergerippe auf einem Beine tanzen — h ü r werden Sie sehen....«

»Du hast einen silbernen Löffel gestohlen!« rief es plötzlich neben Jeremias, aber auf der entgegengesetzten Seite von der, wo Bux stand, welcher den neuen Ausrufer vollkommen ruhig betrachtete.

»Is nich wahr!« schrie Jeremias, und drehte sich rasch und wüthend nach der Seite, wo er aber zu seinem Erstaunen Niemand sah.

»Hast 'en ja in der Tasche!« sagte da die Stimme wieder, und Jeremias lief es kalt über den Rücken.

»Lügenhund, verdammter!« schrie er, wobei er fast unwillkürlich in die rechte Tasche griff, und Bux wollte sich jetzt auf seinem Stande vor Lachen ausschütten.

»Na, was ist denn das? Was geht denn hier vor?« riefen Andere und drängten näher.

»Immer herein, meine Hörrschaften!« schrie da Bux wieder, den für ihn günstigen Moment benutzend — »das gehört Alles mit zum Spaß — da drinn wird's jetzt losgehen, immer herein — immer herein!« und während er dem kleinen Mädchen einen Wink gab, ihm zu folgen, verschwand er in der Thür, und gleich darauf begann darin die schon von ihm bestellte Musik, zwei Trompeten, eine Trommel und eine Clarinette, einen lustigen Walzer aufzuspielen.

»Ei, zum Henker, fünfhundert Reis wend' ich dran,« sagte da ein junger, schlanker Bauer, der gerade eine Ladung Bohnen in die Stadt geschafft hatte — »sie werden Einen ja doch nicht beißen!« und mit entschlossenem Schritt trat er auf den Tisch zu, legte das Geldstück darauf und tauchte dann ebenfalls in die niedere Thür ein. Ein paar andere Colonisten, die derartige Dinge schon von daheim kannten, folgten, und bald trieb die Neugierde wohl fünfzehn oder zwanzig Personen mehr nach, welche sich in dem innern Raume auf roh genug eingerichteten Bänken sammelten.

Das Innere der Hütte war, so gut das eben anging, bühnenartig eingerichtet, mit einem etwas erhöhten Podium aus ungehobelten Brettern, und einem freilich sehr dürftigen, von Kattunresten zusammengeflickten Vorhange. Dieser verrichtete aber doch wenigstens den Dienst, die Zuschauer etwas Geheimnißvolles ahnen zu lassen, was hinter demselben vorgehen könnte, und genügte deshalb vollkommen.

Die Ouverture — jener Walzer — war beendet, der Vorhang wurde durch den dazu abgerichteten Hausknecht Buttlich's aufgezogen, und den Zuschauern zeigte sich eine von der Hand des kunstfertigen Schneiders gemalte, außerordentlich merkwürdige Decoration, welche vollkommen im Dunkeln ließ, ob die Phantasie ersucht wurde sich in einen Wald, oder in eine Tempelhalle hineinzudenken.

Das Publicum zerbrach sich aber darüber gar nicht den Kopf, denn Bux erschien mitten auf dem Schauplatze, auf den er eine kurze Leiter und eine Stange mitbrachte, und begann jetzt, als Herkules und Athlet, eine Anzahl von Productionen auszuführen, wie wir sie Deutschland nur zu häufig auf Märkten und Messen in kleinen Winkelbuden oder auch gar auf offener Straße zu sehen bekommen. Der Beifall, den er damit erntete, war freilich sehr gering; das Publicum lachte ein paar Mal, wenn ihm Etwas mißglückte, das war Alles; applaudiren wollte Niemand, was wußten die Leute auch davon, und er ging dann zu dem zweiten Theil seiner Vorstellung — der höheren Bauchredekunst — über, bei welcher er aber ebenfalls einen weit geringeren Erfolg erzielte, als er erwartet haben mochte.

Bux war darin wirklich nicht ungeschickt, aber sein ganzer Triumph scheiterte an der Gleichgültigkeit der Zuschauer, welche sich eben nicht wollten überzeugen lassen, daß er wirklich allein die bald von da, bald von dorther schallenden Töne hervorbrachte.

Ach, da hinten oder da drüben steckt a u c h Jemand, sagten die Leute, und als er sich mit einem Wesen unterhielt, welches angeblich unter einer verkehrt auf dem Tische stehenden Papierdüte stak, sagten sie, »das klang so natürlich, als ob Jemand da drunter wäre,« und damit war die Sache abgemacht.

Wieder war eine Pause, und einzelne der Zuschauer gingen schon hinaus, weil sie sich zu langweilen anfingen, dann kamen die Kinder, Guido und Isabella, welche sich produciren sollten, und hier scheiterte das Ganze.

Die kleine »Isabella« trat kaum vorn auf die Bühne heraus, als die Frauen unter den Zuschauern, mehr aus einer gewissen Art von Instinct, als weil sie sich des Entwürdigenden solcher Darstellung für das Kindesalter klar bewußt gewesen wären, Mitleid mit der kläglich genug aussehenden Erscheinung fühlten.

»Ach, das arme Wurm,« sagte eine alte Frau, die vorn auf der zweiten Bank saß — »wie sie das Kind angestrichen und geputzt haben, und halb verhungert ist's dabei!«

»Und der Vater prügelt's noch außerdem zu Hause,« sagte ein junges Mädchen, welches neben ihr saß — »ich hab' es oft gesehen, und jetzt soll das arme Ding tanzen.«

»Und der Junge könnte auch was Gescheiteres thun,« meinte ein alter Bauer, der auf der ersten Bank saß, als Guido jetzt, ebenfalls in Tricots und geschminkt, neben seiner Schwester erschien und anfing zu tanzen — »'s ist ein Skandal, daß Kinder zu so 'was auferzogen werden, wo sie sich überall im Lande ihr Geld auf ehrliche Art erwerben können!«

Die Musik machte gerade jetzt eine Pause, um Herrn Bux Gelegenheit zu geben, ein Gestell mit papierüberklebten Reifen auf die Bühne zu schaffen, und dann bei dem neuen Beginne mit so viel mehr Nachdruck einfallen zu können, als eine tiefe, ruhige Stimme laut sagte:

»Die Kinder fort! Ich leide nicht, daß die hier zu solcher Schlechtigkeit gebraucht werden. Die Brasilianer sind den Deutschen so schon aufsässig genug; wir wollen ihnen nicht auch noch hier im Lande selber solche Früchte heranziehen!« — Als sich die Zuschauer erstaunt nach der Stimme umsahen, erkannten sie den Director Sarno, der eben einem Polizeidiener oder Wächter den Befehl gab, das weitere Auftreten der Kinder zu verhindern. Dieser schritt auch ohne Weiteres der Bühne zu und beorderte »Guido und Isabella«, sich zurückzuziehen, als Bux wüthend auf ihn eindrang und sein Recht behaupten wollte, hier in seinem Locale und mit seiner Familie zu treiben, was ihm beliebe.

Der Schneider, welcher seinen Platz auf der ersten Bank hatte, war rasch aufgesprungen als er den Director hörte, um Buttlich herbeizurufen, und der Wirth erschien auch fast augenblicklich, den Künstler, kraft seines Freibriefes, gegen die »Willkürlichkeiten des Directors« in Schutz zu nehmen. Jetzt aber mischte sich das Publicum in die Verhandlungen, und besonders waren es die Frauen, die zuerst des Directors Partei nahmen.

»Er hat Recht, der Herr Director,« riefen sie; »es ist ein Skandal und sollte nicht erlaubt werden! Schickt die armen Kinder in die Schule oder auf eine Chagra, daß sie 'was lernen, was sie zum Leben brauchen!«

»Ich kann mit meinen Kindern machen was ich will,« schrie Bux dazwischen, »und kein Mensch hat mir ein Wort zu sagen!«

»So, mein Bursche?« rief der alte Bauer — »das ist aber doch vielleicht ein Irrthum; denn wenn wir hier frische Leute und Kräfte in's Land bekommen, so liegt uns auch daran, daß sie uns keine Schande machen, und wo wir merken, daß das doch geschehen könnte, da wär's doch sonderbar, wenn wir nicht auch noch ein Wort mit drein zu reden hätten!«

»Ich kann meine Kinder tanzen lassen, wo ich will,« schrie Bux wieder, durch den neuen Widerspruch gereizt.

»Das weiß ich nicht,« sagte der alte Bauer, indem er ruhig von seinem Sitze aufstand; »ich denke mir aber, wenn Dir Niemand weiter zusieht, wirst Du's von selber bleiben lassen. Deshalb, Landsleute, wenn Ihr meinem Rathe folgt, so laßt Ihr den Menschen hier seinen Unfug treiben, seht ihm aber nicht auch noch zu. Ich wenigstens habe die Sprünge und Dummheiten satt, und wenn ihn Niemand mehr dafür bezahlt, bekommen die armen Kinder schon von selber Ruhe!« — und damit setzte er seinen Hut auf und schritt dem Ausgange zu.

»Das ist wahr, das ist recht!« riefen die Frauen und einige junge Burschen; »es ist eine Schande, nur dabei zu sitzen!«

»Ihr werdet Euch doch nicht von einem Polizeidiener in's Bockshorn jagen lassen?« schrie jetzt der Schneider dazwischen, der das Weglaufen der Leute auch theilweise mit als eine Beleidigung gegen s i c h betrachtete, weil e r ja die Decoration gemalt hatte. »Wir sind hier in unserem Rechte, und ich will Den sehen, der uns Etwas hier zu sagen oder zu befehlen hat!«

»Du kannst da bleiben, Schneider,« sagte der Bauer ruhig, indem er den Kopf über die Schulter nach Justus Kernbeutel hindrehte, »von Dir erwartet es auch Niemand anders!« – und mit den Worten verließ er das Haus.

Ein paar der jungen Leute zögerten noch; sie hatten ihr Geld bezahlt, und wollten doch eigentlich auch noch gern genießen, was hier zu sehen war; da aber alle Anderen gingen, mochten sie auch wieder nicht allein zurückbleiben, und ehe zehn Minuten vergangen waren, hatten sämmtliche Zuschauer den Platz geräumt, und in der That den Schneider allein als Publicum in dem öden Raume zurückgelassen. Selbst der Polizeidiener war gegangen, als er sah daß die Colonisten die Sache selber in die Hand nahmen.

Director Sarno hatte ebenfalls die Hütte verlassen, sobald er nur den Befehl gegeben, die Kinder von der Bühne zu entfernen, und wollte gerade nach seiner eigenen Wohnung zurückgehen, als ihn Jeremias einholte und, ohne weitere Umstände seinen Arm ergreifend, sagte:

»Der Teufel ist los, Herr Director, und die Bombe ist geplatzt!«

»Und was giebt's nun wieder?« fragte Sarno ruhig, und dann nach der Landung hinunter horchend, fuhr er fort – »was ist denn das für ein Lärm da unten, Jeremias?«

»Das ist ja eben die Bombe,« sagte der kleine Bursche – »der neue Director mit einem ganzen Schwarm brauner und schwarzer Soldaten, die man bei uns zu Hause alle für Geld könnte sehen lassen.«

»Der n e u e Director,« lächelte Sarno – »und woher weißt D u das?«

»Eben ist das Dampfschiff hereingekommen,« versicherte Jeremias — »gerade von Santa Catharina — und der Director ist mit den Booten unten von der kleinen Barre heraufgekommen, weil der Fluß jetzt so niedrig ist, und der Bodenlos hat einen Bekannten dabei getroffen, einen Deutschen, und der hat ihm die Geschichte erzählt. Der neue Director logirt bei dem Baron, und die Soldaten sind mitgeschickt, daß uns die Indianer hier nicht die Hälse abschneiden sollen.«

»So?« sagte Sarno ruhig und schritt auf sein Haus zu — »komm' mit, Jeremias, vielleicht giebt es Etwas zu besorgen« — und ohne weiter eine Frage an seinen Begleiter zu richten, setzte er seinen Weg fort. — Der neue Director? Er hatte etwas Ähnliches schon lange erwartet, wenn auch freilich in anderer Weise, und lange schon gewünscht, dieses lästigen, undankbaren Postens enthoben zu sein, und trotzdem war es ihm doch ein bitteres Gefühl, sich zu denken, daß er für so vollkommen entbehrlich gehalten wurde, seine Arbeit ohne weitere Umstände durch einen Andern — er wußte ja noch nicht einmal, durch wen — fortgeführt und sich bei Seite geworfen zu sehen.

Er stand, mit diesen Gedanken beschäftigt, vor seinem Hause, ehe er selbst recht wußte, wie er dahin gekommen. Die Entscheidung ließ aber auch nicht lange auf sich warten, denn selbst vor seiner Thür fand er einen der brasilianischen Soldaten in blauer Uniformjacke, Sommerhosen und bloßen Füßen, der ein Schreiben in der Hand hielt und auf Jemanden zu warten schien.

»Zu wem willst Du?« fragte er ihn.

»Senhor Sarno.«

»Der bin ich selber.«

»Brief abzugeben,« sagte der Soldat und reichte ihm das Schreiben.

»Weiter Nichts?«

Der Bursche hielt es nicht einmal der Mühe werth zu antworten, schüttelte nur mit dem Kopf und schlenderte dann pfeifend die Straße wieder hinab.

Jeremias sah ihm nach und sagte dann kopfschüttelnd:

»Hübsche Kerle — jetzt können wir nur unsere Häuser und Kasten zuschließen, denn wo d i e Bande hinkommt, hört der Friede auf.«

Sarno war vor ihm her in sein Zimmer gegangen, und brach dort das Schreiben auf. Es enthielt, wie Jeremias schon ganz richtig gemeldet hatte, seine einfache Entlassung als Director der Colonie Santa Clara, ohne irgend welchen Grund dafür anzugeben, wie außerdem die Anzeige, daß Baron von Reitschen als neuer Director von dem nämlichen Tage an, an welchem er die Colonie betreten, in seine Stellung einrücken würde. Weiteres werde Herr von Reitschen selber mit ihm besprechen, und Acten wie Casse von ihm übernehmen.

»Also abgesetzt,« lachte Sarno bitter vor sich hin, als er das Papier auf den Tisch warf — »und mit verwünscht wenig Umständen, wie es scheint.«

»Das ist Alles bei der Frau Gräfin gekocht,« sagte da Jeremias, der, von dem Director vollkommen unbeachtet, diesem in das Zimmer gefolgt war — »dorten haben sie's gebraut.«

Sarno sah sich rasch nach dem Redenden um.

»Gebraut? Was?«

»Die Eingabe nach Santa Catharina und die ganze andere Geschichte. Der Herr von Pulteleben hat's geschrieben und vorgelesen, und nachher wurd' es unterzeichnet und fortgeschickt, im ganzen Orte herum. Selbst der Lump, der Justus, und der Schuft, der seine Frau und Kinder immer prügelt und mit dem Bösen im Bunde steht, hat seinen Namen mit drauf setzen müssen.«

»Neben den der Frau Gräfin?« lächelte Sarno.

»Nun, ein Stückchen weiter unten,« sagte Jeremias — »und mich wollten sie auch dazu haben, aber ich denke, der Herr von Pulteleben bleibt künftig bei seinen Cigarren und läßt m i c h ungeschoren.«

»Die Fabrikation geht gut?« lächelte Sarno.

Jeremias pfiff blos leise vor sich hin, schob beide Hände in die Taschen und verließ, seinen Hut noch immer unter den Arm geklemmt, das Zimmer, kehrte aber augenblicklich wieder zurück und meldete: »'s ist ein fremder Herr draußen, der den Herrn Director zu sehen wünscht,« und dabei überreichte er Sarno eine Karte, auf der nur die Worte standen: Ferdinand von Reitschen.

»Wird mir sehr angenehm sein,« sagte Sarno, die Karte auf den Tisch werfend.

»Der N e u e, nicht wahr?« fragte Jeremias, indem er Sarno mit den Augen zublinzelte. Dieser lächelte und nickte, und der kleine Bursche ließ gleich darauf den Baron von Reitschen in das Zimmer.

»Mein werther Herr,« sagte dieser, indem er rasch auf Sarno zuging und seine Hand ergriff – »ich muß tausendmal um Entschuldigung bitten, Sie noch in meinen Reisekleidern aufgesucht zu haben, aber die eigenthümlichen Umstände, unter denen ich hier…«

»Bitte, machen Sie keine Umschweife,« unterbrach ihn Sarno ruhig, indem er ihm einen Stuhl hinrückte – »dem eben erhaltenen Schreiben nach habe ich das Vergnügen, in Ihnen den neuen Director der Colonie zu sehen, und da ich von dem Augenblicke Ihres Eintreffens an, mein Amt in Ihre Hände niederlege, so versteht es sich von selbst, daß wir alles Geschäftliche so rasch wie irgend möglich erledigen. Aus diesem Grunde schon kann ich Ihnen nur dankbar sein, eine für beide Theile nicht angenehme Sache, so bald es eben angeht, zu beseitigen.«

»Ich bitte, mich um Gottes Willen nicht falsch zu verstehen!« rief Herr von Reitschen rasch – »Sie glauben doch sicherlich nicht, daß ich schon in der ersten Stunde auf etwas Derartiges dringen wollte. Nehmen Sie sich ja Zeit, mein lieber Herr – nein, ich kam eigentlich heute Nachmittag nur her, um Sie um Ihren Rath und wo möglich Ihren – Beistand zu bitten.«

»In was, wenn ich fragen darf?«

»Sie wissen, daß Se. Excellenz eine kleine Abtheilung Militär hieher beordert hat.«

»Ich habe es wenigstens heute erfahren, wenn ich auch eigentlich nicht recht begreife, zu welchem Zweck.«

»Die Indianer haben sich in der letzten Zeit wieder so frech gezeigt.«

»Hier bei uns?«

»Nun, doch in der Nachbarschaft,« sagte Herr von Reitschen etwas verlegen — »wenigstens liefen dahin lautende Berichte bei dem Präsidenten ein.«

»Dahin lautende Berichte hätten doch eigentlich von m i r ausgehen müssen« sagte Sarno ruhig — »und ich weiß Nichts davon.«

»Sie haben sich in der Nähe sehen lassen, so viel ist sicher, und Sie wissen selber, daß es zu spät ist Vorsichtsmaßregeln zu treffen, wenn sie erst da sind.«

»Ihre Excellenz ist sehr besorgt um das Wohl der Colonie und hat uns davon schon viele Beweise gegeben.«

»I h r e Excellenz?« sagte Herr von Reitschen etwas verblüfft.

»Oder S e i n e, das bleibt sich ja gleich; doch bitte, zur Sache, denn Sie wissen ja doch, daß ich weder mit den Indianern noch mit den Soldaten weiter Etwas zu thun habe.«

»Es handelt sich jetzt darum, sie unterzubringen, bis passende Wohnungen für sie gebaut werden können,« sagte Herr von Reitschen, dem selber daran lag, das Gespräch abzubrechen — »ich bin hier noch zu fremd, und Sie können mir gewiß am Besten die Mittel und Wege…«

»Da bedauere ich doch sehr,« unterbrach ihn Sarno ruhig — »ich selber halte brasilianisches Militär hier zwischen den deutschen Colonisten nicht allein für ganz überflüssig, sondern sogar noch für vollkommen verderblich, und würde n i e die Hand oder meine Hülfe dazu bieten, es hier unterzubringen, selbst w e n n ich noch Director wäre.«

»Aber der bestimmte Befehl des Präsidenten.«

»Sie vergessen, verehrter Herr,« lächelte Sarno, »daß mir Se. Excellenz Nichts mehr zu befehlen hat.«

»Mißverstehen Sie mich nicht,« sagte Herr von Reitschen rasch — »in dieser Angelegenheit würde ich es nur als eine mir persönlich erwiesene Gefälligkeit betrachten.«

»Ich bedaure dann recht sehr, Ihnen diese nicht leisten zu können,« sagte Sarno kalt; »kann ich Ihnen vielleicht mit etwas Anderm dienen?«

»Ich danke Ihnen; mit Nichts was ich augenblicklich wüßte,« sagte Herr von Reitschen, und hielt seine Unterlippe mit den Zähnen.

»Dann ersuche ich Sie nur,« fuhr Sarno fort, »sich morgen um zehn Uhr zu mir zu bemühen, um die Directionspapiere zu übernehmen. Sie wohnen?«

»Bei Baron Jeorgy.«

»Es ist sonst«, lächelte Sarno, »bei einer Entlassung von Dienstboten wohl Sitte, ihnen eine vierwöchentliche Kündigungsfrist zu stellen, ich werde aber dieses »Dienstbotenrecht« nicht für mich beanspruchen, Herr Baron, und hoffe, Ihnen das Directionsgebäude übermorgen früh zur Verfügung stellen zu können.«

»Aber solche Eile ist ja gar nicht nöthig.«

»Doch vielleicht — bis wann verläßt der Dampfer Santa Clara wieder?«

»Er — hat Ordre, zu warten, bis Sie bereit seien, falls Sie ihn zur Abreise benutzen wollten.«

»Nun, sehen Sie,« sagte Sarno, indem ein ironisches Lächeln um seine Lippen zuckte — »ich darf die Güte der Regierung doch nicht mißbrauchen — der Dampfer ist nach Rio bestimmt?«

»Ja«

»Sehr schön; in einigen Tagen denke ich ihn zu benutzen, übermorgen aber werde ich jedenfalls hier ausziehen, und meine Wohnung indessen im Gasthofe nehmen.«

»Es ist das wirklich nicht nöthig — ich bin bei dem Baron vortrefflich aufgehoben.«

»Ich glaube, die Sache ist damit abgemacht.«

»Wenn Sie es nicht anders wollen — so habe ich die Ehre, mich Ihnen gehorsamst zu empfehlen.«

Sarno verbeugte sich höflich, aber kalt gegen den Baron, und dieser verließ rasch das Zimmer, hatte aber kaum die Treppe betreten, als ein Brett unter seinen Füßen nachgab und er polternd die ziemlich steilen achtzehn Stufen mit einem furchtbaren Lärm hinab kollerte.

»Der Herr scheinen die neuen Colonietreppen noch nicht gewöhnt zu sein,« sagte Jeremias, der unten an der Treppe stand und mit einer seiner zierlichsten Verbeugungen den Hut abnahm — »haben sich doch nicht etwa Ihre werthen Arme oder Beine gebrochen?«

»Verfluchte Treppe!« brummte Herr von Reitschen, indem er sich kaum vom Boden zu heben vermochte, ohne daß ihm Jeremias jedoch die geringste Hülfe geleistet hätte — »eine schöne Ordnung hier im Hause, daß man nicht einmal sicher die Stiege betreten kann!«

»Schade um die hübsche Hose,« sagte Jeremias, auf das zerrissene Kleidungsstück deutend — »aber wenn's Bein nur ganz ist.«

Der neue Director hörte ihn nicht mehr und verließ hinkend das Haus, Jeremias aber stieg, vergnügt vor sich hin pfeifend, die Treppe wieder hinauf, holte dort einen Hammer und Holzstift, welcher letztere genau in die Stelle paßte, wo einer im Seitenbret fehlte, und hatte den Schaden in wenigen Minuten vollständig ausgebessert.

Der nächste Tag war ein lebendiger in der Colonie, denn während Sarno mit Herrn von Reitschen in dem Directionsgebäude arbeitete und wirthschaftete, schien indessen jede wirkliche Beschäftigung in dem Städtchen aufgegeben zu sein, und die Männer schlenderten in den Straßen herum oder saßen in den Wirthshäusern, theils die neuen Soldaten zu betrachten, theils sich ihre Bemerkungen über diesen, Keinem willkommenen Zuwachs mitzutheilen.

Und was war jetzt der neue Director für ein Mann, und weshalb hatte man ihnen den alten eigentlich nicht gelassen? Jetzt, da sie ihn verlieren sollten, fiel ihnen auf einmal Allen ein, daß er doch ein ganz tüchtiger und braver Mann gewesen, der es mit den Colonisten wirklich gut gemeint, und wie sich der neue zu diesen stellen werde, wußte man ja noch gar nicht. Außerdem war er ein Baron, kein Bürgerlicher, wie Sarno, und hatte sich auch gleich bei dem Baron Jeorgy einquartiert — weshalb ging er nicht in's Gasthaus, meinte Bohlos, denn wozu wären denn die Gasthäuser eigentlich da, wenn die Fremden nicht darin wohnen wollten?

Die vorläufige Unterbringung der Soldaten hatte ebenfalls ihre Schwierigkeit, denn kein Deutscher wollte diese Burschen, die nirgends in dem besten Rufe stehen und außerdem entsetzlich schmutzig und roh sind, in Quartier nehmen. Es blieb also zuletzt in der That nichts Anderes übrig, als sie vor der Hand in das Auswanderungshaus zu legen, obgleich hier schon zwei aus einer andern Colonie herübergekommene Familien einquartiert lagen. Den Colonisten wurden indessen von Herrn von Reitschen bedeutet, daß es nur für ganz kurze Zeit sei, da die Leute selber schon am nächsten Tage daran gehen sollten, Hütten für sich in der Nähe des Flusses zu errichten.

Nachmittags vier Uhr hatte Sarno seine Geschäfte mit dem neuen Director, so weit das bis zur vollständigen Übernahme geschehen konnte, beendet, als Könnern, der einen kleinen Ausflug in das innere Land gemacht, vor seiner Thür hielt, abstieg und zu Sarno hinauf ging.

»Sie kommen gerade recht,« rief ihm dieser lachend entgegen, »um Ihr eigenes Gepäck zusammen zu packen und mit mir auszuziehen. Wir sind Beide auf die Straße gesetzt.«

»Also ist es wirklich wahr?« sagte Könnern kopfschüttelnd — »ich hatte schon draußen vor dem Orte davon gehört, und der Herr, der mir da eben in der Thür begegnete...«

»Ist der neue Director, Herr von Reitschen.«

»Sein Gesicht gefällt mir nicht besonders — doch was thut das — i c h werde mit dem Herrn in keine nähere Berührung kommen. Aber ist Schwartzau noch nicht zurück?«

»Noch nicht, doch kann er jeden Tag eintreffen, denn wir haben die letzten drei Tage einen festen Süder gehabt, der eine ganze kleine Flotte von Schoonern in den Fluß gebracht — und geschrieben hat er, daß er kommt. Apropos, Könnern, gehen Sie mit nach Rio?«

»Wann?«

»Jetzt — morgen oder übermorgen.«

Könnern hatte die Arme untergeschlagen und ging mit langsamen Schritten im Zimmer auf und ab; er beantwortete auch eine Zeit lang die Frage nicht; endlich sagte er leise: »Ich kann nicht — ich kann wenigstens jetzt noch nicht, bis sich mein Schicksal hier entschieden hat.«

»Könnern, Könnern, nehmen Sie sich in Acht!«

»Ihre Warnung kommt zu spät,« sagte der junge Mann, indem er vor Sarno stehen blieb und ihm treuherzig in's Auge sah.

»Und sind Sie schon so weit?«

»Weit?« seufzte Könnern; »ich stehe an der nämlichen Stelle, wo ich vor vier Wochen stand — ich habe Elisen seit jenem Tage, an dem ich zum ersten Male ihren Garten betrat, nicht wieder gesehen, also auch n i e allein sprechen können, denn der Alte hütet sie ordentlich vor mir, und hat mich schon ein Dutzend Male von seiner Thür zurückgewiesen. Aber ich bin jetzt entschlossen, dem ein Ende zu machen. Ich glaube daß Elise mich wieder liebt, und ist dem so, dann können die Eltern keinen Grund haben, sie mir zu verweigern; ich bin vollkommen unabhängig und kann eine Frau ernähren.«

»Sie wissen, daß Meier ausverkaufen und von hier fortziehen will?« fragte Sarno.

»Kein Wort!« rief Könnern rasch.

»Er steht schon über seine Chagra in Unterhandlung, und zwar durch eine Mittelsperson, mit jenem Pulteleben, der bei der Frau Gräfin wohnt. Ich weiß es genau, und glaube jetzt fest, daß S i e die Ursache sind, die ihn hier forttreibt.«

»Es wäre entsetzlich wenn Sie Recht hätten!« sagte Könnern scheu; »und doch fürchte auch ich fast, daß dem so ist, denn welcher andere Grund könnte den Mann aus seiner freundlichen Häuslichkeit treiben.«

»Es wäre das wenigstens ein Zeichen, daß das Mädchen auch Sie liebt, und etwas Ähnliches den Eltern vielleicht erklärt hat. Sonst weiß ich nicht, weshalb eine solche Maßregel nöthig wäre. Ein Vater kann doch nicht immer gleich die ganze Gegend verlassen, wenn Jemand um seine Tochter anhält, der ihm aus dem einen oder andern Grunde nicht genehm ist.«

»Ich muß hin – ich muß noch heute hin!« sagte Könnern, seinen Spaziergang im Zimmer wieder fortsetzend – »ich muß wissen woran ich bin, und wenn mich Elise wirklich liebt, dann d ü r f e n mir die Eltern ihre Hand nicht verweigern; sie d ü r f e n ihr Kind nicht unglücklich machen um der Laune eines menschenscheuen Mannes wegen!«

»Mein lieber Könnern,« sagte Sarno ruhig, »wenn die Sache so steht, und Sie bis über die Ohren in die junge Dame wirklich verliebt sind, so werde ich natürlich meine Zeit nicht länger mit Bitten vergeuden, mich zu begleiten. Bleiben Sie hier und thun Sie, was Sie eben nicht lassen können. Um eins aber m u ß ich Sie bitten, schon Ihres Bruders wegen: handeln Sie nicht unüberlegt und wie ein junger, tollköpfiger Bursche von zwanzig Jahren. Heute Abend sind Sie aufgeregt – thun Sie keinen Schritt in der ersten Aufwallung, der Sie nachher vielleicht gereuen könnte und nie wieder gut zu machen ist. Beschlafen Sie die Sache; denken Sie mit kaltem Blute darüber nach, und wenn Sie morgen nach dem Frühstück noch genau derselben Meinung sind wie heute, gut, dann thun Sie was Sie wollen!«

»Aber welchen Grund könnten Sie haben, einen solchen Schritt für unüberlegt zu halten? Elise…«

»Ist ein Engel, wie ich keinen Augenblick zweifle,« unterbrach ihn lächelnd Sarno; »aber,« setzte er ernster hinzu — »man heirathet zu Zeiten nicht allein die Geliebte, sondern auch die Schwiegereltern mit, und — mein Rath geht eben n u r dahin, sich vorher über d e r e n Verhältnisse doch ein wenig genauer zu unterrichten. Ich muß Ihnen aufrichtig gestehen, daß mir der alte Meier n i c h t besonders gefällt, denn d a ß er sich so ängstlich von jedem Menschen zurückhält, k a n n recht gut einfache Scheu vor einem geselligen Umgange — es kann aber auch etwas Anderes sein, und ich habe in den zwölf Jahren, in denen ich mich in den Colonien herumtreibe, schon ganz merkwürdige und oft wunderliche Erfahrungen gemacht.«

»Sie glauben doch nicht das alberne Geschwätz Zuhbel's?«

»Zuhbel ist ein Schwätzer, und wenn Alles wahr wäre was er sagt, so verdiente i c h zum Beispiel gehängt zu werden.«

»Und hat jener Meier in der Zeit seines hiesigen Aufenthalts irgend Etwas gethan, was…«

»Nichts — gar Nichts — er hat sich stets als einen fleißigen, anständigen Menschen gezeigt.«

»Dann überlassen Sie mich auch meinem Schicksal,« sagte Könnern freundlich. »Ich will Ihrem Rathe folgen und erst morgen früh hinüberreiten — alles Andere mag sich aber dort entscheiden.«

5.

Die Cigarrenfabrik.

In dem Hause der Frau Gräfin Baulen hatte sich indessen, und in dem kurzen Zeitraum von wenigen Wochen, außerordentlich viel verändert. Das ganze Haus war eigentlich auf den Kopf gestellt, und so still es sonst gewesen, glich es jetzt einem Bienenstock, in dem eine Menge von fremden Menschen täglich ein und aus schwärmte — wenn sie auch eben keinen Honig eintrugen.

Der sogenannte »Gartensalon« unten, wie man früher das größte Zimmer genannt, war nämlich in eine Werkstätte verwandelt worden, in der sieben kleine Tische mit eben so vielen Stühlen standen, während auf jedem ein dickes, viereckiges Brett aus hartem Holz und ein kleines Messer lagen.

Fünf von diesen waren mit Arbeitern in Hemdsärmeln besetzt, die Haufen von Tabaksblättern neben sich liegen und ein Kistchen oder einen Korb dabei stehen hatten, in denen fertige und noch feuchte Cigarren aufgeschichtet lagen, und in der Stube selber, an eingeschlagenen derben Nägeln waren Seile ausgespannt, auf denen breite Deckblätter zu oberflächlichem Abtrocknen aufgehangen waren.

Die Fenster waren geöffnet, theils um die milde Luft herein, anderntheils um den dichten Tabaksqualm hinaus zu lassen, denn die fünf Cigarrenmacher rauchten die eben gewickelten und noch biegsamen Cigarren mit einer wahren Leidenschaft. Allerdings hatte ihnen das die Frau Gräfin im Anfange nicht gestatten wollen, und in den ersten Tagen war es nur Oskar und Herrn von Pulteleben erlaubt gewesen, im Hause zu rauchen. Da sich die Leute aber zu arbeiten weigerten, wenn sie nicht ihre Cigarre dabei rauchen dürften, und sogar die Bibelstelle mit dem dreschenden Ochsen und dem Maulverbinden citirten, sah sich die Frau Gräfin genöthigt, in ihrer Strenge nachzulassen. Es hatte überdies Mühe genug gekostet, Leute aufzutreiben die im Cigarrendrehen erfahren waren, und es hing jetzt Alles davon ab, eine größere Quantität fertig zu bringen und auf den Markt zu werfen.

Die beiden jetzt leer stehenden Tische im unteren Zimmer verriethen vor den übrigen eine kleine Auszeichnung. Erstlich standen Rohrstühle davor, und dann hatten die auf dem Brette liegenden Messer Perlmuttergriffe.

Hier sollten oder wollten Herr von Pulteleben und Oskar arbeiten, und in der ersten Woche waren sie auch in der That die Ersten und Letzten dabei gewesen. Dieser Eifer aber verrauchte freilich bald, und Oskar erklärte schon am Montag Morgen der zweiten Woche, daß er nicht nach Brasilien gekommen wäre, um »wie ein Sclave zu schanzen«, er hätte sich sonst gleich von vorn herein schwarz anstreichen lassen.

Herr von Pulteleben hielt länger aus; er ging wenigstens ab und zu in die Fabrik, um einestheils die Arbeiter zu überwachen, anderntheils aber auch einmal ein paar Dutzend Cigarren fertig zu bringen, die aber freilich alle noch eine solche außergewöhnliche Form hatten, daß er sie selber rauchen mußte und nur einzeln zwischen die regelrecht gefertigten der Arbeiter einschieben konnte. Mit dem Wickeln selber ging es noch so ziemlich, aber er brachte die Spitze nicht zu Stande, die sich in die verschiedensten phantastischen Formen drehte und manchmal lang und dünn auslief, oft aber mit Kleister zum Zusammenhalten gezwungen werden mußte.

Selbst in die Zimmer der Frau Gräfin waren die unnatürlichen Auswüchse der Cigarrentische gedrungen, und diese selber gab sich hier mit Helenen derselben Beschäftigung hin. Helene entwickelte vor allen Anderen einen wahrhaft eisernen Fleiß in diesem neuen und ihr wahrlich fremden Wirkungskreise. Mit der ihr in allen anderen Dingen eigenen Geschicklichkeit hatte sie rasch gelernt, nicht allein rauchbare, sondern auch gut aussehende Cigarren in regelmäßiger Form anzufertigen, und schon nach drei Wochen arbeitete sie kaum weniger rasch, als irgend einer der angestellten Gehülfen.

Wie sich aber die Arbeit bei ihr förderte, schien auch ein anderer, besser Geist über sie zu kommen; sie schien heiterer, glücklicher zu werden, und wenn sie sich des Gedankens vielleicht selber nicht ganz klar wurde, war es doch wohl nur ein Gefühl größerer Selbstständigkeit, das sie durchzuckte, wenn sie sich bewußt wurde, ihr Brod im Nothfall selber verdienen zu können.

Jeder wirklich edle Charakter h a t dieses Gefühl, mag ihn das Schicksal in eine Stellung geworfen haben, in welche es wolle — jeder s o l l t e es wenigstens haben, denn es ist die einzige »Lebensversicherung«, die uns der Zukunft darf getrost in's Auge schauen lassen.

Helene, mit einem empfänglichen Herzen für alles Schöne und Gute, das selbst durch die schlaffe, leichtsinnige Erziehung ihrer Mutter nicht in ihr ertödtet werden konnte, hatte schon lange schmerzlich den Kampf empfunden, den diese gegen das Leben ankämpfte, nur um eine leere, äußere Erscheinung aufrecht zu erhalten, und wenn sie sich bis dahin selber machtlos gefühlt, das zu ändern, eröffnete plötzlich diese neue Beschäftigung ihr dazu die Aussicht. Daß ihre Mutter nur durch die äußerste Nothwendigkeit zu einem solchen Schritte getrieben war, sah sie recht gut ein; aber sie dankte Gott dafür, und nur manchmal beschlich sie, nach Andeutungen die jene fallen ließ, ein eigenes dunkles Gefühl, daß von der sonst so stolzen Gräfin dieses Mittel, sich eine Stellung im Leben zu erzwingen, nicht ernstlich gemeint sei, ja, nur als augenblickliche Aushülfe betrachtet werde und einem andern, tiefer liegenden Zwecke dienen solle. Und welchem? Comtesse Helene preßte die feingeschnittenen Lippen fester zusammen und ihr Auge nahm wieder jenen alten, zornigen Trotz an, den die letzten Wochen fast daraus verbannt hatten — aber sie dachte den Gedanken nie aus und arbeitete dann nur um so rüstiger weiter, um die ihr noch so nöthige Fertigkeit in ihrer neuen Beschäftigung zu erlangen.

Die Frau Gräfin selber hatte wohl auch ein paar Mal begonnen Cigarren zu machen, aber es war stets nur bei einem leider nicht mit Erfolg gekrönten Versuche geblieben. Selbst Jeremias weigerte sich, die von ihr angefertigten Cigarren zu rauchen, weil er behauptete, er bekäme die Schwindsucht dabei und zöge sich die Seele aus dem Leibe. Das Fabrikat mußte stets wieder zu Einlagen für andere verwendet werden.

Jeremias hatte übrigens in der neuen »Fabrik« eine nicht unbedeutende Wichtigkeit erlangt, da sich sehr bald herausstellte, daß e r die einzige Person im Hause sei, die wirklich Etwas von Tabaksblättern verstand und eingesandte Proben beurtheilen konnte. So oft man aber auch versuchte, ihn zu thätiger Mitwirkung bei der allgemeinen Leidenschaft zu veranlassen, so oft schlug er jedes solches Anerbieten auf das Entschiedenste aus, und nahm sich nur die Interessen seines Gutachtens in fertiger Waare, besonders von Oskar's Tische, der auch nur für eigenen Bedarf zu arbeiten schien.

Herr von Pulteleben war außer Helenen noch der Fleißigste der Familie, zu der er sich jetzt vollkommen zu zählen schien, und besonders veranlaßte ihn dazu wohl die schon merkliche Abnahme seines kleinen Capitals, das noch dazu nicht Alles in den Ankauf von rohem Tabak und die Bezahlung der Arbeiter gesteckt war.

Die Frau Gräfin hatte, da der schon so lange erwartete Wechsel angeblich noch immer nicht eingetroffen (er war in der That angekommen, aber auch augenblicklich verausgabt worden, um nur die dringendsten Gläubiger zu befriedigen), einige kleine Anlehen gemacht, um, wie sie Herrn von Pulteleben sagte, besonders Helenens Garderobe in Etwas zu restauriren und dann einige andere höchst nöthige Verbesserungen in ihrer Wirthschaft zu treffen, und die Einnahme der fertigen, aber noch nicht abgelagerten Cigarren stellte sich außerdem als viel geringer heraus, als man im Anfang erwartet haben mochte.

Herr von Pulteleben begann nachzudenken. Die ersten Zweifel stiegen in ihm auf, ob er hier auf brasilianischem Boden wohl auch gleich die richtige Speculation getroffen habe, in sehr kurzer Zeit ein reicher Mann zu werden, und zwar ohne fremde Hülfe, aus eigener Geistesfähigkeit und Ausdauer — denn das mitgebrachte und ebenfalls nicht selber verdiente Geld rechnete er natürlich gar nicht. Hinter dem Allem aber schwebte freilich das Bild Helenens, deren Reize einen unwiderstehlichen Zauber ausübten und ihn noch immer nicht recht zur Besinnung kommen ließen.

Hatte er sich gleich im ersten Augenblick von ihrer liebli-
chen Erscheinung gefesselt gefühlt, so festigte sich das Band, das
ihn zu ihr hinzog, mit jedem Tage mehr und mehr, trotzdem ihm
das schöne Mädchen nicht die geringste Ermuthigung gab, an
eine gegenseitige Neigung glauben zu dürfen. Sie war stets mehr
höflich und artig als freundlich gegen ihn; sie ging, so muthwillig
sie auch sonst sein konnte, nie auf die Scherze ein, die Oskar oft
in kindischer Ungezogenheit mit ihrem neuen Hausgast trieb,
denn Oskar war nicht gewohnt, irgend eine Verbindlichkeit gegen Jemanden in der Welt anzuerkennen, selbst nicht einmal gegen seine eigene Mutter. Helene aber wußte, daß sie Alle dem
Fremden Dank schuldig seien, sie, wenn auch nur für den Augenblick, aus einer Lage befreit zu haben, in die sie die unbedach-
te und zwecklose Verschwendung ihrer Mutter gebracht; aber sie
fühlte sich dadurch gedrückt, denn Herr von Pulteleben war keine Persönlichkeit, der sie mit freudigem Herzen Etwas hätte danken mögen.

Arno von Pulteleben legte aber selbst diese oft nur kalte Höf-
lichkeit stets zu seinen Gunsten und seinen eigenen Wünschen
gemäß aus, denn er besaß eine vortreffliche Meinung von sich
selber, und hatte ihn der R a n g e s u n t e r s c h i e d bei dem ersten
Begegnen auch etwas schüchtern gemacht, so schwanden diese
Bedenken immer mehr und mehr, als er erst einmal die Überzeugung gewann, daß die gräfliche Familie, vor der Hand wenigstens, nicht die ihrem Rang entsprechenden Mittel besaß, und die
Frau Gräfin selber auf das Herablassendste seine pecuniäre Hülfe
in Anspruch nahm.

Die Sache hatte aber trotzdem ihren Haken; denn wenn sie
mit ihrem Geschäfte wirklich nicht reussirten, ehe der fabelhaft
lange ausbleibende Wechsel der Frau Gräfin ankam, so konnte er
in eine Lage kommen, die ihm viel zu fremd war, um sich vor der
Hand auch nur selber hineinzud e n k e n; denn was er auch immer der Gräfin von dem seiner daheim noch wartenden Vermögen erzählt haben mochte, selber hegte er keineswegs die großen
Erwartungen, die er in ihr erregt hatte. Desto fester aber glaubte
er an eine freundliche Mythe, die, in dem Kopfe der Frau Gräfin
entsprungen, ein sehr bedeutendes Rittergut in Ungarn zur Basis

hatte, das jetzt durch ihren Anwalt verkauft wurde, und dessen Ertrag dann ohne Weiteres an sie übermacht werden sollte.

Die Frau Gräfin hatte ihm das eines Tages, als sie allein beisammen waren, unter dem Siegel der Verschwiegenheit mitgetheilt, denn Helene sollte nichts von dem Verkaufe wissen, weil sie kindischer Weise noch zu sehr an dem alten Stammgut hing.

Bis diese Gelder aber ankamen, mußte mit dem noch vorhandenen und allerdings schon sehr zusammengeschmolzenen Capital gewirthschaftet werden, und obgleich er selber Nichts in der Welt weniger als Geschäftsmann war, konnte er sich doch nicht verhehlen, daß ihre Ausgaben mit ihren Einnahmen auch nicht in dem geringsten Verhältniß standen. Ging die Sache also noch lange so fort, so mußte die Zeit eintreten, in welcher seine Baarschaft verausgabt war — und was dann? Er beschloß deshalb, ganz ernsthaft mit der Frau Gräfin zu reden — er war ihr das ja sogar schuldig — und sie konnten dann gemeinsam einen Plan entwerfen, wie — ja, er wußte eigentlich selber noch nicht recht, über was — aber das ergab sich dann ja auch schon in der Unterhaltung.

Es waren, wie schon gesagt, heute Morgen wieder frische Proben von Blättertabak eingesandt worden, und während Helene allein in ihrer Stube, mit ihrer Arbeit und ihren Gedanken beschäftigt, saß, hatte die Frau Gräfin mit Jeremias den Tabak geprüft und die Sorten ausgesucht, welche sie für die besten zur Bearbeitung hielten. Damit im Reinen, wurde Herr von Pulteleben gerufen, um zu einer abgemachten Sache seine Zustimmung und dann, die Hauptsache, die schriftliche Ordre zum Ankaufe zu geben, da die Frau Gräfin die etwas unangenehme Erfahrung gemacht hatte, ihre eigene Handschrift in der Geschäftswelt nicht besonders respectirt zu sehen.

Oskar lag auf dem Sopha, rauchte eine von ihm selbst gewickelte Cigarre und pfiff in den Pausen eines von Helenens Liedern. Was kümmerten ihn die Geschäfte!

Vor dem Zimmer stand ein Tausend Cigarren, das Oskar übernommen gehabt hatte, schon gestern Abend zu dem Geistlichen zu befördern und das Geld dafür mitzubringen, und Herr von Pulteleben ärgerte sich, daß der junge Bursche nicht allein zu gar Nichts zu bringen war, sondern sogar noch wie zum Hohn hier ausgestreckt auf dem Sopha lag.

»Ach, lieber Baron,« sagte die Gräfin, als er eintrat, und ohne seinen auf Oskar geschleuderten, eben nicht freundlichen Blick zu beachten — »wir haben hier den Tabak ausgesucht — sehen Sie, diese beiden Sorten — von der einen zwölf Aroben zu Einlage und drei Aroben von der andern zu Deckblatt — ich denke, das wird vorläufig genug sein, und wir können erst einmal mit der kleinen Quantität versuchen, wie sich die Cigarren machen werden. Von wem ist der Tabak, Jeremias?«

»Von Köhler's Chagra,« sagte der Angeredete, indem er sich von dem Tische ebenfalls eine Cigarre nahm und sie abbiß — »er hat aber gesagt, er gäb' ihn für d e n Preis nicht anders, als um baar Geld lacht — die landesübliche Münzsorte.«

»Ich denke, daß ihm sein Geld bei uns sicher ist,« sagte die Frau Gräfin, ärgerlich den Kopf zurückwerfend.

»Kann wohl sein,« meinte Jeremias, die abgebissene Spitze in die Ecke spuckend — »er denkt's aber nicht, und ist dumm genug, das Geld lieber in der eigenen Tasche wie bei fremden Leuten zu haben — mit Erlaubniß — damit ging er an das Feuerzeug und wollte sich ohne Weiteres seine Cigarre anzünden; die Frau Gräfin schien aber nicht gesonnen, ihm a l l e Freiheiten zu gestatten.

»Sie wissen doch, Jeremias,« sagte sie streng, »daß ich Niemandem gestatte, in m e i n e m Zimmer zu rauchen — meinem Sohne ausgenommen,« fuhr sie fort, als sie bemerkte, wie Jeremias einen halb lächelnden Blick nach Oskar hinüber warf — »ich dulde keine Unverschämtheit.«

»Reden wir nicht weiter davon,« sagte Jeremias, indem er die Cigarre in die Tasche schob und mit dem Fuße den neben ihm liegenden Haufen Blättertabak etwas lockerte — »Sie können wahrscheinlich den Tabaksgeruch nicht vertragen. Soll ich dem Köhler das Geld gleich mit hinauf nehmen? denn er wollte sofort

Antwort haben, weil jetzt gerade Gelegenheit ist, den Tabak nach Rio Grande zu schicken.«

»Kommen Sie nachher wieder herauf,« sagte Herr von Pulteleben, die Antwort umgehend — »ich habe augenblicklich mit der Frau Gräfin noch zu reden.«

»Hm,« sagte Jeremias, aus einer etwas engen Uhrtasche eine riesige, beinahe kugelrunde Taschenuhr herauszwängend und den silbernen Deckel derselben öffnend — »jetzt ist's in sechs Minuten zehn; um halb elf muß ich spätestens fort, wenn ich zu Mittag wieder da sein will. Wäre mir lieb, wenn ich bei der Gelegenheit auch gleich meinen rückständigen Lohn bekommen könnte, um meine eigenen Rechnungen zu bezahlen« — und mit den Worten schlenderte er langsam zur Thür hinaus.

»Der Bursche wird mit jedem Tage unverschämter!« sagte die Gräfin, als er das Zimmer kaum verlassen hatte — »und wenn Du seine Übergriffe duldest, Oskar, so habe ich nicht Lust, dem noch länger ruhig zuzusehen. Entweder er muß sich seiner untergeordneten Stellung fügen, oder das Haus verlassen.«

»Und wo willst Du einen Andern herbekommen?« sagte Oskar, ein Bein über das andere legend.

»Mein lieber Oskar,« fiel hier Herr von Pulteleben ein, »es ist nicht allein Jeremias, der sich ändern muß, wir werden Alle unsern Beruf ein wenig mehr in's Auge fassen müssen, wenn wir es wirklich zu Etwas bringen wollen.«

»Puh,« sagte Oskar, den Dampf zu gleicher Zeit ausblasend — »wollen Sie einmal wieder Moral lesen? Verderben Sie uns den schönen Tag nicht.«

»Moral gar nicht,« sagte Herr von Pulteleben piquirt — »aber ein klein Wenig müssen Sie doch auch mit zufassen, wenn nicht Alles rückwärts gehen soll. Die Cigarren zum Beispiel, die Sie schon gestern Abend an den Pfarrer Beckstein besorgen und das Geld dafür eincassiren wollten, stehen noch immer draußen, und wenn es auch nur zwanzig Milreis sind, so brauchen wir sie doch, um die laufenden Ausgaben zu decken.«

»Aber weshalb, zum Henker, schicken Sie da nicht den Jeremias?« — rief Oskar mit gerunzelter Stirn — »glauben Sie, daß i c h Ihren Laufburschen machen soll?«

»Mein lieber Baron,« sagte die Frau Gräfin, »Oskar hat da wirklich Recht. Ich sehe auch nicht ein, weshalb das Jeremias nicht eben so gut besorgen kann.«

»Aber Jeremias,« meinte Herr von Pulteleben, »kann die wenigen Stunden, die er überhaupt hier ist, viel nützlicher beschäftigt werden, und Oskar hat auf der Gottes Welt Nichts zu thun....«

»Als I h n e n aufzuwarten, nicht wahr?« rief der junge Bursche, ärgerlich vom Sopha aufspringend — »es wird doch wahrhaftig alle Tage besser,« und das Zimmer verlassend, schlug er die Thür hinter sich zu, daß die Scheiben klirrten.

Herr von Pulteleben blieb mit der Frau Gräfin allein zurück, und zwar in der peinlichsten Verlegenheit, denn wenn er sich auch in seinem vollen Recht wußte und nicht das geringste Unbillige verlangt hatte, fühlte er doch, daß die Frau Gräfin selber einen andern Standpunkt einnahm, und mochte um Alles in der Welt ihr nicht feindlich entgegen treten. War sie nicht Helenens Mutter und mußte er nicht schon Helenens wegen in allen solchen, doch eigentlich Nichts bedeutenden Kleinigkeiten nachgeben? Und doch hatte er gerade heute Morgen mit der Frau Gräfin über ihre beiderseitige, sich schwieriger gestaltende Situation sprechen wollen, wenn die Frau Gräfin nur gerade nicht in diesem Augenblick so entsetzlich stolz und vornehm ausgesehen hätte.

Ob diese etwas Ähnliches vermuthete? Dann war sie jedenfalls augenblicklich im Vortheile, und nicht die Frau, einen solchen unbenutzt zu lassen.

»Sie haben Oskar ganz unnöthiger Weise gereizt, lieber Freund,« sagte sie, zu ihrem Schreibtische gehend und ein Flacon öffnend, an das sie mehrmals roch — »diese Scenen greifen meine Nerven an — Sie müssen doch bedenken, daß er noch ein ganz junger Mensch ist, der nicht die reifere Erfahrung des Alters haben kann, und das Leben stets von einer leichten, ich will nicht läugnen, oft z u leichten Seite betrachtet. Mit guten und freundlichen Worten ist er aber zu Allem zu leiten.«

»Frau Gräfin,« stammelte von Pulteleben verlegen, »ich will nicht abstreiten, daß ich vielleicht zu rauh gewesen bin, aber — aber die Schwierigkeit — die Ungewißheit unserer augenblicklichen Verhältnisse….«

»Schwierigkeit? — Ungewißheit?« sagte die Gräfin erstaunt — »ich verstehe Sie nicht.«

»Sie werden mir zugeben, daß« — fuhr Herr von Pulteleben verlegen fort, und stak dann fest.

»Zugeben? Was?« fragte die Gräfin ruhig.

»Daß unser Unternehmen doch noch keineswegs gesichert ist,« setzte der junge Mann mit einer Art von verzweifeltem Entschluß hinzu — »meine Aus— u n s e r e Ausgaben sind sehr bedeutend und die Einnahmen bis diesen Augenblick noch außerordentlich gering gewesen.«

»Und ist das m e i n e Schuld?« fragte die Gräfin streng.

»Um Gottes willen, verstehen Sie mich nicht falsch,« bat Herr von Pulteleben in Todesangst — »ich meine ja nur, daß wir bis jetzt entsetzlich wenig für die Cigarren gelöst haben. Die viertausend Stück, welche der Wirth, Herr Bohlos, bekommen hat, wurden nicht bezahlt, weil der Mann eine Gegenrechnung brachte, die Oskar….«

»Ja, leider, einer seiner jugendlichen Streiche,« sagte die Gräfin seufzend, — »ich habe ihm aber auch meine Meinung darüber gesagt und es wird nicht wieder geschehen.«

»Unglücklicher Weise traf es sich auch, daß unser erster Ankauf des Tabaks so gänzlich mißlang.«

»Lieber Gott,« sagte die Dame achselzuckend, »das wissen Sie ja selber, daß man in jeder Sache erst einmal Lehrgeld bezahlen muß. Ich glaubte einen ganz ausgezeichneten Kauf zu machen, glaubte mit einem ehrlichen Manne zu thun zu haben, und wurde auf das Schändlichste betrogen. Der nächste Tabak war dagegen vortrefflich, und dieser Herr Buttlich hat unsere Kundschaft für immer verloren.«

»Der Bäckermeister — wie heißt er gleich« — fuhr Herr von Pulteleben seufzend fort — »hat ebenfalls dreitausend Cigarren nicht bezahlt, weil er es von der Miethe abziehen will.«

»Das ist so gut wie baar Geld,« lächelte die Gräfin — »denn wir müßten es ihm sonst ja wieder herauszahlen.«

»Und der Kaufmann oben an der Ecke, von woher Sie Ihren Bedarf gezogen haben —«

»Aber, bester Freund,« sagte die Gräfin gereizt, »das sind ja lauter Gegenrechnungen, bei denen wir nur gewinnen, daß wir einen solchen Betrag in unserem Fabrikat bezahlen können. Werfen Sie mir vor, daß wir leben?«

»Ich? Aber ich bitte Sie, Frau Gräfin!« rief Herr von Pulteleben bestürzt — »ich erwähne diese einzelnen Posten ja nur, um Ihnen zu beweisen, daß wir schon eine ziemliche Quantität von Cigarren verarbeitet, durch ungünstige Umstände aber kein baares Geld dafür einbekommen haben. Mein an sich eben nicht übergroßes Capital schmilzt dabei mehr und mehr zusammen, und ich hielt es nur für meine Pflicht, Sie von dem Umstande in Kenntniß zu setzen, damit wir nicht plötzlich einmal in — in Verlegenheit geriethen. Ein Geschäftsmann sollte doch eigentlich auf alle Zufälligkeiten gefaßt sein.«

»Sie sind zu ängstlich,« lächelte die Gräfin, welche sich noch nie im Leben Sorgen gemacht hatte, wenn sie nur die unmittelbare Gegenwart gesichert wußte — »aber ich billige vollkommen Ihre Vorsorge etwa möglicher Eventualitäten. Wir wollen auch mit aller Umsicht zu Werke gehen, und daß wir es dabei nicht an Fleiß fehlen lassen,« setzte sie mit einem Blick auf ihren heute freilich noch nicht berührten Cigarrentisch hinzu, »werden Sie mir ebenfalls bezeugen können.«

»O, gewiß — deß bin ich sicher überzeugt,« stammelte Herr von Pulteleben, von der Güte der Frau Gräfin so entzückt, daß plötzlich die Idee in ihm aufstieg, den Moment zu benutzen und einen kühnen Schritt zu seinem künftigen Lebensglücke zu wagen — »Sie kennen mich ja aber jetzt auch, Frau Gräfin — Sie wissen, daß ich mit allem Eifer…«

»Ich weiß es,« sagte die Dame freundlich, »und die nächste Zeit wird Ihnen den Beweis bringen, wie rasch wir das jetzt vielleicht etwa Versäumte wieder eingeholt haben. Der neue Tabak ist vortrefflich und wir werden brillante Geschäfte damit machen. — Aber da fällt mir gerade ein, daß Jeremias unten auf den Bestellzettel wartet — ich habe ihn hier schon geschrieben — bitte, unterzeichnen Sie ihn nur noch — als unser Geschäftsführer,« setzte sie lächelnd hinzu — »das Geld können Sie ja dann vielleicht dem Jeremias gleich mitgeben — der Betrag ist hier ausgefüllt. — Der alberne Bauer hat es sich nun einmal in den Kopf gesetzt, nur gegen baares Geld zu verkaufen.«

»Mit Vergnügen,« stotterte Herr von Pulteleben, der in diesem Augenblicke wirklich gar nicht mehr an den Tabak dachte — »aber — werden Sie mir auch nicht zürnen, wenn ich« — die Gräfin sah ihn erwartungsvoll an, und Herr von Pulteleben, welcher über und über roth geworden war, fuhr schüchtern fort: »wenn ich mit einer — mit einer recht großen Bitte vor Ihre Thür käme?«

»Mit einer Bitte?«

»Sie sind immer so sehr gütig gegen mich gewesen.«

»Und die Bitte?«

»Und Comtesse Helene ebenfalls,« stammelte Herr von Pulteleben, und sein Gesicht sah in dem Augenblick aus, als ob ihm das Feuer heraus schlagen wollte — »Sie — Sie können wohl denken, Frau Gräfin, daß das — daß das längere Beisammenleben mit einem so liebenswürdigen Wesen — ich muß zwar gestehen, daß ich eigentlich gar nicht daran denken dürfte, ein solches Glück zu verdienen — eigentlich ist G l ü c k gar nicht der passende Name — Seligkeit sollte man sagen — und — und wenn ich nur hoffen dürfte, daß….«

Er stak wieder vollständig fest, und die Gräfin hatte seine unzusammenhängenden Worte, als sie nur erst deren Sinn ahnte, auch mit keiner Silbe weiter unterbrochen. Jetzt nickte sie leise lächelnd mit dem Kopf und sagte dann freundlich:

»Mein lieber Herr von Pulteleben, ich habe fast gefürchtet, daß Ihnen das tolle Mädchen den Kopf verdrehen würde. Überlegen Sie sich aber die Sache wohl, denn Helene ist….«

»Ein Engel!« unterbrach sie der junge Mann, der seiner überströmenden Gefühle nicht länger Meister war — »ich wäre selig, wenn ich nur hoffen dürfte, daß ich ihr nicht ganz gleichgültig bin.«

Die Gräfin lächelte wieder freundlich vor sich hin und sagte dann in gütigem, aber immer noch abwehrendem Tone:

»Nun, wir wollen sehen; ich werde mit meiner Tochter sprechen — ich glaube, daß wir zu einander passen, und wenn Sie auch noch etwas jung sind….«

»Ich werde mit jedem Tage älter!« rief Herr von Pulteleben, der vor lauter Glückseligkeit schon gar nicht mehr wußte was er sagte.

»Nun gut,« lachte die Gräfin jetzt herzlich — »da Sie diesen Fehler also täglich verbessern, so läßt sich ja vielleicht über die Sache reden. Ich kann Ihnen natürlich ohne meine Tochter keine bestimmte Zusicherung geben.«

»Sie heben mich in den siebenten Himmel!« rief von Pulteleben.

»Aber ich will doch sehen was sich thun läßt,« fuhr die Gräfin fort, »und kann Ihnen wenigstens versprechen, daß ich ein gutes Wort für Sie einlegen werde. Aber unsere Geschäfte dürfen wir darüber nicht versäumen.«

»In zwei Minuten soll Jeremias abgefertigt sein,« rief der junge Mann, seinen Hut ergreifend.

Das Gestampfe ungeduldiger Pferde unter dem Fenster wurde in diesem Augenblick hörbar, und als Herr von Pulteleben, von einer plötzlichen Ahnung ergriffen, hinaus sah, bemerkte er, wie sich Helene in den Sattel schwang und dann, als sie ihn am Fenster erblickte, hinauf rief: »Reiten Sie mit?«

»Wenn Sie nur einen Moment auf mich warten wollen,« rief dieser hinab, und sich dann zu der Gräfin wendend, sagte er bittend: »Ich bin heute nicht mehr im Stande, zu arbeiten — das Herz ist mir zu voll! Hier haben Sie meinen Schlüssel — bitte, theuerste Frau Gräfin, besorgen Sie das Nöthige,« und mit zwei Sätzen war er die Treppe hinunter und im Stalle, und wenige Minuten später bei den Geschwistern draußen, mit denen er in flüchtigem Galopp die Straße hinab sprengte.

6.

Der Ritt am Strande

Günther von Schwartzau hatte indessen seine Geschäfte in Santa Catharina rascher besorgt, als er im Anfange selbst geglaubt, und da ihn Nichts weiter an den Platz fesselte, so benutzte er die erste sich ihm bietende Gelegenheit, auf einem der kleinen brasilianischen Schooner die Rückreise nach Santa Clara anzutreten.

Die Reisen auf diesen Fahrzeugen sind freilich nur sehr unsicher, denn so gut sie gebaut und seetüchtig sie sein mögen, so ängstlich werden sie von den brasilianischen Seeleuten behandelt. Gegen den Wind verstehen diese gar nicht zu kreuzen, weil sie so erbärmlich und unregelmäßig steuern, und selbst bei etwas starkem, wenn auch günstigem Winde getrauen sie sich nicht in die offene See hinaus. Kommt nun noch dazu, daß der Aufenthalt auf einem solchen Schooner, was Bequemlichkeit und Reinlichkeit betrifft, ein höchst trauriger ist, so läßt es sich denken, daß sich nicht gern Jemand der Gefahr aussetzt, vielleicht zwei oder drei Wochen in solche Verhältnisse eingepfercht zu werden, wenn man irgend Gelegenheit hat, in anderer Weise fortzukommen.

Eben so unregelmäßig ist aber auch selbst die brasilianische Dampfschifffahrt an jener Küste, und da jetzt gerade ein günstiger Südwind eingesetzt hatte, und sich Günther nicht der Gefahr aussetzen wollte, vielleicht acht, ja vierzehn Tage hier liegen zu bleiben, ehe der nächste Dampfer von Rio Grande eintraf, beschloß er, die sich gerade bietende Gelegenheit zu benutzen, und schiffte sich auf einem dieser kleinen Küstenfahrer ein.

Die Reise war auch in der That eine günstige, aber der Schmutz in der engen Cajüte so furchtbar, daß ihm selbst die wenigen Tage zu einer fast unerträglichen Plage wurden, und er dankte Gott, als der Schooner am Abend des fünften Tages, nach einer ungewöhnlich raschen Reise, die Mündung des Santa Clara-Flusses sichtete.

Leider war jetzt gerade Ebbe, und die Barre zu seicht, mit dem ziemlich schwer geladenen Fahrzeuge den Übergang zu riskiren. Der »Capitain« kannte auch vielleicht nicht einmal den Canal der Einfahrt genau, und zog es vor, unter dem Schutze der südlich vorspringenden Landzunge, unter welcher er in fast ruhigem Wasser lag, vor Anker zu bleiben. Damit versäumte er aber auch die ganze Nacht und die nächste Fluth, und da die zweitnächste erst wieder Morgens zehn Uhr eintrat, und Günther unter keiner Bedingung noch eine Nacht an Bord bleiben wollte, so beschloß er, sich an Land setzen zu lassen.

Er kannte dort, von einer früheren Vermessung her, jeden Fuß breit Boden. Gar nicht weit vom Strande lag die Chagra eines Brasilianers, auf welcher er leicht ein Pferd geborgt bekommen konnte, und ritt er dann kaum zwei Legoas auf dem harten Sand des Strandes hinauf, und schnitt nachher quer in die Hügel, von einer andern Chagra aus, hinein, so erreichte er Santa Clara selber wenigstens drei oder vier Stunden früher, als der Schooner den Biegungen des Flusses stromaufwärts folgen konnte.

Der Abend war indessen schon zu weit vorgerückt, heute noch an einen Ritt in stockfinsterer Nacht zu denken. Günther nahm deshalb gern die gastliche Einladung des Brasilianers an, bei ihm den Morgen zu erwarten. Mit Tagesgrauen sollte dann ein Pferd für ihn bereit stehen, mit dem er die Colonie recht gut bis etwa elf Uhr Morgens erreichen konnte.

Die hier angelegte Chagra war nicht unbedeutend, denn in den zunächst den Sanddünen liegenden Hügeln fanden mehrere Heerden vortreffliche Weide, während ein kleines Stück weiter im Lande drinnen ein rother, fruchtbarer Lehmboden Bohnen, Mais, Maniok, ja selbst Zuckerrohr reichlich gedeihen ließ. Der Brasilianer hielt auch zur Bearbeitung des Landes und zur Beaufsichtigung seiner Heerden sechszehn bis achtzehn Sclaven beiderlei Geschlechts, und den zahlreichen Gebäuden nach zu urtheilen, unter denen besonders ein stattliches Herrenhaus hervorragte, mußte er sich in vortrefflichen Umständen befinden. Nichts desto weniger lebte er aber so einfach, wie nur ein Mensch in der Welt leben kann, welcher keine Ahnung von irgend einer möglichen Bequemlichkeit hat — Luxus gar nicht einmal gerechnet.

Das große Zimmer des Haupthauses, in welchem für die Familie heute Abend der Tisch gedeckt wurde, war nicht einmal gedielt. Die hohen Fenster hatten keine Gardinen, Tische und Stühle bestanden aus einfachem, weichen Holz, und das jetzt aufgelegte Tischtuch war nur ein schlechter, baumwollener Stoff, und deckte weder die volle Länge noch Breite des Tisches selber. Nur an den Wänden hatte der Eigenthümer sich einem ganz wunderbaren Luxus hingegeben, der von den Händen des Schneiders und Zimmermalers Justus Kernbeutel herrührte, und in einem außerordentlich kühn gehaltenen Entwurfe der brasilianischen Geschichte, in Farben ausgeführt, bestand.

Das erste Bild sollte wahrscheinlich die Entdeckung Brasiliens vorstellen. Vorn, gleich rechts neben der Thür, stand wenigstens eine einzelne Palme, und an beiden Seiten daneben befand sich ein Indianerpaar, welches staunend alle vier Arme emporhob, weil ihnen gegenüber auf dem hellblauen Meere ein großes Schiff angeschwommen kam, das eine Besatzung von weißen Riesen, mit Hintansetzung jeder Perspective, an Bord hatte. Eigentlich sah diese Abtheilung aus wie ein Besuch des Columbus bei Adam und Eva.

Die zweite Abtheilung, welche eine ganze breite Wand einnahm, beschäftigte sich mit der Unterjochung der Indianer, welche man überall von Leuten, mit dreieckigen Hüten und Federbüschen auf, verfolgt und auf das Entsetzlichste umgebracht sah. Säbel fuhren stets bis an's Heft in den getroffenen Leib und an der entgegengesetzten Seite an einer vollkommen unmöglichen Stelle wieder heraus, Flintenkugeln sausten wie Hagel, und ein halbes Dutzend braune Leichen, welche ganz vorn lagen, hätten, wenn nicht die Wunden schon tödtlich gewesen wären, allein in ihrem eigenen Blute ertrinken müssen. Glücklicher Weise war aber gerade dieses Bild mit so vollkommen räthselhafter Zeichnung und Farbenverschwendung ausgeführt, daß man erst nach einem längern Anschauen herausbekommen konnte, was eigentlich ein Baum und was ein Mensch sein sollte, es hätte sich sonst auch nie eine friedliche Familie dicht darunter zu Tisch setzen können.

Das dritte Bild stellte wieder einen Kampf vor, aber dieses Mal unter Weißen, wahrscheinlich eine Anspielung auf die letzte

Revolution. Hierbei schien es aber blutlos herzugehen. Justus Kernbeutel war Demokrat durch und durch — ein Mann in einem großen Barte, wahrscheinlich Garibaldi, sprengte auf einem keinesfalls schon entdeckten Ungethüm Brasiliens hinter den flüchtigen Truppen her, unter denen sich ein Mann, wieder mit einem dreieckigen Hute und einer Krone oben darauf, was vielleicht den Kaiser darstellen sollte, auszeichnete. Der seiner Regierung zugethane Brasilianer ahnte wahrscheinlich gar nicht den Sinn dieses republikanischen Albumblattes.

Die vierte Wand sollte — über die Folgen der Revolution hinweggehend — Brasilien in seinem jetzigen Zustande darstellen. Kaffeebau, Zuckerrohr, Reis, Mais, Maniok, Alles war auf einem unglaublich kleinen Raume lebensgroß zusammengedrängt, und vorn saß, inmitten aller dieser tropischen Erzeugnisse, ganz gemüthlich ein guter deutscher Bauer in Pelzmütze und Leinwandjacke, die mit besonderm Fleiße gemalte kurze Pfeife im Munde, aus welchem der Qualm einem arbeitenden pechschwarzen Neger gerade in's Gesicht stieg.

Gunther unterhielt sich vortrefflich damit, die wunderbare Fresco-Malerei zu betrachten, bis sein Wirth wieder hereinkam und diesem eine Anzahl von Sclaven mit dem Abendbrod, auf dem Fuße folgte.

Die Mahlzeit selber, an welcher der Brasilianer mit seiner Frau und zwei sehr schweigsamen jungen Damen Theil nahm, war äußerst reichlich, aber auch eben so einfach, und bestand als erster Gang aus einem halben aber kalten Hammel, der in voller Länge aufgetragen wurde und von welchem sich die Herrschaft nur die besten Theile herunterschnitt, um das Übrige jedenfalls der Dienerschaft zu lassen.

Der zweite Gang war das gewöhnliche brasilianische Gericht, gekochtes Schweinefleisch, etwas sehr fett, mit schwarzen Bohnen und Maniokmehl, eine außerordentlich nahrhafte und auch wirklich wohlschmeckende Kost, mit der sich Günther auch schon lange befreundet hatte. Dazu wurde Wasser getrunken.

So lange die Mahlzeit dauerte, sprach fast Niemand ein Wort, das ausgenommen, was sich unmittelbar auf das Essen bezog, und erst als die aufwartenden Mädchen die Schüsseln wieder hinausgetragen und den Kaffee hereingebracht hatten, zündeten sich die Männer ihre Cigarettos an, und der bisher so schweigsame Brasilianer schien aufzuthauen. Aber er sprach auch nur über das, was ihn speciell interessirte: das Land, das in seiner Nachbarschaft lag, und über das ihm sein Gast allerdings die beste Auskunft geben konnte; über die Vermessung des Coloniebodens, über günstige Lagen, welche man etwa ankaufen könne, über neue Ansiedelungen, die vielleicht nächstens in Angriff genommen würden, und die Nothwendigkeit guter Verbindungswege für das Fortbestehen und Wachsen der Colonien.

Die Frauen saßen still dabei oder unterhielten sich unter einander flüsternd, und erst als der Gast Zeichen von Müdigkeit gab, wurde ihm sein einfaches Lager angewiesen, auf welchem er seinen Kampf mit den Flöhen für die Nacht beginnen konnte.

Günther war aber nicht der Mann, sich durch solche Kleinigkeiten im Schlafe stören zu lassen. An alle Arten von Lagern schon seit manchen Jahren gewöhnt, rollte er sich in seine Decke, schlief augenblicklich ein und erwachte erst wieder, als er Morgens eine Hand auf seiner Schulter fühlte.

Noch war es stockdunkel, da aber Günther am Abend vorher den Wunsch geäußert hatte, eine Stunde vor Tag aufzubrechen, hatte der Brasilianer seinen Negern Befehl gegeben, zu der Zeit Kaffee für den Gast und ein gesatteltes Pferd bereit zu halten, was auch pünktlich befolgt war, und fünfzehn Minuten später saß der Deutsche schon auf und ritt, als eben im Osten der Tag zu grauen begann, den schmalen Pfad entlang, welcher nach dem Strande führte.

Schon hörte er, gar nicht weit mehr entfernt, das dumpfe Schlagen und Donnern der Brandung, die ihre Wogen gegen den Strand schleuderte, und nach kaum einer Viertelstunde scharfen Rittes in der kühlen prachtvollen Morgenluft, sah sich Günther unmittelbar am Rande des atlantischen Meeres, welchem er, nach Norden zu, hier ziemlich anderthalb Legoas folgen mußte. Noch war aber glücklicher Weise Ebbe, oder die Fluth hatte doch erst seit ganz kurzer Zeit wieder begonnen zu steigen, so daß er seine

Bahn auf dem sonst vom Meere gepeitschten und dadurch hart und fest gewordenen Sande halten, und sein Pferd tüchtig austraben lassen konnte.

Was für ein merkwürdiges Gefühl das ist, so unmittelbar am Rande der bäumenden Wogen, im ungewissen, dämmernden Lichte des Morgens hinzureiten, und wie wunderbar das Meer selber aussieht, das mit seinen weiten, weißen Wogenkämmen sich wie eine lebendige Mauer gegen den Wanderer heranwälzt!

Dieser ganze Theil der brasilianischen Küste bietet bis Rio Grande hinunter, mit Ausnahme weniger Flußmündungen, keinen einzigen Platz, wo ein Schiff geschützt liegen oder ankern könnte. Alles ist seichter Sandboden, welcher sich viele Hundert Schritte, oft halbe Legoas weit in das Meer hinausdehnt, und über den Untiefen rollt und bricht die See und wirft ihre Wogen schäumend und donnernd gegen den nackten Strand.

Und wie das Meer leuchtet und wühlt und glüht und zischt, zurückweicht und wieder vorspringt und seine züngelnden Arme dem dahinsprengenden Thier oft bis unter die Hufe wirft!

Aber das Pferd, welches Günther ritt, war am Meeresstrande groß geworden. Trotzdem, daß es oft schien, als ob die nächste Woge Roß und Reiter bedecken müsse, trotzdem, daß ihm eine schwerere Woge manchmal die klare, zischende Fluth bis über die Fesseln jagte, kümmerte es sich nicht das Geringste darum, schnob wohl einmal und warf den Kopf wie unwillig auf und nieder, schlug aber gleich darauf den wieder frei gewordenen Sand nur desto kräftiger mit den ausgreifenden Hufen.

Und jetzt dämmerte der Morgen. Über die See herüber stahl sich das mattgraue, erste Licht des Tages und gab den aufgeworfenen Sanddünen zur Linken jene eigene gelbe Färbung, welche aus sich selber heraus zu leuchten schien. Breiter und breiter wurde der lichte Streifen im Osten, schon erglühten zur Linken die ferngelegenen und bewaldeten Gebirgsrücken, die sich in malerischen, kühn geschnittenen Ketten gen Norden zogen, und plötzlich, ehe die Nacht noch recht geschwunden, stieg wie glühendes Gold in riesenhaftem Umfang die Sonnenscheibe aus dem Meer empor und sandte ihre Strahlen über die erwachte Erde.

Und mit der Sonne begann das rege Leben der Thierwelt. Kleine langschnäblige Strandläufer kamen in ordentlichen Schwärmen von irgend einem Inlandwasser, an dem sie die Nacht verbracht, um sich ihre Nahrung in an den Strand gespülten Insecten zu suchen; eine gar wunderliche Art schnepfenähnlicher Vögel mit langen, zinnoberrothen Schnäbeln spazierte ebenfalls am Strande herum, als ob sie nur die Morgenpromenade zu ihrem Vergnügen machten, ärgerten sich über einige leichtsinnige Möven, welche von See aus zu ihnen herüber kamen, um sich ihrer Gesellschaft anzuschließen, und trieben sie augenblicklich wieder in die Flucht, während sie nur mitnahmen, was ihnen von Miniaturmuscheln und Seethieren gerade in den Weg kam.

Vor Günther am Strande strich ein einzelner großer Geier ein, der sogenannte »brasilianische Adler«, und schien sich ebenfalls sein Frühstück auf dem nackten Sande zu suchen. Aber er sah sich nicht lange und nutzlos nach angespülten Muschelthieren um, sondern ging gleich frisch an die Arbeit, das was er brauchte, aus dem Boden herauszugraben.

Mit den scharfen Fängen riß er den feuchten Sand auf und grub sich tiefer hinein, bis er, etwa vier Zoll unter der Oberfläche, auf eine dort eingesenkte Muschel traf. Der ansprengende Reiter störte ihn dabei nur wenig; er drehte den Kopf nach ihm um, hob dann die Muschel mit dem Schnabel heraus, setzte einen seiner Fänge darauf und riß sie auseinander, verspeiste den leckern Bissen, und flog dann um den indessen herangekommenen Reiter dicht herum, wo er sich gleich hinter dem Pferde wieder niederließ, um sein Frühstück in Ruhe zu beenden.

Wie wunderbar die Natur für ihre Geschöpfe sorgt und eines mit dem andern erhält; so hier den Geier mit dem Schaalthier, der sonst auf den weiten Sanddünen und im wilden Walde wohl nicht immer seine nöthige Nahrung fände! Und hilft ihm dabei der Instinct, zu welchem viele Menschen allein den wirklichen Verstand der Thiere gern herabdrücken möchten, um für sich selber etwas Apartes zu haben? Gott bewahre! Mit dem Instinct allein sollte er lange und oft vergebens graben, ehe er die kleinen, sicher versteckten Thiere tief im Sande fände, aber jede Muschel, die sich dort, um ihrer eigenen Nahrung nachzugehen, in den

Sand hineingewühlt, braucht zu ihrer Existenz die L u f t, und um die zu behalten, führt eine kleine Röhre an die Oberfläche, die zum Verräther ihres Aufenthalts wird. Der Geier nicht allein, vielleicht noch manche andere Bewohner der Seeküste wissen an den kleinen Löchern im Sande augenblicklich, was darunter steckt, und selbst der Mensch sucht in der Ebbe diese Stellen auf, um sich eine Quantität der wohlschmeckenden und mit leichter Mühe zu gewinnenden Muscheln zu sammeln.

Günther hatte das Alles freilich schon oft und oft gesehen. Wenn aber auch selber kein Jäger, interessirte er sich doch für das rege Leben und Treiben dieser kleinen, geschäftigen Thierwelt um sich her. Und wie viel todte Penguins lagen am Strande — man trifft so selten im Walde ein selber verendetes Thier, und hier, auf dem nackten Sande, lag fast alle zwei- oder dreihundert Schritt einer dieser wunderlichen Vögel todt und durch die Fluth auf's Trockene hinaufgeschoben. Waren sie in den Stürmen umgekommen, die neulich hier gewüthet? Der Penguin taucht aber wie ein Fisch. Möglich, daß sie der lang anhaltende Südwind zu weit nach Norden und in ein ihnen nicht mehr behagendes warmes Klima hineingejagt, denn keiner der Vögel zeigte Spuren, daß er von einem andern Thiere getödtet worden.

Und über die See zogen düstere Nebelstreifen, deckten den Strand und verhüllten die kaum erhobene Sonne, als ob es noch einmal Nacht werden wollte. Und wie das die ganze Scenerie so rasch und wunderbar veränderte: die niederen Hügel der Sanddünen hoben sich zu hohen, schattenhaften Gebirgszügen; die bäumenden Wogen zur Rechten wuchsen riesenhaft empor, als ob sie das ganze Land überfluthen wollten, und dem Reiter schien es, als ob sich der harte Strand, auf welchem sein Roß dahinflog, vor seinen Füßen selbst zu einem steil niederführenden Hange abdache, daß er sich fast unwillkürlich im Sattel zurücklehnte, um ein Rückgewicht gegen die niedertretenden Hufe des Pferdes zu haben.

Und immer massenhafter lagerten sich die Schwaden über den öden Strand, immer dichter umgaben sie den Reiter mit ihrer feuchten, kalten Hülle. Da hob sich vor ihm ein lebendiger Gegenstand. Es waren zwei mächtige, weiße Schwäne, die vor ihm herstrichen eine lange Zeit, und dann nicht weit voraus, wie Schatten, wieder mitten zwischen die schäumenden Brandungswellen einfielen. Jetzt kam die Woge heran und überschlug sich; aber dicht vor dem zerfließenden Gischt schaukelten die majestätischen Vögel, und hoben sich erst wieder, als der Reiter sich ihnen nahte, um weiter nach vorn dasselbe Spiel zu wiederholen.

Weiter sprengte das Pferd, der Stelle auf's Neue nahend, wo sie schwammen und auf den Wogen schaukelten. Jetzt hoben sie sich noch einmal, aber kaum so hoch, daß sie die nächste Brandungswelle überfliegen konnten, und mit den breiten Schwingen strichen sie gerade gen Osten in das offene Meer und den Nebel hinaus, in dem sie spurlos, wie geisterhafte Schatten, verschwanden.

Günther hielt unwillkürlich sein Pferd an und sah ihnen nach, so lange er sie noch mit seinem Blicke verfolgen konnte. Ein eigenes, unheimliches Gefühl beschlich ihn; es war, als ob ihn selber in diesem Augenblicke, mit den verschwimmenden Gestalten der Schwäne, ein Verlust betroffen, als ob das nicht wilde, gleichgültige Thiere wären, welche ihn da flöhen, sondern liebe, traute Freunde, und er sie nun nie, nie in diesem Leben wiedersehen solle.

Und hat E u c h noch nie im Leben ein solches Gefühl erfaßt? Ist Euch noch nie plötzlich das Blut zum Herzen zurückgetreten, als ob ein großes Unglück Euch bedrohe oder befallen habe, ohne daß man sich auch nur denken konnte, wo, wie und wann? Der Mensch h a t solche Augenblicke, wo eine Geisterhand seine Nerven berührt, und seine Pulse selber stocken macht. Sie kommen und gehen, und wohl Dem, welchem sie nicht den kalten Reif zurücklassen auf seines Lebens Blüthen.

Lange, lange schon waren die Schwäne in dem düstern Nebel verschwunden, und noch immer starrte Günther in den leeren Raum, bis er sich ordentlich gewaltsam aus seinen Träumen riß. Das Pferd fühlte dabei die Sporen, und auf den Hinterbeinen herumfahrend, flog es gleich darauf in scharfem Galopp den Strand entlang.

»Unsinn!« murmelte der Reiter dabei vor sich hin, und schüttelte ärgerlich mit dem Kopfe; »wie man so tolle Dinge in's Hirn kriegen kann über ein paar Schwäne — und was die überhaupt hier im Salzwasser zu thun haben — hatte immer geglaubt, die hielten sich nur auf Flüssen und Binnenseen auf — ach, ich wollte, die Sonne schiene wieder und scheuchte die feuchten Schwaden fort, die Einem ordentlich mit Bleischwere auf der Seele lasten! Der Teufel hole die Gedanken!«

Und zu immer schärferem Ritte spornte er sein Pferd, daß dessen Hufe den Sand kaum berührten, als es mit ihm die ebene Bahn entlang flog, — aber die Gedanken ritten mit und trugen ihn hinüber in die Heimath, trugen ihn zu Allem, was er daheim verlassen und lieb und theuer im Herzen wahrte, daß er den Nebel nicht mehr sah und die riesenhaften Umrisse der Dünen und die brandenden Wogen auf dem grauen Strande. Und wie der Nebel plötzlich so rasch sich zertheilte, wie er gekommen, als ob ihn das wogende Meer aufgesogen hätte, die Sonne wieder hell und klar an dem vollkommen wolkenreinen Himmel stand, und ihre jetzt schon warmen Strahlen niedersandte, fühlte er selbst das nicht, und das Herz war ihm so schwer, so schwer und gedrückt, daß er kaum Athem holen konnte.

Und immer noch flog der Rappe die Bahn entlang, von den Sporen des Reiters unbewußt gestachelt, wenn er nur einen Moment in seiner Flucht nachlassen wollte, als plötzlich der zwar schmale, aber doch tiefe Ausfluß einer Lagune den wilden Reiter in ziemlich rauher Weise zur Besinnung brachte. Günther nämlich, gar nicht auf seinen Weg achtend, fand sich auf einmal dicht am Rande des Wassers, und im nächsten Augenblicke auch mitten darin, daß ihm die salzige Fluth über dem Sattel zusammenschlug, während sein keuchendes Thier wacker dem andern Ufer entgegenarbeitete. Erschreckt fuhr er ihm in den Zügel, aber es war zu spät, um jetzt noch die seichteste Stelle zum Durchritt auszusuchen; schon befand er sich inmitten des schmalen Ausflusses, und wenige Minuten später sicher am andern Ufer.

Doch was that's? Die Sonne schien warm, und seinem freilich etwas erhitzten Pferde hatte das frische Bad auch gewiß Nichts geschadet, denn diese halb wild aufwachsenden Thiere sind ja an derartige Dinge schon gewöhnt. Er stieg deshalb nur ab, entkleidete sich und rang das meiste Wasser aus seinem Anzuge sowohl, wie aus den Satteldecken des Pferdes, stieg dann wieder auf, um das weitere Trocknen der Sonne und der Seebrise zu überlassen, und trabte jetzt, aber bedeutend langsamer als vorher, den immer schmaler werdenden Strand entlang, wo er voraus schon, hinter den Dünen her, den blauen Rauch der nächsten Ansiedelung konnte aufsteigen sehen.

Es war auch Zeit daß er diese erreichte, denn wenn die Fluth zu voller Höhe angewachsen ist, deckt sie vollkommen den harten Boden, und zwingt den Reiter in den weichen, lockern Sand der höher liegenden Dünen hinein, welcher sein Pferd gar bald ermüdet, daß es die schweren Hufe kaum weiter ziehen kann.

Etwa eine halbe Stunde später erreichte er wieder ein kleines, aber vollkommen seichtes Wasser, das sich nur mühsam durch den Sand dem Meere entgegenarbeitete, und diesem aufwärts folgend die Chagra des andern Brasilianers, von der aus er, quer durch die Hügel schneidend, die kleine Colonie Santa Clara bald erreichen konnte.

7.

Die Begegnung

Eine gar eigenthümliche Scenerie bildet das Land, das sich zwischen dem Meeresstrande und den nächsten bewaldeten Hügeln ausdehnt. Zuerst und nächst dem unmittelbaren hartgepeitschten Strande liegen flache, durch einander gewühlte und gewehte Haufen lockern, hellen Sandes. Je weiter man sich aber vom Meere entfernt, desto höher werden diese, da ihnen fortwährend mit der scharfen Seebrise neue Deckung zugetragen wird, bis sie endlich in ihrer dritten Reihe zu wirklichen Hügeln anschwellen, und hier und da einen kleinen, mit hartgrünem Laube bedeckten Busch auf ihrer Kuppe tragen. Dazwischen zeigt sich dann und wann eine kleine, dürftige Lagune mit einem Versuche zu Grasboden rings umher.

Hinter d i e s e n Hügeln beginnt, freilich immer noch dürftig, die Vegetation, denn der Sand ist ein schlechter Dünger, und nur einzelne angewehte Pflanzenfasern schufen mit der Zeit eine Art von Humus, dessen Schößlinge sich noch schüchtern und verkümmert über die nackten Hänge ziehen. — Hier erscheinen die ersten Büsche, die an dem Westhange der Hügel schon entschiedener auftreten und anfangen S c h a t t e n zu geben.

Noch weiter hin liegt eine lange Reihe zwar niedriger, aber besonders am Westhange dicht bestandener Hügel, deren Boden zwar noch ausschließlich, wenigstens an der Oberfläche, aus weißem Sande besteht, doch schon an ein tragfähiges, mit der üppigsten Vegetation bedecktes Thal anstößt, in dem ein schmaler Bach lustig dahinfließt, und von da an verändert sich auch der Boden und mischt sich mit einem röthlich gelben Lehm von oft bedeutender Fruchtbarkeit. Wirkliches Gestein, Porphyr und Granit, tritt aber erst in der nächsten Hügelreihe auf, wo oben der erste Gebirgszug beginnt, und es unterliegt kaum einem Zweifel, daß vor Tausenden von Jahren dort die See brandete und erst nach und nach, mehr und mehr Sand herauswerfend, für sich selber einen breiten Damm aufbaute, der ihre Gränzen jetzt lange Strecken weit zurückverlegt.

Erst dort, wo der Lehmboden beginnt, lassen sich natürlich die Colonisten nieder, denn erst auf solchem Boden können sie hoffen, ihrer Arbeit einen Lohn abzuringen. Der reine Sand giebt nur jenen kleinen, trockenen Büschen und sonderbarer Weise auch einer niedern, wilden Dattelpalme (die *Putia*-Palme) Nahrung, die kaum mehr als acht oder zehn Fuß hoch wird, ja oft so niedrig ist, daß man die nicht unangenehm schmeckenden Früchte mit der Hand erreichen kann.

Doch die dürre, sandige Wüste lag jetzt hinter dem Reiter. Schon berührten die Hufe seines Thieres wieder den festen Grasboden; ein kleines Dickicht von lorbeerartigen Bäumen und Palmen lag noch zwischen ihm und der Ansiedelung, und jetzt lichtete sich dieses; ein freier Weidegrund wurde sichtbar, auf dem sich etwa ein Dutzend tüchtiger Pferde umhertummelten, und gleich darauf konnte er von der kleinen Erhöhung, die er hier erreicht, die kaum noch dreihundert Schritt entfernten Gebäude der Chagra liegen sehen.

Hier schon standen einzelne fruchttragende Orangenbäume, die wahrscheinlich früher einmal eine jetzt abgebrochene Hütte beschattet hatten. Als er hinanritt, um sich ein paar davon nach dem scharfen Ritt zu pflücken, bemerkte er eine menschliche Gestalt, die unter einem der Bäume saß und sich mit dem Rücken an den Stamm desselben lehnte. Günther würde nicht weiter auf den Mann geachtet haben, denn daß sich die Brasilianer Morgens unter einen Baum legen und solcher Art ihre Tagesarbeit beginnen, ist gerade nichts Seltenes; er hielt aber ein bei den Brasilianern sehr außergewöhnliches Instrument, eine Violine, in der Hand, und mußte schon deshalb ein Landsmann sein, obgleich Günther nicht gleich herausbekommen konnte, zu welcher Classe derselben er gehören mochte — wenigstens war er nicht wie ein Bauer gekleidet und hätte als solcher hier auch wahrlich nicht den schönen Morgen müßig verträumt.

Als Günther sein Pferd aber unter den Baum lenkte, unter welchem der Träumer lag, hob dieser den Kopf empor und sah den Fremden lange und starr an.

Es war ein edles, von einem leicht gekräusten schwarzen Barte beschattetes Gesicht, aus dem Günther ein Paar große dunkle Augen wie fragend entgegen leuchteten, und fast unheimlich traf ihn der schwermüthige Schein derselben. Das Gesicht, so weit es der volle Bart erkennen ließ, hatte auch kaum einen deutschen Schnitt; trotzdem grüßte Günther in seiner Muttersprache und sagte freundlich: »Guten Morgen, Landsmann! Ich hoffe, ich habe nicht gestört; wollte mir nur ein paar Orangen pflücken, da ich heute schon eine gute Zeit im Sattel bin.«

Der Fremde wandte noch immer kein Auge von ihm und sein Blick haftete stier und ernst auf Günther's Zügen. Eben so wenig erwiederte er den Gruß, und als Günther schon glaubte, er habe sich in der Abstammung des wunderlichen Menschen doch geirrt, und statt des geglaubten Deutschen irgend einen Portugiesen oder Brasilianer vor sich, sagte der Fremde mit leiser, aber deutlicher Stimme. »Günther von Schwartzau! — Wie das Schicksal doch die Menschen wunderlich umherwirft, auseinander reißt und wieder zusammenführt — Günther von Schwartzau! Ich hätte nie geglaubt, daß ich Dir je in Brasilien begegnen würde!«

Günther schaute den Fremden in sprachlosem Erstaunen an, denn nicht allein kannte er seinen Namen, sondern redete ihn auch mit Du an, und trotzdem waren ihm seine Züge vollkommen fremd — oder deckte nur der Bart vielleicht das Gesicht eines Freundes? Dem Fremden aber konnte das Erstaunen Günther's nicht entgehen, und tief aufseufzend fuhr er mit wehmüthigem Lächeln fort:

»Ja, Du hast Recht — ich bin nicht allein alt, ich bin Dir auch fremd geworden; meine Züge hat die Zeit gefurcht, und der sonst jugendlich frische Felix ist wenigstens innerlich zum Greise zusammengetrocknet. — Felix — überhaupt ein ominöser Name für einen Erdenbewohner, und Eltern sollten es sich vorher wohl überlegen, ehe sie einen Knaben *felix* nennten.«

»Felix?« rief Günther überrascht vom Pferde springend und zu dem Sprecher tretend — »Felix? Beim ewigen Gott, Felix von Rottack — Mensch — Bruder — wie kommst Du hieher und was treibst Du hier?« Und mit den Worten hatte er den Freund gefaßt, umschlungen und geküßt und warf sich neben ihn in's Gras, seine Hand haltend und in das jetzt freundlich auf ihm haftende Auge schauend.

»Viele Fragen auf einmal, Freund,« sagte dieser, traurig den Kopf schüttelnd, »und ich weiß kaum, ob ich eine einzige zur Genüge beantworten kann. W i e ich hieher komme, ist außerdem eine lange Geschichte und möchte Dich ermüden, wenn Du sie von Anfang an hören solltest – seit wie viel Jahren bist Du von Deutschland fort?«

»Seit sechsen fast, und mit dem Entschlusse, in kurzer Zeit dahin zurückzukehren.«

»Seit sechs Jahren – ja, sie fliegen, und doch zählen wir oft die Stunden – thörichte Menschenkinder die wir sind! Seit sechs Jahren – das ist freilich eine lange Zeit, und was sich indessen mit m i r begeben, hast Du nie gehört? – doch um eine lange Sache kurz zu machen, so bist Du vielleicht einmal zufällig in den Zeitungen einem Artikel begegnet, nach dem eine sehr hochstehende Person von einem – Wahnsinnigen angefallen und mißhandelt worden – errinnerst Du Dich nicht?«

»Doch – dunkel,« sagte Günther, »aber wenn ich nicht irre, waren keine Namen genannt.«

»Natürlich,« lachte Felix bitter vor sich hin, »wenn ich ein Handwerker und mein sehr ehrenwerther und hochstehender Onkel ein Gewürzkrämer oder etwas Derartiges gewesen wäre, hättest Du Dich darauf verlassen können, die vollen Namen in den Blättern zu lesen, aber in der *haute volée* mußte man einen Skandal vermeiden; die Demokraten hatten außerdem Ärgerniß genug durch eine Reihe von Aufzählungen skandalöser Geschichten aus diesen bevorzugten Kreisen gegeben. – Genug, der Schuft, mein sehr hochstehender Herr Onkel, verweigerte mir die von ihm geforderte Satisfaction, und als ich ihm bald darauf einmal auf der Straße begegnete – doch das sind alte, lang überlebte Geschichten. Natürlich m u ß t e ich wahnsinnig sein, um Hand an einen solchen Ehrenmann zu legen, und – Tod und Teufel – sie

glaubten, daß eine Cur in einer Privat-Irrenanstalt von den segen-
reichsten Folgen für mich sein würde.«

»Sie wagten doch nicht?« rief Günther erschreckt.

»Was?« sagte der Fremde ruhig, »mich einzusperren? — Dabei war nicht viel zu wagen. Der Fürst selber gab den Befehl,
denn mein guter Onkel hatte ja in s e i n e m Namen gehandelt,
um — eine Scheußlichkeit für i h n auszuführen. Ich wurde allerdings in Sicherheit gebracht, aber Geld, lieber Freund, regiert die
Welt. Ich wiederholte einfach ein altes, schon oft versuchtes und
gelungenes Spiel, nahm meinen Wärter mit und wanderte aus.«

»Verbannt aus der Heimath?« rief Günther traurig.

»Nicht so ganz,« sagte der Fremde ruhig »der alte Schuft,
mein Onkel, starb bald darauf; meine Familie verwandte sich
natürlich für mich, und ich wurde aufgefordert nach Hause zurückzukehren — aber weshalb? — Dem widerlichen Treiben dort
von Neuem zuzuschauen? Von Neuem eine Faust in der Tasche
zu ballen und ewig und ewig Zeuge zu sein, wie elendes Ge-
schmeiß, das kein Verdienst weiter hat, als seinen Rücken zur
rechten Zeit krümmen zu können, über den Nacken des Volkes
schreitet und den Ehrenmann zu Boden tritt? — Nein, geh' mir
mit Deutschland — glaubst Du, daß ich je wieder Freude an den
Miniaturkämpfen unserer Kammern haben, je wieder mit ruhigem Gewissen um des Kaisers Bart streiten könnte, während der
faule Kaiser selber unten in seinem Berge liegt und träumt? Ich
komme mir vor wie ein Thier der Wildniß, das im Käfig aufgezogen wurde und keine Ahnung, keine Erinnerung von der Freiheit
hatte, zu der es geboren wurde, bis es der Zufall einst hinaus in
die Steppe wirft. Glaubst Du, daß es zurückkehren wird, weil es
zu faul ist sich sein Futter selbst zu suchen? — Nein, beim ewigen
Gott! Wenn ich je nach Deutschland zurückkehren sollte, müßte
ich auch wissen für was, aber mich a l l e i n wieder dort in der
Öde der Gesellschaft herumtreiben — nie!«

»Und was treibst Du h i e r ? «

»Was ich treibe? — weiß ich's doch selber nicht. Will ich aufrichtig sein, so habe ich hier einfach vegetirt und ein Leben ge-

führt, wie es bei uns daheim nur eben Vagabunden oder — Künstler führen. Aber ich will mich bessern — ich habe hier schon den Anfang gemacht — und werde jetzt sehn, ob Graf Felix von Rottack nicht im Stande ist, sein Brod als Bauer eben so gut zu verdienen, wie einer der Bauernlümmel, die daheim zwischen Mistgabeln und Dreschflegeln groß geworden!«

Günther schüttelte mit dem Kopfe. —

»Und Du bist hier — bei dem Brasilianer eingetreten?« fragte er endlich.

»Eingetreten?« lächelte Graf Felix; »suche nicht nach einer Umschreibung für mich, alter Freund; ich d i e n e hier, ist das richtige und passende Wort, und zwar seit einem vollen Monat, für den ich mich Anfangs verpflichtet hatte. Heute nun haben die Katholiken einen Feiertag, und — will ich recht aufrichtig sein — so hatte ich heute Morgen meine Scrupel, ob ich meinen zweiten Monat antreten sollte oder nicht; denn als ich herauskam, um wieder einmal eine halbe Stunde mit meinem alten, treuen Instrumente hier zu plaudern, fand ich, daß mir die Finger steif und ungelenkig geworden waren und es nicht mehr ging — aber was thut's. Es ist der Fluch des Arbeiters, daß er keine einzige Freude haben soll als die, die er sich mit sauerm Schweiße verdient. Mag es darum sein — s o brech' ich mit der Vergangenheit, und die Zukunft — hol' sie der Böse, sie mag bringen was sie freut — ich fürchte sie nicht!«

Und mit den Worten, ehe Günther eine Ahnung hatte was er beabsichtigte, nahm er das gute Instrument und schlug es höhnisch lachend gegen den Stamm des Orangenbaumes, daß es mit einem dumpfen Wehelaut der zusammenlaufenden Saiten in Splitter flog.

»Felix,« rief Günther erschreckt — »was hast Du gethan?«

»Die letzte Brücke hinter mir abgebrochen, die mich zum Träumer machte,« sagte der junge Graf finster — »ich will wieder ein Mensch werden!«

»Und was hat das arme Instrument gethan?«

»Es hat mich verrückt gemacht!« rief der junge Mann in düsterm Brüten. — »Günther Günther,« fuhr er plötzlich auf und ergriff des Freundes Arm — »weißt Du wohl daß es eine Classe von Menschen giebt, die an der Gränze des Wahnsinns, inmitten unserer geregelten bürgerlichen Verhältnisse, unbelästigt durch dieses Leben gehen, weil der Dämon, der in ihnen lauert, noch nie Gelegenheit bekam auszubrechen? Die Welt verkehrt mit ihnen und ahnt nicht, wie der geringste Zufall wie ein Funke den Brennstoff zünden könnte, der in der Brust noch eingeschlossen ruht — Arm in Arm gehen sie mit ihnen, und geht Alles gut — sterben sie im regelmäßigen Lauf der Zeit in ihrem Bette, so sagen die Bekannten vielleicht: Schade um den Menschen, er war eine gute Haut, nur ein Bißchen excentrisch manchmal, ein wenig launisch und wunderlich. — Fällt aber der Funke an den rechten Platz, dann….«

Felix war aufgesprungen und hatte Günther's Arm dabei so fest gehalten, daß er diesen schmerzte, und sein Auge stierte wild in das seine. Günther begegnete dem Blicke freundlich, aber ruhig, und sagte endlich: »Und weshalb quälst Du Dich mit solchen Träumen?«

Felix sah ihn noch einen Augenblick stier an; dann drehte er den Kopf ab, ließ Günther's Arm los und strich sich mit der Hand das wirre Haar aus der Stirn.

»Du hast Recht,« sagte er — »Träume sind es, weiter Nichts; aber sie quälen mich manchmal, wie uns die furchtbarste Wirklichkeit nicht ärger quälen könnte. O, daß ich ein Mittel wüßte sie zu bannen!«

»Schließe Dich nicht in Dich selber ab,« bat Günther freundlich, »mische Dich unter die Menschen, die doch nicht so schlecht sind, wie Du zu glauben scheinst — und all' diese trüben Gedanken werden von selbst schwinden.«

»Nicht so schlecht, wie ich zu glauben scheine?« lachte statt aller Antwort Felix bitter vor sich hin — »mein lieber Freund, Du bist wie ein Mann, der mit einer Fackel in den Wald geht und überall, wohin er sich dreht, nur die Lichtseite der Bäume sieht. Die drehen sie Dir zu, alles Andere ist dunkel und Nacht.«

»Ich schlage Dich mit Deinem eigenen Beispiel,« lächelte Günther. »Alle Menschen sind von Herzen wirklich gut, nur, Gott sei Dank, sehr selten findest Du eine Ausnahme, die wirklich absichtlich Freude am Bösen hat – leuchte sie nur mit Deiner Fackel ordentlich an, rund herum, wenn Du willst, und sie werden Dir überall die lichte Seite zeigen. Mag auch Haß und Unfriede zwischen Einzelnen bestehen, nicht gegen Alle zeigen sie sich so, und gerade Diejenigen oft, welche D i r falsch und treulos scheinen, sind die besten Familienväter oder Mütter, und sorgen für die Ihrigen mit Aufopferung ihrer letzten Kräfte.«

»Bah, so viel für Deine Lobpreisungen des Menschengeschlechts,« sagte Felix finster – »sie sind falsch und treulos, glaube mir, und wo Du ihnen wirklich ein Herz entgegenbringst, triffst Du nur auf Spott und kalten Hohn!«

»Und wo hast Du alle diese bitteren Erfahrungen gemacht, armer Freund?« fragte Günther herzlich.

»Wo nicht?« lautete die düstere Antwort – »jetzt erst wieder in Santa Clara, wo ich endlich glaubte mein Ideal gefunden zu haben, wo ich – aber Du lachst mich aus, wollte ich Dir alle den Unsinn erzählen, den ich getrieben, und bei Gott, ich verdiente es auch nicht besser. – Ein Mädchen lebt dort – schön wie ein Engel – mit Allem ausgestattet, was die Natur nur verschwenderisch über eines ihrer Lieblingskinder schütten kann, mit einer Seele für Musik, eine kecke, ja, wilde Reiterin, ein Wesen, wie ich es kaum versuchen könnte Dir zu schildern!«

»Die junge Comtesse Baulen?« sagte Günther fragend.

»Comtesse?« – wiederholte verächtlich der junge Mann – »eine Betrügerin, die unter falschem Namen ihr Netz nach einem jungen Laffen, der den Baronstitel trägt, ausgeworfen und den Gimpel darin gefangen hat.«

»Also Eifersucht,« sagte Günther lächelnd, »und weil Dich ein Mädchen getäuscht, darum zürnst Du der ganzen Welt?«

»Weil s i e eben die ganze Welt für mich war und ich jetzt wieder – aber zum Teufel mit den Gedanken, die mir wieder und wieder das Herz vergiften! Ich will nicht mehr an sie denken!«

»Und die Frau Gräfin Baulen wäre also wirklich gar keine Gräfin?« fragte Günther, der sich für diese Neuigkeit besonders interessirte, da gerade sie die Beschwerdeschrift gegen Sarno zuerst unterzeichnet hatte – »weißt Du das gewiß und könntest Du Beweise dafür bringen?«

»Gewiß?« lachte Felix höhnisch – »sie war die Kammerjungfer meiner Mutter, der Gräfin Rottack, Mademoiselle Baulen – ihren Namen hat sie wenigstens nicht geändert, und ich erinnere mich noch recht gut der Zeit, wo sie ihren Dienst quittiren mußte, weil meine Mutter erfuhr, daß sie einen Sohn hatte – von einer Tochter wußten wir nie ein Wort.«

»Und wie viele Jahre können das etwa sein?«

»Wie viele Jahre? – Ich weiß es nicht – die Zeit ist wie ein Rad über mich hingegangen und hat mir das Gedächtniß zermalmt, daß ich kaum noch denken kann.«

»Und ist Dir diese Frau Gräfin einmal begegnet?«

»Ja, aber ohne daß sie mich gesehen; ich sah nur sie, und bis jetzt hat sie noch keine Ahnung, daß ein Mensch in Brasilien ihr Geheimniß kennt.«

»Und daß die Mutter ein falsches Spiel gespielt, hat, wie es scheint, auch die Neigung zur Tochter in Dir ertödtet? – Siehst Du, daß Du doch selber auch noch an den alten Vorurtheilen hängst!«

»Vorurtheilen?« rief Felix rasch; »glaubst Du, daß ich das Mädchen weniger liebte, und wenn sie die Tochter eines Tagelöhners wäre? – O, mit welcher Seligkeit wollte ich für sie schaffen und arbeiten, im Schweiße meines Angesichts mein Brod verdienen und glücklich sein, wenn mich ein Lächeln ihrer lieben Augen lohnte. – Aber die Betrügerin, die mit der Mutter gemeinschaftlich einen Rang gestohlen, den Beide jetzt nicht die Mittel haben zu behaupten, nur um nicht ehrlich zu arbeiten – nein, Günther, so toll ist meine Liebe nicht, oder war sie nicht, wenn ich sonst auch nicht in Allem für mich einstehen möchte. Aber Du ahnst gar nicht, mit welcher Leidenschaft ich das Mädchen geliebt, wie ich mein Leben mit Wonne hätte wegschleudern können, nur um ein Lächeln aus diesen seelenvollen Augen zu gewinnen! Selbst das Gerücht, welches mir zu Ohren kam, sie wolle sich dem faden Burschen verbinden, der in ihr Haus gezogen, konnte mich nicht beirren — ich glaubte es eben nicht, denn eine Helene k o n n t e den nicht lieben! Wie ein böser Zauber zog es mich dabei immer zu ihrem Hause zurück, und halbe Nächte lang habe ich gelegen, ihr Fenster beobachtet, bis das Licht erlosch, und dann geträumt — geträumt...«

»Da — eines Tages begegnete ich zufällig auf der Straße ihr und ihrer Mutter — Helene erkannte mich — ich sah es an ihrem leichten Erröthen; wenn sie auch noch nie ein Wort zu mir gesagt, meine alte Violine da — armes Ding, wie sie jetzt aussieht! — hatte oft zu ihr gesprochen, wie ich die Antwort verstanden, die mir zurück durch ihre Lieder kam — aber ich sah sie kaum — mein Auge hing an der aufgeputzten Närrin, die an ihrer Seite ganz im aufgeblasenen Gefühl ihrer Würde schritt und den armen Colonisten, für den sie mich hielt, keines Blicks würdigte.«

»Aber war denn das auch gewiß ihre Mutter? — Kann sie nicht eben so gut mit einer Fremden gegangen sein?«

»Das glaubte ich auch und fragte Leute auf der Straße, die sie kannten: das ist die Gräfin Baulen mit ihrer Tochter, die bald den Herrn von Pulteleben heirathen wird — so lautete die Antwort, die ich erhielt, und als ich ihr Haus von da an wie ihr eigenes böses Gewissen umschlich, sah ich sie wieder und wieder am Fenster und in ihrem Garten. Nein, Freund, der Sache bin ich gewiß, und — laß sie jetzt todt und begraben sein — ich w i l l nicht weiter an sie denken!«

Günther schüttelte mit dem Kopfe. — »Und daß sich irgend ein dünkelhaftes Frauenzimmer, von Stolz und Hochmuth oder aus sonst einem Beweggrunde getrieben, einen höheren Rang anmaßt, als ihr gebührt — was außerdem Tausende von M ä n n e r n jeden Tag ungestraft thun —, dadurch läßt Du Dich aus Deinem Leben reißen? Dem magst Du nicht begegnen und flüchtest vor Dir selbst in eine Stellung, die D i r eben so wenig gebührt, als i h r der Grafentitel? — Felix, Felix, Du warst im Begriff in den nämlichen Fehler zu fallen, den sie begangen hat, denn ich kann mir kaum denken, daß Du unter Deinem eigenen Namen Knecht bei einem Bauer geworden.«

»Du wirst mir doch nicht einreden wollen,« rief Felix, aber doch leicht erröthend, »daß es nicht etwas ganz Anderes ist, wenn i c h incognito...«

»Bah,« unterbrach ihn Günther, »treibe keine Sophisterei! Große Herren reisen incognito, um lästigen Empfangsfeierlichkeiten zu entgehen; wenn D u Dich aber Deines Namens unter solchen Verhältnissen begiebst, so geschieht es, weil Du Dich Deiner neuen Thätigkeit s c h ä m s t , und deshalb allein nicht gekannt sein willst!«

»Günther!«

»Sei mir nicht böse, daß ich das Kind beim rechten Namen rufe; Du weißt ja doch, daß ich es ehrlich mit Dir meine, und der Arzt muß mit der schmerzenden Sonde in die Wunde fahren, wenn er im Stande sein soll sie zu heilen. — Hast Du nie nach Hause geschrieben?«

»Ich? — ja,« sagte der junge Mann zögernd; »ich — muß gestehen, daß ich schwach genug war, mich nicht von allen Banden losreißen zu können, die mich noch daheim fesseln — an meine Schwester.«

»Merkwürdiger Mensch,« sagte Günther seufzend, »er schämt sich alles Dessen, was gut und edel in ihm ist!«

»Und machst D u mir einen Vorwurf daraus, daß ich mir ehrlich, mit meiner Hände Arbeit mein Brod verdienen will?«

»Ich? Bei Gott nicht! Aber Du sollst Dir dafür eine Sphäre suchen, die Deiner mehr würdig ist. Selbst der Handwerker setzt einen Stolz darein, nicht als Tagelöhner zu dienen, weil er etwas Besseres versteht. Willst Du Dich weniger als er dünken?«

»Und was anders k ö n n t e ich ergreifen?« sagte der junge Graf finster; »denn ich muß zu meiner Schande gestehen, daß ich, sobald ich meine Sphäre verließ, zu der Überzeugung kam, daß ich weit weniger wisse als ein Handwerker. Den Platz aber, welchen ich hier einnehme, fülle ich aus, und mit dem festen Willen führ' ich's durch.«

»Und bist Du g e z w u n g e n solche Arbeit zu thun? — Fehlt es Dir hier an Geld? — Ich kann mit Leichtigkeit…«

»Bah,« lachte der junge Mann verächtlich, »ich habe Geld genug bei mir, um drei solcher Bauern auszukaufen, wie der ist, bei dem ich jetzt um Monatslohn arbeite. Nein, was mich hieher trieb, war der Ekel an dem ganzen geselligen Treiben der Menschen, und vielleicht auch das Bewußtsein, daß ich selber eigentlich zu Nichts nütze sei auf der Welt. — Ich wollte versuchen, ob ich nicht im Stande sei mich selber am Leben zu erhalten und — selbst w e n n ich einmal nach Deutschland zurückkehren sollte, doch wenigstens das Gefühl mitzunehmen, d a ß ich im Stande war mich zu erhalten. Kannst Du mich deshalb tadeln?«

»Ich wahrhaftig nicht,« sagte Günther; »aber so weit wirst Du doch der Vernunft Gehör geben, daß Du Dich nicht gerade darauf capricirst Tagelöhner zu bleiben, wenn Du in einer andern, Dir mehr zusagenden Laufbahn das nämliche Ziel mit den nämlichen Mitteln erreichen kannst?«

»Und welche wären das?«

»Höre mir zu, und in wenigen Worten mache ich Dir unsere beiderseitige Stellung klar. Nach dem schleswig-holsteinischen Kriege wie viele meiner Kameraden aus meiner Stellung geworfen, außerdem durch den Bankerott des Hauses, in dem ich mein ganzes Vermögen liegen hatte, um Alles gebracht was ich mein nannte, verließ ich Deutschland — aber nicht mehr als freier Mann — ich liebte. — Daheim lebt mir ein Wesen, dem mein Herz gehört und das treu zu mir gehalten hat die lange, lange Zeit, während ich hier für uns Beide arbeitete, unsere Zukunft zu sichern. J e t z t habe ich mein Ziel erreicht — vierzehn Tage höchstens noch, und meine Arbeit ist hier vollendet; dann kehre ich nach Deutschland zurück, zu meiner Braut, um das an ihrer Seite zu genießen, was ich mir hier, Gott weiß es, mit Mühe, Arbeit und Entbehrungen genug zusammengespart und was unser

Beider Zukunft mit bescheidenen Ansprüchen sichert. Das Geschäft eines Landvermessers ist aber in Brasilien ein lohnendes, wenn man es eben ordentlich und geschickt angreift. Du hast, wie ich recht gut weiß, alle die nöthigen Vorkenntnisse dazu, und willigst Du ein, so lehre ich Dich in den wenigen Wochen auch den praktischen Betrieb so weit, daß Du recht gut in meine Stelle treten kannst. Dieselbe Dir zu verschaffen, laß meine Sorge sein, und Du hast dabei nicht etwa eine todte Anstellung, die ihren Mann nährt, sondern mußt Dir, was Du bekommst, Vara bei Vara durch schwere Arbeit verdienen. Nur die Plätze bekommst Du von der Regierung angewiesen, wo Du vermessen sollst, in jeder andern Weise bist Du Dein eigener Herr – willigst Du ein?«

»Laß mir Zeit zur Überlegung, Günther,« sagte Felix überrascht, »Dein Antrag kommt so plötzlich – so unerwartet...«

»Hast Du hier noch Verbindlichkeiten?«

»Keine – gestern war mein Monat abgelaufen, und wie ich Dir schon vorher gesagt, überlegte ich mir eben, ob ich den neuen an dieser Stelle antreten solle oder nicht.«

»Und Du gehst mit?«

»Du bist ein wunderlicher Dränger, Freund,« lächelte Felix, »daß Du Dich so eifrig bemühst, Dir eine vielleicht fatale Last aufzubürden.«

»Wenn ich Dir aber nun versichere, daß ich vielleicht weit mehr Egoist als irgend etwas Anderes bin, und Dir möglicher Weise den Vorschlag nur gemacht habe, um mir selber aus einer Verlegenheit zu helfen?«

»So würde ich Dir nicht glauben.«

»Und doch ist dem so. Eigentlich bin ich der Regierung gegenüber noch einige Verbindlichkeiten eingegangen, die Vermessungen in einer andern Colonie zu beenden, und wenn ich mich auch davon losmachen könnte, würde das doch immer mit Schwierigkeiten verbunden sein. Alles regulirt sich aber mit der größten Leichtigkeit, wenn ich Dich als meinen Stellvertreter zurücklassen kann, und während Du selber in eine vortheilhafte

Beschäftigung eintrittst, ist uns zu gleicher Zeit Beiden geholfen. — Komm mit!«

»Und hast Du die feste Überzeugung, Günther, daß ich im Stande bin, die Stellung mit Ehren auszufüllen?«

»Ja — ich würde Dir sonst nicht dazu rathen.«

»Topp dann,« rief Felix und schlug in die ihm dargebotene Hand des Freundes — »ich bin der Deine!«

»Und wann kannst Du fertig sein, mich zu begleiten?« fragte Günther.

»Mein Bündel ist in zwei Minuten geschnürt,« lächelte der junge Mann, »und wenn ich von meinem bisherigen »Brodherrn« Abschied genommen habe, bin ich fertig.«

»Desto besser; und nun zum Hause, daß wir das rasch besorgen, denn ich möchte so bald als möglich in Santa Clara sein.«

»In Santa Clara?« rief Felix und sah rasch zu ihm auf; »willst Du d o r t h i n zurück?«

»Fürchtest Du Dich vor dem Platz?« lachte Günther; »die Frau Gräfin hat Dir doch am Ende imponirt.«

»Du hast Recht,« sagte Felix finster — »wen hätte ich zu scheuen? Also vorwärts zu einem neuen Leben — was es auch bringen mag, es soll mich vorbereitet finden!« — Und seinen Hut vom Boden greifend und das lockige Haar aus der Stirn werfend, schritt er dem Freunde voran dem Wohngebäude zu, wo dasjenige, was sie zu thun hatten, allerdings rasch abgemacht war. Nur darauf, daß sie noch bei ihm frühstücken sollten, bestand der Brasilianer, und auf zwei frischen Pferden — da Günther das an der Mündung des Santa Clara geborgte von hier aus wieder zurückschickte — trabten sie bald darauf der Colonie zu.

Der Weg war ziemlich rauh, da sie einen der kleinen Höhenzüge zu passiren hatten, und der Reitpfad steil den Hang hinanlief. Wo sich aber ein kleines Thal oder eine Ebene bildete, lagen auch überall freundliche Wohnungen mit blühenden Orangenhecken und breitblätterigen Bananen, von Palmenwipfeln malerisch überragt, und mitten dazwischen, im Schatten der Fruchtbäume und Palmen, kleine, freundliche, weißangestrichene Häuser mit rothen Ziegeldächern und blanken Fenstern, durch die Sauberkeit der ganzen Umgebung, den kleinen Garten, die Reben am Hause und die schattige Laube deutlich die Wohnung deutscher Colonisten verkündend.

Jetzt näherten sie sich der Colonie. Im Wege, der hier oben auf dem Hügelrücken hin von anderen Colonien herüberführte, überholten sie deutsche Fuhrwerke, die sich, von kräftigen Pferden gezogen, mühsam auf der noch immer nicht ganz abgetrockneten Straße durcharbeiteten; auch ein paar Maulthiere mit einem Sacke querüber und einem unverkennbar deutschen Jungen oben drauf.

Hier am Wege trafen sie aber auch die Schneußen, die Günther bei seiner Vermessung durch den Wald gehauen, und einer von diesen folgten sie jetzt, indem sie dadurch nicht allein dem etwas zerfahrenen Wege auswichen, sondern auch ein tüchtiges Stück nach der Colonie zu abschnitten.

In der Schneuße selber mußten sie allerdings hinter einander reiten; bald aber erreichten sie wieder einen betretenen Weg, und hier hielt Felix sein Pferd an und schaute zurück.

»Alle Wetter,« sagte er, »ich glaube wahrhaftig wir haben uns verirrt, denn das hier kann doch nicht der Weg zur Colonie sein!«

»Ein Landmesser und verirren,« lachte Günther, »das wäre nicht übel! — Kennst Du den Platz hier nicht? — Gleich dort drüben liegt die Chagra jenes wunderlichen Menschen, jenes Meier, der sich wie ein Einsiedler in seinem Hause vergraben hat, und das wahre Muster eines Maulwurfs sein muß.«

»Ach richtig, jetzt erinnere ich mich wo wir sind — aber warst Du nie bei ihm?«

»Bei Meier? — ich nie, obgleich ich sein Land sogar vermessen habe; aber er ist nicht ein einziges Mal herausgekommen, um sich die Gränzen anzusehen, und ich selber hatte weder Zeit noch Lust dazu, mich ihm aufzudrängen...«

Günther schwieg und sah die Straße hinauf, die nach dem erwähnten Hause führte; auch Felix wandte den Kopf dorthin, ja selbst die Thiere spitzten die Ohren und schauten nach jener Richtung, denn wildklappernde Hufschläge wurden laut, und im nächsten Moment flog ein reiterloses Pferd, von einem andern, auf dem sich der bügellose Reiter noch krampfhaft festhielt, dicht gefolgt, wie ein Sturmwind an ihnen vorüber, daß sie kaum Zeit behielten, auszuweichen.

»Ein paar durchgegangene Pferde,« rief Günther, der Mühe hatte, das eigene Thier vom Folgen abzuhalten — »ruhig, Alter, mußt Du denn auch alle Dummheiten mitmachen?«

»Das war der junge Baulen,« sagte Felix, ohne auf den Freund weiter zu achten — »und da kommt noch ein Thier — bei Gott, und mit seiner Reiterin!« Und noch während er sprach, sprang er aus dem Sattel, sein Pferd vollkommen rücksichtslos sich selber überlassend.

Er hatte Recht; mit vorgestrecktem Kopf und schnaubenden Nüstern folgte der Schimmel den vorangeeilten Kameraden, und mit flatternden Haaren, das Antlitz marmorbleich, aber keine Spur von Furcht verrathend, saß Helene auf seinem Rücken, und klammerte sich an dem Sattel fest, während das eine Ende des zerrissenen Zügels den Hals des Pferdes peitschte.

»Hab' Acht, Felix,« schrie Günther, der mit Besorgniß sah, wie sich der Freund dem wild heranbrausenden Thiere entgegenwarf — »Du kannst es nicht halten!«

Aber Felix hörte ihn nicht. Der Weg war hier eng, denn das Dickicht an beiden Seiten mit ein paar aus der Bahn geschobenen umgestürzten Bäumen hemmte ihn ein; das durchgehende Pferd k o n n t e nicht ausweichen. Als es aber die mitten im Wege wartende Gestalt des Menschen erblickte, parirte es plötzlich und bäumte in die Höhe. In demselben Moment griff des Unerschrockenen linke Hand in sein Gebiß, und während es zur Seite schreckte, verlor Helene das Gleichgewicht und stürzte in Felix' linken Arm. Allerdings konnte er ihren Fall nicht hindern, denn das Pferd, welches er nicht losließ, riß ihn zur Seite, aber er brach doch die Schwere des Sturzes, so daß das junge Mädchen mehr zu Boden glitt als fiel, und Felix jetzt nur den Schimmel von ihr zurückdrängte, damit sie nicht durch dessen Hufe beschädigt würde.

Aber die Aufregung war zu viel für sie gewesen. So stark und besonnen sie sich bis dahin, trotz des zerrissenen Zügels, im Sattel gehalten hatte, vergingen ihr jetzt die Sinne, und als der ebenfalls abgestiegene Günther hinzusprang, um wo möglich noch Hülfe zu leisten, lag sie ohnmächtig vor ihm im Wege.

Das Ganze war natürlich das Werk nur weniger Secunden gewesen, und noch war Felix mit dem nicht so leicht beruhigten Schimmel beschäftigt, um ihn aus dem Wege zu halten, als Günther schon die ohnmächtige Jungfrau aufgehoben hatte und sie in seinen Armen hielt.

»Und was nun?« rief er halb verlegen, halb lachend; »das ist eine vortreffliche Situation für ein paar Junggesellen! Was fangen wir mit der Ohnmächtigen an? — Hier können wir sie doch nicht liegen lassen!«

Der Schimmel stand endlich; er schnaubte zwar noch und warf den Kopf herüber und hinüber, aber die Gefahr war vorbei, und er wußte, daß er sich wieder in der Gewalt seiner Herren befand. Felix führte ihn ruhig heran und sagte:

»Meier's Haus ist ja, wie Du sagst, dicht bei — da drüben kann ich sogar die Pinie erkennen, die in der Ecke seiner Umzäunung steht — trage die junge Dame dorthin, indessen ich hier den Zügel des Pferdes wieder in Ordnung bringe. In dem Hause findet sie auch weibliche Hülfe und kann später, wenn sie sich erholt hat, in die Colonie zurückkehren.«

»Aber sie werden mich nicht einlassen.«

»Klopf' nur an die Thür; einem solchen Unfall kann der alte Misanthrop sein Haus nicht verschließen!« — Und ohne sich weiter um die Bewußtlose zu kümmern, ja, ohne sie anzusehen, schritt er, den Schimmel noch immer am Gebiß haltend, zu Günther's Pferd, dessen Zaum sein Reiter über einen Ast geworfen hatte, löste den Lasso, der um dessen Hals befestigt war, mit der rechten Hand, und sicherte sich dann den Schimmel, indem er das andere Ende durch den Ring seines unter dem Zaum sitzenden Halfters zog.

Günther war indessen, weil er selber keinen besseren Rath wußte, mit seiner schönen Bürde Meier's Chagra zugeschritten. An der Gartenthür angelangt, hörte er Stimmen im Garten, und mit dem Fuße gegen das Holzwerk tretend, bat er, ihm zu öffnen, da er eine ohnmächtige Dame trage, die Hülfe verlange. Zuerst antwortete Niemand; dann aber auf seine wiederholte Bitte rief eine weibliche Stimme von innen: »Gleich, gleich!« — Der Riegel wurde zurückgeschoben, die Thür ging auf, und Günther sah sich im nächsten Augenblick Könnern und Elisen gegenüber.

Graf Felix indessen, ohne sich weiter darum zu kümmern was aus der jungen Dame wurde, befestigte den Schimmel mit dem Lasso an eine der jungen Palmen, knüpfte den Zügel wieder fest, daß er wenigstens den Ritt hinunter hielt, und schritt dann, da ihm sein eigenes Pferd ebenfalls davon und den anderen nachgelaufen war, zu Fuß in die Colonie hinab.

Eine Viertelstunde mochte er wohl den Platz verlassen haben, als eine klägliche Gestalt denselben Weg herabgehinkt kam, den vorher die Pferde genommen hatten. Es war Herr von Pulteleben, sein Gesicht blutig und mit einigen Rissen, die Dorn oder Stein darauf zurückgelassen, seinen Rock beschmutzt und zerfetzt, und das Gewicht seines Körpers einzig und allein seinem rechten Beine vertrauend.

Er hielt einen Augenblick, als er zu der Stelle kam wo der Schimmel angebunden stand, und schüttelte den Kopf. Er mochte sich wohl nicht recht erklären können, wie der hierher gekommen, und wo die Reiterin geblieben; aber er schien auch nicht in der Stimmung, sich lange bei Vermuthungen aufzuhalten, denn in diesem Zustande konnte er doch Niemandem seine Hülfe anbieten — er sah zu unanständig aus, und mit einem Seufzer seine unteren Kleidungsstücke betrachtend, setzte er sehr betrübt seinen Weg nach der Colonie fort.

8.

Ein Vielliebchen

Könnern verbrachte eine unruhige Nacht. Nicht etwa, daß Sarno's Warnung irgend einen Zweifel in seiner Brust wachgerufen oder seinen Entschluß erschüttert hätte, aber die Aufregung, daß sich mit dem morgenden Tage sein Schicksal entscheiden sollte, ließ ihn nicht schlafen, und erst gegen Morgen fielen ihm die müden Augen zu, nur um einer Masse von tollen und abenteuerlichen Traumbildern Raum zu geben. Mit Sonnenaufgang war er auch schon wieder munter und konnte die Zeit jetzt nicht erwarten, wo er Elise endlich sehen und sprechen würde; denn heute, das hatte er sich fest vorgenommen, ließ er sich von dem Alten nicht abweisen, mochte daraus werden was da wollte.

Vor zehn Uhr durfte er aber keinesfalls hinüber; selbst das schien ihm noch eine etwas frühe Stunde, aber seine Ungeduld ertrug eben nicht mehr, und mit dem Schlage Zehn sprang er auf das schon fertig gesattelte Pferd und trabte lustig der Richtung nach Meier's Chagra zu.

Dicht vor der Colonie überholte ihn eine kleine Cavalcade von Reitern, die mit ihm denselben Weg ritten, und an der jungen, reizenden Dame, die den Zug führte, erkannte er bald die Gesellschaft. Er war aber heute Morgen nicht dazu aufgelegt, irgend eine neue Bekanntschaft anzuknüpfen, hielt deshalb sein Pferd an, grüßte und ließ die Drei an sich vorbei passiren, die dann auch bald in den Büschen verschwanden, welche bis zum Fuße der nächsten Hügel herabliefen.

Da die drei Reiter übrigens mit ihm einen und denselben Weg verfolgten, beeilte er sich nicht mehr so sehr; er wollte gern vermeiden, mit ihnen wieder zusammenzutreffen, und ließ sein Pferd erst wieder austraben, als er sich der Chagra näherte. Dort führte er es seitwärts auf einem schmalen Kuhpfade in den Wald, band es fest und setzte nun von hier ab seinen Weg zu Fuß fort.

Und wie ihm das Herz schlug! Als ob er ein Verbrechen begangen hätte und jeden Augenblick Entdeckung fürchtete, so schlich er auf dem Wege dahin und sah scheu hinauf und hinab, ob Niemand käme, der ihn stören könnte. Und mit dieser Angst auf dem Herzen sollte er dem alten Mann entgegentreten und ihn um die Hand seiner Tochter bitten? Er wagte es nicht, und zweimal war er an der Thür und hob den Arm, und zweimal schlich er zurück in den dichten Busch hinein, um sich erst wieder zu sammeln und das zu überdenken, was er Elisens Vater sagen wollte.

Das zweite Mal war er der Hecke nahe gekommen, welche den Garten umschloß, unfern von da, wo er an jenem Morgen Elisens Citherspiel gelauscht und ihr zuletzt die beiden Waldhühner hinüber geworfen; und überdachte er sich jetzt, daß er das Mädchen seit der ganzen langen Zeit nicht ein einziges Mal wieder gesehen, ja, daß er eigentlich nicht einmal einen einzigen bestimmten Grund für sich anzugeben vermochte, nach dem er sicher schließen konnte, sie sei ihm gut, so kam ihm seine ganze Werbung eigentlich wie halber Wahnsinn vor, und er stand sogar auf dem Punkte, sie vollständig aufzugeben.

Was wußte sie denn von ihm? Was konnte sie von ihm wissen, das ihm ein Recht gab, sie für sich zu fordern? Wenn sie ihm nun geradezu in's Gesicht lachte, wenn sie ihm sagte – – da drangen wieder die weichen Töne der Cither heraus an sein Ohr, und ihre Stimme war es, welche sie begleitete. Was sie sang oder spielte, er hörte es nicht mehr; die Leidenschaft der ersten heißen Liebe hatte ihn übermannt, und kaum sich dessen klar was er selber that, kletterte er im nächsten Augenblicke schon an einer der dünnen, schlanken Palmen nächst der Hecke empor, schwang sich dort hinauf, ergriff den überhängenden Zweig eines im inneren Garten stehenden größeren Baumes, welcher sich unter seinem Gewichte bog und langsam brach, und stand nur wenige Secunden später im Garten selber, und kaum fünfzig Schritte von der Stelle entfernt, an der Elise mit ihrem Instrumente im Schatten eines breitästigen Mandelbaumes saß.

Das junge Mädchen hatte aber ebenfalls das Brechen und Rauschen in den Zweigen gehört und den Kopf dorthin gewandt, und sprang erschreckt empor, als sie die Gestalt eines Fremden bemerkte, welcher also gewaltsam in ihr Heiligthum brach. Aber es war nur ein Augenblick; bald erkannte sie den Eindringling, und zitternd stand sie neben ihrem kleinen Tische, als Könnern rasch auf sie zuging und wenige Schritte vor ihr mit achtungsvollem Gruße stehen blieb.

»Mein Fräulein,« sagte er, noch immer halb verlegen, aber doch jetzt schon mit dem festen Entschluß, das nun Begonnene auch wacker durchzuführen — »vor allen Dingen muß ich tausendmal um Entschuldigung bitten, mich auf solche rauhe Weise in Ihre Nähe gedrängt zu haben, aber ich — konnte mir nicht mehr helfen; ich m u ß t e Sie sprechen, und da mir Ihr Vater, Gott weiß aus welchem Grunde, hartnäckig den Zutritt zu Ihnen weigerte, nahm ich endlich meine Zuflucht zu einem verzweifelten Mittel und — hier bin ich jetzt.«

»Ich weiß nicht,« stammelte Elise in schüchterner Verlegenheit, während sich der purpurne Strom über ihre Wangen und ihren Nacken ergoß und ihren Zügen einen noch viel höheren Liebreiz gab — »ich weiß in der That nicht, weshalb Vater — Sie müssen ihn entschuldigen — er — er ist kränklich, und in der — in der letzten Zeit besonders so leidend gewesen, daß er sich scheu vor allen, selbst den ihm liebsten Menschen zurückgezogen hat.«

»Ich zürne ihm nicht, liebes Fräulein,« sagte Könnern herzlich — »welches Recht hätte ich auch, Etwas von ihm zu verlangen, was er allen übrigen Menschen eben so gut verweigert: den Zutritt zu seinem Hause — und dennoch bin ich hier« — setzte er leise und zögernd hinzu, während auch seine Züge jetzt ein leichtes Roth färbte — »dennoch habe ich den Bann gebrochen, der auf dem Platze liegt, und — vielleicht Unrecht damit gethan, aber ich konnte mir nicht helfen, Elise,« fuhr er leidenschaftlich fort — »ich mußte S i e sprechen, ich m u ß t e Ihnen sagen, daß, seit ich Sie zum ersten Male gesehen und gesprochen, nur der Eine Gedanke mich erfüllt hat, Tag und Nacht — S i e — mußte Ihnen sagen, daß ich mir kein Leben länger denken kann fern von Ihnen, und mir die Entscheidung meines künftigen Schicksals von Ihren eigenen Lippen holen.«

»Herr Könnern!« sagte Elise erschreckt, und jeder Blutstropfen verließ in dem Augenblick ihre Züge.

»Sie haben Recht,« sagte Könnern abwehrend – »es war ein tollkühner Schritt – ein Schritt, der in dieser Weise kaum auf Erfolg rechnen konnte, und erst jetzt, wo ich vor Ihnen stehe, wo es zu spät ist ihn zurück zu thun, fühle ich das Ungehörige desselben in seiner ganzen Schwere. Aber sein Sie auch versichert, Elise, daß ich ihn nicht ganz leichtsinnig gethan, daß ich mir vorher erst ganz klar geworden, ob ich, was mich selber betraf, die Verantwortung übernehmen konnte, Sie aus Ihrem elterlichen Hause zu führen. Meine gesellschaftliche Stellung im Leben ist eine ehrenvolle; ich besitze Vermögen genug, der Zukunft sorgenfrei in's Auge zu schauen, selbst wenn ich nicht mehr die Kraft in mir fühlte, mich durch meine Kunst zu erhalten. – Aber das Alles sind Eigenschaften, welche nur die Existenz selber – nicht das Herz berühren, und ich hatte nicht bedacht, daß Sie m i c h ja noch gar nicht kennen, daß Sie also auch kein Vertrauen zu mir haben können, ob ich es wirklich so ehrlich und treu meine, wie meine Worte sagen.«

Elise athmete kaum. Der Blick, den sie im Anfange schüchtern zu ihm aufgehoben, hatte schon lange den Boden wieder gesucht, und wenn sich auch ihre Lippen ein paar Mal theilten, als ob sie irgend Etwas erwiedern wollte, wurde doch keine Silbe laut. Auch Könnern schwieg jetzt und Beide standen einander stumm, in peinlicher Pause gegenüber. Da nahm Könnern das Wort wieder auf und sagte leise:

»Sie haben Recht, Elise – die tolle Frage bedarf keiner Antwort. Lassen Sie mich gehen und als einzige Erinnerung Ihr liebes Bild im Herzen mit forttragen für die weite, öde Welt. Nur um das Eine bitte ich Sie, recht aus Grund meiner tiefsten Seele, z ü r n e n Sie mir nicht. Vergessen Sie, daß ich leichtsinnig und unüberlegt gehandelt, und denken Sie, daß ich fortan nur ein einsamer, armer Wandersmann sein werde, der – so fortfahren wird die Welt zu durchziehen, wie er begonnen, weil er eben – nirgends Ruhe finden kann. Leben Sie wohl, Elise – ich werde Ihnen nie wieder störend in den Weg treten und – Gottes reichster Segen über Sie!«

Mit den Worten nahm er ihre Hand, welche sie ihm willenlos überließ, drückte einen innigen Kuß darauf, ließ sie los und wandte sich rasch ab, um den Garten wieder zu verlassen.

»Könnern,« rief da Elise mit leiser, zitternder Stimme — »gehen Sie nicht so!«

»Elise — darf ich glauben, daß Sie mir nicht zürnen?« bat der junge Mann, welcher sich ihr bei dem Laute rasch wieder zudrehte.

»Zürnen?« flüsterte das junge Mädchen, den Kopf traurig zu Boden gesenkt — »z ü r n e n? wiederholte sie, »wo es das erste Freundeswort ist, das ich seit langen, langen Jahren gehört? Gehen Sie, Könnern, gehen Sie in Ihre Welt hinein, welche ich nicht kenne — welche ich nie kennen soll, aber nehmen Sie die Versicherung mit, daß Sie einer Unglücklichen einen lieben, lieben Trost gebracht, daß Sie ihr einen Augenblick des Glückes geschaffen haben, an dem sie, mag er so kurz gewesen sein wie er will, noch lange Jahre freudig zehren wird. Gehen Sie, Könnern, mein Vater wird mir nie erlauben, mich von ihm zu trennen — er könnte auch nicht ohne mich leben, aber denken auch Sie manchmal freundlich eines armen Mädchens, das....«

Könnern hielt sich nicht länger. Mit frohlockendem Herzen hatte er den Worten des lieben Kindes gelauscht — die Hindernisse, welche sie ihm in den Weg warf, er achtete ihrer nicht, er hörte sie kaum, und jetzt rasch zu ihr zurückkehrend, rief er jubelnd aus:

»Elise — m e i n e Elise — Du bist mir gut? Du zürnest nicht dem kecken Fremden, der es wagte, an Dein Herz zu pochen, Du läßt mich hoffen, daß ich Dich gewinnen kann? O, nun ist Alles gut, Alles gewonnen, denn der Vater wird und muß Dich mir geben. O, wenn ich Dir jetzt nur mit Worten sagen könnte, wie herzlich ich Dich liebe; wie all mein Sehnen und Trachten, all' meine Gedanken die ganze lange Zeit, in der wir uns nicht gesehen, gesprochen, nur Dir gehört, nur Dein gedacht! Sieh mich an, Elise, o, laß mich in Deinen lieben treuen Augen das Glück auch lesen, das Du mir mit Deinen herzlichen Worten gegeben, laß mich darin die Bestätigung finden, daß ich nicht mehr allein stehe auf der Welt und ein Herz gefunden habe, das mein sein will in Lust und Leid, in Sorge und in Glück.«

Elise schlug das thränengefüllte Auge zu ihm auf und lehnte ihr Haupt dann schwer und seufzend an seine Brust.

»Es kann nicht sein,« flüsterte sie — »ich darf nicht glücklich werden — werd' es nicht!«

»Du wirst es — mit diesem Kusse gewinn' ich Dich zur Braut, und wie mich Gott verlassen soll in meiner letzten Stunde, wenn ich je von Dir lasse, so vertraue auch mir! Leg' Dein Geschick getrost in meine Hände, und steht uns auch noch eine Prüfung bevor, sollten uns auch noch Hindernisse in den Weg treten, laß Dich nicht entmuthigen. Was es auch sei, wir werden's überwinden, und wie ich jetzt mein ganzes Leben Dir zu eigen gebe, so sei versichert, daß Dein künftiges Glück in guten und treuen Händen ist.«

»Und wenn uns der Vater trennt?«

»Er kann, er darf es nicht, Herz,« sagte Könnern, wieder und wieder ihre Stirn küssend, denn sie hielt das Antlitz noch fest an seiner Brust geborgen — »er wird auch in der Kinder Glück das eigene wieder finden, wieder vergessen lernen, was ihm die Welt vielleicht zu Leid gethan, und so nur können wir auch ihn dem Leben wieder gewinnen, dem er jetzt ja fast vollständig entsagt. Fürchtest Du Dich n o c h ? «

»In Deiner Nähe nicht,« flüsterte die Jungfrau — »hier an Deiner Brust ist mir wohl — o, so möcht' ich sterben. Wenn ich aber weiter denke — wenn ich glauben muß, daß uns ein böses Geschick je wieder trennt — o, gehe nicht von mir,« bat sie, ihn leidenschaftlich umschlingend — »laß mich nicht wieder allein, denn jetzt erst, in diesem Augenblicke erst fühl' ich, was ich mein ganzes Leben lang entbehrt — Liebe! — Liebe! — Liebe!«

Ein lindernder Thränenstrom machte ihrem Herzen Luft, und zitternd, weinend lag sie lange in Könnern's Armen. Endlich rang sie sich gewaltsam von ihm los, und ihre Thränen trocknend, sagte sie, mit einem gar so lieben wehmüthigen Lächeln zu ihm aufschauend:

»Bin ich nicht ein Kind, daß ich dem ersten Glück entgegen-weine – und doch – der Allwissende dort oben sieht es – trage ich es mit bitter schwerem Herzen – o, Bernard, willst Du mich n i e vergessen, wenn uns auch – das Schicksal wieder auseinan-der reißt?«

»Nie, nie soll das Eine noch das Andere geschehen!« rief lei-denschaftlich der junge Mann – »und jetzt banne die trüben Gedanken aus Deiner Seele, Du süßes Lieb – oder« – fuhr er leise flüsternd und lächelnd fort – »soll ich Dich daran erinnern, daß Du – Dein Vielliebchen gefunden hast? Wie hieß doch der letzte Vers, Schelm?«

Elise barg das erröthende Antlitz wieder an seine Brust und sagte:

»Wie Du mich damals erschreckt hast!«

»Und Du wußtest, von wem es kam?«

Sie antwortete nicht, aber er fühlte, wie sie leise mit dem Kopfe nickte und sich dem Versuche hartnäckig widersetzte, ihr Antlitz zu dem seinen emporzuheben.

»Du wußtest, was es bedeutete?« flüsterte er so leise, daß sie die Worte kaum verstand, und wieder nickte sie und schmiegte sich fester an ihn – und, o der Seligkeit dieser Stunde, in der sich zwei Herzen fanden und verstanden und des reinen Glückes inne wurden, nur in sich selber Eins zu sein! Was kümmerte sie auch jetzt die Außenwelt, was Sorge und Gefahr der nächsten Stunde? Könnern's muthiges Herz setzte sich leicht darüber weg und Elise selbst war zu selig, um nicht dem Augenblicke auch sein Recht zu gönnen.

Könnern führte die Geliebte jetzt zu der kleinen Bank unter dem Mandelbaume, vor welchem ihr Cithertisch stand, und Hand in Hand, Auge in Auge saßen die jungen Leute und plau-derten und fanden des Himmels Seligkeit in der Liebe Glück.

Da tönte vom Hause her ein kleines Horn, und erschreckt fuhr Elise empor. Das war das Zeichen zum Frühstück, und sie mußte fort aus dem Garten.

»Die Mutter ruft,« sagte sie ängstlich — »ich darf nicht länger säumen, und — großer Gott, es ist so spät geworden und der Vater jetzt auch schon im Garten — wenn er Dich sieht….«

»Fürchtest Du Dich, Elise? Fürchtest Du Dich an meiner Seite,« sagte Könnern herzlich — »und haben wir denn etwas Böses gethan, daß wir den Blick der Eltern zu scheuen hätten? Offen will ich vor sie treten — jetzt, in diesem Augenblick, nicht im Geheimen mag ich zu ihrem Kinde schleichen und mir dessen Liebe stehlen, wie ein unrecht Gut! Nein, ich habe sie mir ehrlich gewonnen und will sie ehrlich wahren, als meinen höchsten und theuersten Schatz.«

»Aber der Vater….«

»Früher oder später müßte er doch wissen, daß wir einander angehören wollen für das ganze Leben; weshalb dann eine Zeit in Angst und Sorge verleben, die nur dem reinsten Glück gehören sollte? Glaube mir, mein süßes Herz, Dein Vater ist lange nicht so schlimm, wie Du zu denken scheinst. Auch er hat einst mit treuer Liebe um Deine Mutter geworben, und d e r Zeit mag er gedenken, wenn ich vor ihn trete. Außerdem stehe ich selbstständig in der Welt, und der Director Sarno, welcher meine Familie genau kennt, mag ihm bezeugen, daß er um die Zukunft seiner Tochter nicht besorgt zu sein braucht. Fürchtest Du noch, daß er Dich mir verweigern wird?«

»Ja,« hauchte Elise, während ihre Züge wieder erbleichten — »trotz alle dem; Du kennst den Vater nicht.«

»Und Deine Mutter?«

Elise stand unschlüssig vor ihm, den Blick zu Boden gesenkt. Endlich schlug sie die treuen Augen zu ihm auf und sagte mit einem gar so rührenden Blick voll Vertrauen und Liebe:

»So geh' zu ihm, Bernard — sprich mit ihm — ich vertraue Dir ganz! Wie Dir mein Herz von jetzt allein gehört, will ich mich auch von D e i n e m Herzen leiten lassen. Ich fühle Du hast Recht; wir dürfen kein Geheimniß vor den Eltern haben — ich wenigstens nicht, nach Allem, was sie schon für mich gethan. Gehe zu ihnen und Gott möge des Vaters Sinn lenken, daß er das Glück des Kindes, zum ersten Mal wo es in seine Hand gelegt, nicht selbst zerstört. Aber noch Eins, Bernard,« fuhr sie fort, als er sie mit sich dem Hause zu ziehen wollte — »was auch der Vater beschließt — wie auch sein Urtheil lautet — und wenn mein eigen Herz darüber brechen müßte — ich kann und darf nicht ungehorsam sein.«

»Elise!«

»Ich bleibe Dir treu,« bat die Jungfrau — »nie wird sich diese Hand in eines andern Mannes Rechte legen, aber wenn mich des Vaters Gebot an seine Seite zwingt, so werd' ich bleiben, was auch mit mir geschehe.«

»Es sei,« sagte Könnern nach einer kurzen, peinlichen Pause — »wie leicht ich aber auch vorher, als ich mich Deiner Liebe versichert wußte, dem entscheidenden Schritt entgegen ging, so schwer gehe ich jetzt, wo ich fürchten muß Dich wieder zu verlieren, in demselben Augenblick, wo ich Dich mein auf immer geglaubt. Aber die erste Bitte kann und will ich Dir nicht abschlagen — ich fühle, daß ich Dich nicht zwingen darf, wenn ich damit nicht Deinen Frieden für spätere Zeiten zerstören sollte. Ich will allein Dein Glück — und daß ich nur das will, kann ich Dir jetzt beweisen.«

»Ach, Bernard,« sagte das junge Mädchen traurig — »nur an Deiner Seite find' ich das, und gehst Du von mir, ist es doch vorbei — aber trotzdem danke ich Dir — danke ich Dir recht von Herzen für Deine Liebe, welche Du mir jetzt stärker als vorher gezeigt — und nun zum Vater, daß wir unsere Bitten dort vereinen.«

Schon vor einiger Zeit hatten sie draußen vor dem Garten wildes Pferdegestampfe und Stimmen gehört, aber, zu sehr mit sich selber beschäftigt, nicht weiter darauf geachtet. Jetzt eben hatte sich das wiederholt, und sie blieben horchend stehen. Könnern dachte an sein eigenes Pferd, ob sich das vielleicht losgerissen haben könnte, aber das war fest und sicher angebunden — vielleicht waren es trunkene Colonisten, die hier dem Städtchen zujagten — was kümmerte es sie — Seite an Seite, Könnern seinen rechten Arm um der Geliebtem Schulter geschlagen, schritten sie langsam den Kiesweg an der Hecke entlang hin, welcher dem Hause zuführte. Kaum aber waren sie in der Nähe der Thür angelangt, die hinaus in's Freie führte und stets sorgfältig verriegelt gehalten wurde, als ein paar heftige Stöße dagegen erfolgten und eine Stimme draußen, welche Könnern bekannt schien, um Einlaß bat.

»Was ist das?« sagte Elise, ängstlich seinen Arm ergreifend — »wir dürfen nicht öffnen.«

»Es ist ein Unglück geschehen!« rief Könnern »sollen wir nicht nachsehen?«

»Ein Unglück?« wiederholte das junge Mädchen erschreckt.

»Ich halte eine Ohnmächtige hier im Arme!« rief da Günther's Stimme wieder — »wollt Ihr sie hier im Wege sterben lassen?«

»Eine Ohnmächtige?! Gleich, gleich!« rief Elise, jede weitere Furcht bei Seite setzend — »der dürfen wir ja doch unsere Hülfe nicht versagen« — und zu der Thür springend, schob sie die beiden großen Riegel zurück. Könnern drückte zugleich das breite Schloß auf, das nach außen keine Klinke hatte, und sah erstaunt den Freund mit seiner Bürde.

»Günther!« rief er überrascht aus — »Sie hier und mit einer Dame im Arm?«

»Ich könnte, glaub' ich, so ziemlich dieselbe Frage an Sie richten, Könnern,« lachte der Freund, »wenn wir jetzt Zeit zur Unterhaltung hätten, aber die Arme sind mir schon erlahmt — mein Fräulein, dürft' ich Sie bitten, sich der armen Dame anzunehmen?«

»O, das Haus ist nur wenige Schritte von hier entfernt,« rief Elise, welche mit gefalteten Händen vor der bleichen Fremden stand — »ach, das bildschöne, unglückliche Kind — kommen Sie rasch mit mir, dort ist Alles was ihr Hülfe bringen kann« — und mit flüchtigen Schritten flog sie ihnen voran, den Gang hinauf. Könnern hatte indessen, dem Freunde die Last zu erleichtern, den Oberkörper der Bewußtlosen in seinen Arm genommen, so daß sie rasch der Jungfrau folgen konnten, und unterwegs erzählte ihm Günther mit kurzen Worten, was draußen vor dem Garten geschehen.

Jetzt hatten sie das Haus erreicht, und stiegen die wenigen Stufen zu dem untern Gartensaale hinauf — die Mutter war schon durch ein paar flüchtige Worte Elisens von dem Unfall unterrichtet und in ihr Zimmer gegangen, englisches Salz zu holen — nur Elise erwartete sie am Eingang, und die beiden Freunde legten die Ohnmächtige jetzt auf das an der entgegengesetzten Wand stehende Sopha.

Günther hatte ihre Kleider etwas geordnet, und richtete sich eben auf, als die Thür links geöffnet wurde, und Meier eilig hereintrat.

»Was geht denn hier vor?« rief er bestürzt — »was ist geschehen? Das ist ja ein Lärm« — sein Auge begegnete Günther's fest und erstaunt auf ihm haftenden Blick, und Könnern, welcher sich eben bei ihm entschuldigen wollte, bemerkte zu seinem Erstaunen, daß der alte Mann zurückschrak, als ob er einen Geist gesehen hätte.

Noch standen sie sich so gegenüber, während Elise mit der Bewußtlosen beschäftigt war und ihr das Kleid zu öffnen suchte, als die andere Thür aufging, und Elisens Mutter mit dem herbeigeholten Fläschchen eintrat — nur Einen Blick aber warf sie auf die Gruppe der beiden Männer, als auch das Flacon ihrer zitternden Hand entfiel.

»Mutter, liebe, beste Mutter!« rief Elise, zu dieser springend — »es ist Nichts — nur eine Ohnmacht — sie schlägt die Augen schon wieder auf.«

»Herr Sellbach!« sagte Günther mit ruhiger, kalter Stimme — »ich hatte allerdings keine Ahnung, daß wir so lange schon nahe Nachbarn gewesen waren, und kann dem Zufall nicht genug danken, der uns hier zusammenführt.«

Der alte Mann stand wie zu Stein erstarrt — seine Lippen hatten sich getheilt, aber er sprach kein Wort; seine Augen, vor denen er heute nicht die blaue Brille trug, schienen aus ihren

Höhlen drängen zu wollen, und die beiden Arme hielt er wie abwehrend vorgestreckt.

»Sie kommt zu sich!« rief Elise, welche das ihr entgegengerollte Flacon aufgehoben und der Kranken vorgehalten hatte — »Gott sei Dank! Beruhige Dich, liebe Mutter, und Vater« — sie wandte sich, während sie sprach, dem Vater zu und stieß einen Angstschrei aus, als sie den Zustand sah, in welchem er dem Fremden gegenüber stand.

»Vater!« rief sie — »lieber, bester Vater — um des barmherzigen Gottes willen, was ist geschehen?« und in Windeseile war sie an seiner Seite und umschlang ihn mit ihren Armen. Erst die Berührung schien den Zauber zu lösen, von dem er befangen war. — »O, mein Gott!« stöhnte er — »endlich! endlich!« und wäre jetzt zu Boden gesunken, hätte ihn die Tochter nicht in ihren Armen gehalten und zu dem nächsten Stuhl geführt, in den er, in einander gebrochen, zusammensank.

»Um Gottes willen, was geht hier vor?« rief Könnern, des Freundes Arm ergreifend — »welch' Geheimniß lagert zwischen Euch?«

»Hier ist jetzt weder Platz noch Zeit, das zu erklären,« drängte Günther — »das Fräulein richtet sich auf und — braucht eben nicht zur Mitwisserin gemacht zu werden. Bitten Sie die junge Dame, daß sie die Fremde in ihr Zimmer führt, bis sie sich vollständig erholt hat und das Haus verlassen kann. Wir werden draußen auf sie warten, um sie sicher nach Hause zu geleiten.«

»Aber ich begreife gar nicht!«

»Thun Sie, wie ich Ihnen sage. Alles Andere nachher.«

»Aber wir können die Familie doch nicht jetzt, nicht in diesem Zustande verlassen?«

»Wir können ihr keinen größeren Gefallen thun. Folgen Sie mir nur dieses Mal, Könnern — des jungen Mädchens wegen, wenn Sie sonst nicht wollen!«

Helenens starke Natur hatte indessen vollständig die augenblickliche Schwäche abgeschüttelt. Möglich, daß sie beim Sturze doch vielleicht mit dem Kopf auf einen Stein getroffen und davon nur betäubt gewesen war; aber sie richtete sich empor und sah erstaunt auf ihre Umgebung. Günther, der in diesem Augenblick für Alle zu denken schien, benutzte den günstigen Augenblick, und auf sie zutretend, bot er ihr seinen Arm.

»Ich sehe zu meiner Freude, daß Sie sich erholt haben, Comtesse; erlauben Sie mir, Sie an die frische Luft zu führen, die wird Ihnen wohler thun, als alle Medicamente der Welt.« Leise setzte er dann hinzu: »Die alten Leute sind außer sich über Ihre Ohnmacht, die sie für weit gefährlicher hielten als sie war. Zeigen Sie sich kräftig, daß wir sie beruhigen.«

»Ich bin kräftig,« sagte das junge Mädchen, aber ich begreife nur nicht wo ich bin, wie ich hierher gekommen.«

»Ich erzähle Ihnen die Geschichte unterwegs,« lachte Günther, ihren Arm ohne weitere Umstände in den seinen ziehend. »Könnern, thun Sie mir den Gefallen, und sehen Sie draußen nach dem Pferd, daß kein weiteres Unglück geschieht – Sie können ja dann zurückkehren, wenn Sie wollen,« flüsterte er ihm zu.

Könnern war wie betäubt. Er sah wohl, daß etwas Außergewöhnliches – etwas Furchtbares hier vorgegangen sei, aber er begriff nicht was; Elise war dazu, ohne auch nur weiter seiner zu achten, mit dem Vater beschäftigt, und ehe er selber zu einem recht klaren Bewußtsein gekommen war, hatte Günther, während er an dem rechten Arme Helenen führte, mit der Linken ihn ergriffen, und zog den keinen Widerstand mehr Versuchenden mit sich hinaus in's Freie, durch den Garten und auf die Straße, wo er ohne Weiteres die Thür hinter sich in's Schloß warf, und ihnen dadurch Allen den Rückzug vollkommen abschnitt.

Hier aber half ihnen Helenens Bruder aus der augenblicklichen Verlegenheit, was sie mit der jungen Dame anfangen sollten. Als sie auf den Weg hinaustraten, kam er, da er indeß seines Pferdes wieder Herr geworden, zurückgesprengt, um die Schwester zu suchen.

Allerdings fürchtete Könnern, daß sie sich noch nicht allein im Sattel halten könne, und bat sie, das Pferd, welches noch an dem Lasso befestigt stand, lieber zur Stadt führen zu lassen. Helene schlug das aber lächelnd aus.

»Ich bin an derlei Abenteuer gewöhnt,« sagte sie freundlich; »nur Eins beunruhigt mich: so ganz ohne einen Dank von der Familie zu scheiden, die mir so gütige Hülfe geleistet, und die ich dafür so erschreckt und gestört habe.«

»Ich werde Sie entschuldigen,« wehrte Günther ab, »und Sie können ihr immer später einen Besuch abstatten. Jetzt halte ich es selber für besser, daß Sie so rasch als möglich nach Hause zurückkehren und sich dort erst vollständig ausruhen. Die Folgen eines solchen Zufalls fühlt man gewöhnlich erst später, und es ist immer besser, sich etwas vorzusehen.«

Günther setzte seinen Willen durch. Könnern holte den Schimmel; der Stamm eines umgestürzten Baumes machte es ihr leicht, in den Sattel zu kommen — und bald hielt sie den Zügel wieder fest in der Hand.

Von dem Moment an aber, als sie wieder die Straße betreten, hatte Helene, als ob sie Jemanden suche, auf und ab gesehen, und selbst ihr Bruder, der jetzt neben ihr hielt, bemerkte dies.

»Suchst Du Freund Pulteleben?« fragte er lachend; »dem bin ich vorher in einem traurigen Zustand zu Fuß begegnet, und ihn selber hat der Rappe bös zwischen Dornen und Geröll abgesetzt. Wenn er es hindern könnte, ließ er sich gewiß vor keinem Menschen sehen, ehe er frische Toilette gemacht hat; er ist bitterböse zugerichtet.«

»War nicht noch ein anderer Herr mit Ihnen?« wandte sich Helene aber an den noch neben ihr stehenden Günther, ohne die Leidensgeschichte von Pulteleben's weiter zu beachten — »derselbe — wenn ich nicht irre — der sich meinem Pferd entgegenwarf?«

»Allerdings,« erwiederte der Gefragte — »sein eigenes Thier war ihm aber indeß davongelaufen, und er wird wohl nachgegangen sein, um es zu suchen.«

»Ich bin Ihnen zu vielem Dank verpflichtet!« sagte das junge schöne Mädchen herzlich.

»Mir nicht im Geringsten,« wehrte Günther lächelnd ab; »ich habe kein Verdienst, als daß ich Sie in's Haus getragen habe, und das — trug schon seine eigene Belohnung in sich selbst.«

Helene erröthete, aber sagte freundlich: »Und darf ich hoffen Sie wiederzusehen, wenn Sie hier auf frischer That meinen Dank verschmähen?«

»Wenn Sie mir erlauben, werde ich sicher morgen bei Ihnen nachfragen, ob der kleine Unfall, wie ich fest hoffe, keine weiteren nachtheiligen Folgen für Sie gehabt.«

»Und« — sagte Helene, aber sie hielt das Wort zurück, neigte sich gegen die beiden Freunde und rief: »Auf Wiedersehen denn!« als der Schimmel schon den Druck ihrer Hacken fühlte und mit ihr in scharfem Trab der Colonie zuflog. Oskar hielt sich an ihrer Seite, und Günther nahm Könnern's Arm, und führte den, wenn auch im Anfang Widerstrebenden trotz seinem Sträuben mit sich die Straße hinab, die Jene vorangeritten waren.

9.

Sarno's Abschied.

Könnern folgte dem Freunde wie in einem halben Traume. Die letzten Scenen waren so rasch auf einander gefolgt, daß er sie kaum von einander zu scheiden vermochte, und des Freundes sonderbares Betragen mußte noch mehr dazu beitragen ihn zu verwirren. Dieser sollte ihm aber jetzt Rede stehen, denn er fühlte daß Elise in diesem Augenblick seiner Hülfe bedurfte, und er mußte wissen, weshalb Günther so darauf drang, sie gerade jetzt sich selber zu überlassen.

Mit diesem Entschlusse stehen bleibend, hielt er Günther's Arm und sagte vorerst: »Nicht einen Schritt weiter geh' ich mit Ihnen, bis Sie mir Ihr Betragen erklären, Günther, bis Sie mir das Geheimniß lichten, das Sie und jenen alten Mann verbindet.«

»Glauben Sie, daß ich es gut mit Ihnen meine, Könnern?« fragte Günther herzlich, der Beantwortung der Frage für jetzt noch ausweichend.

»Ja, das glaube ich fest.«

»Gut, dann folgen Sie mir auch jetzt in die Colonie. Wir müssen Beide mit einander berathen, was zu thun, und ehe das nicht geschehen, dürfen Sie jenes Mannes Haus nicht betreten.«

»Nicht betreten?«

»Nein — doch Sie sollen Alles hören — nur zuerst beantworten Sie mir eine Frage: Wie stehen Sie mit jenem jungen Mädchen? Glauben Sie um Gottes willen nicht, daß es bloße Neugier sei!«

»Sie brauchen keine Entschuldigung und ich kein Geheimniß für einen ehrlichen Handel,« sagte Könnern erröthend. »Ich liebe Elisen von ganzer Seele — heute Morgen habe ich ihr das Geständniß meiner Liebe abgelegt und bin ihrer Gegenliebe sicher — wir waren auf dem Wege zum Hause, um die Einwilligung ihrer Eltern einzuholen, als Sie an die Thür klopften.«

»So haben Sie mit Elisens Eltern noch nicht gesprochen?« rief Günther rasch.

»Mißdeuten Sie meine Worte nicht, Günther,« erwiederte Könnern ruhig — »welcher Art auch Ihr Geheimniß sei, ich halte mich fest gebunden an das Mädchen, dem ich mit Leib und Leben zugehöre!«

Günther seufzte tief auf und schwieg für wenige Augenblicke; endlich sagte er herzlich: »Sie haben mir einfach und wahr geantwortet, Bernard, und es soll Sie nicht gereuen. Eben so klar und aufrichtig will ich Ihnen jetzt Alles mittheilen — aber lassen Sie uns zu unseren Pferden gehen; w o l l e n Sie nachher unmittelbar zurückkehren, steht es ja immer in Ihrer Macht.«

»Und was wollten Sie mir sagen?« fragte Könnern, der jetzt an des Freundes Seite, ihre Pferde am Zügel führend, langsam den Weg hinabschritt — »Sie müssen begreifen können, in welche Unruhe mich jene eben erlebte Scene versetzt hat.«

»Ich begreife es,« sagte Günther ruhig, »und will dabei so kurz als möglich sein, denn nur die Umrisse meiner Mittheilung haben Interesse für Sie. Erinnern Sie sich noch, daß ich Ihnen früher einmal erzählte, wie ich in Deutschland mein ganzes Vermögen durch den Bankerott eines Kaufmannes verlor?«

»Ich erinnere mich dessen.«

»Eben im Begriffe, zu heirathen, zertrümmerte dieser furchtbare Schlag alle meine Hoffnungen. Meine Braut war arm, ich selber besaß Nichts mehr auf der weiten Welt als meine Kenntnisse, die mich aber in Europa nicht über Wasser gehalten hätten. So nahm ich den Kampf mit dem Leben auf und ging nach Brasilien, um hier von vorn zu beginnen. Wie ich hier gearbeitet habe wissen Sie, und ich stehe jetzt im Begriff, mit meinem erworbenen kleinen Capital nach Deutschland zurückzukehren und mein wackeres Mädchen, das treulich für mich ausgeharrt hat, zu heirathen.«

»Aber was hat das Alles mit jenem alten Mann zu thun?«

»Der Bankerott jenes Banquiers,« sagte Günther finster, »wurde durch die Flucht seines Cassirers herbeigeführt. In jener Zeit, wo fast kein Geschäft sicher war und die Kaufleute Alles einziehen mußten, was sie an Geld ausstehen hatten, nur um ihre Verbindlichkeiten zu decken, entfloh er eines Tages mit der Casse — man behauptet, mit mehr als hunderttausend Thalern — und konnte trotz der größten Mühe, die man sich gab, nicht wieder eingeholt werden. Einige der Gläubiger setzten damals Alles in Bewegung, um wenigstens den Ort zu erfahren, wohin sich der Verbrecher gewandt — es blieb Alles umsonst. Wir kamen allerdings einmal auf eine Spur, die nach Brasilien und sogar in diese Gegend führte, und ein Agent, der jenen Menschen kannte, wurde herüber geschickt, um die genauesten Nachforschungen anzustellen — aber ohne Erfolg. Da endlich heute…«

»Heute?« — wiederholte Könnern und fühlte, daß ihm das Blut wie Eis zum Herzen zurücktrat.

»Heute,« fuhr Günther leise fort — »begegnete ich ihm. Zu fest hatten sich seine Züge meinem Gedächtniß eingeprägt, denn daheim war ich oft in seinem Hause, an seinem Tische gewesen. — Auch er erkannte mich wieder — Sie sahen sein Erschrecken, das Erbleichen der Schuld, die ihm das Antlitz so weiß färbte, wie sie in ihrem Bewußtsein sein Haar gebleicht hat. Hätte es übrigens noch einer Bestätigung bedurft, so lieferte seine Frau dieselbe. Auch sie — die, wie man damals allgemein behauptete, die größte Schuld an ihres Mannes Verbrechen trug, ja ihn dazu allein verleitet haben soll — erkannte mich wieder, und wenn sie auch Beide kaum ahnen, w i e elend sie mich damals gemacht haben, trieb doch die F u r c h t vor der endlichen Entdeckung das Blut aus ihren Wangen, die Kraft aus ihren Sehnen.«

»Entsetzlich, entsetzlich!« stöhnte Könnern und barg sein Angesicht in den Händen — »und meine arme, arme Elise!«

»Das arme Mädchen dauert mich!« fuhr Günther leise fort — »sie kann auch keine Ahnung von dem Verbrechen haben, denn sie war damals noch ein Kind. Der Schlag wird sie jetzt, mit dem vollen Bewußtsein der Schuld, um so furchtbarer treffen.«

»Und was wollen Sie thun?« fragte Könnern, rasch zu ihm aussehend.

»Ich weiß es selber noch nicht,« erwiederte Günther leise – »das Ganze brach so überraschend schnell herein, daß mir noch gar nicht Zeit geblieben, zu überlegen, zu denken. – Ich – wollte das eigentlich auch mit Ihnen besprechen, Könnern.«

»Mit m i r ?«

»Gerade mit Ihnen. Der alte Sünder verdient allerdings keine Schonung, denn er hat damals viele Menschen unglücklich gemacht, nicht mich allein – aber des Mädchens wegen die…«

»Und wird Elise dadurch den Schlag weniger furchtbar fühlen, wird sie weniger unglücklich sein?«

»Lassen Sie mir Zeit zum Überlegen,« bat Günther, nachdem sie wieder schweigend eine Zeit lang ihren Weg verfolgt hatten; »lassen Sie mir Zeit zu überdenken, wie sich Alles am Besten richten lasse. Aber Sie müssen selber fühlen daß jetzt, in diesem Augenblick, Ihre Gegenwart da draußen überflüssig war. Der F r e m d e in einem solchen Kreise hätte das Furchtbare der Situation nur noch erhöht, davon ganz abgesehen, daß es für Sie selber peinlich gewesen wäre.«

»Aber die Ungewißheit ihres Schicksals wird jetzt noch so viel entsetzlicher auf den Armen lasten!«

»Das haben sie reichlich verdient,« sagte Günther düster, »und das Schwerste was sie treffen könnte, wöge das Elend das sie gestiftet, noch nicht zum tausendsten Theile auf!«

Könnern seufzte tief und starrte vor sich nieder, als Günther den Arm um seine Schulter legte und sagte:

»Armer Freund – auch Sie sind schwer, schwer getroffen, denn es muß hart, recht hart sein, der Liebe erste Blüthe so geknickt zu sehen!«

»Und glauben Sie, daß ich Elise je verlassen könnte?« rief Könnern, rasch zu ihm aufschauend – »soll das Kind die Schuld der Eltern büßen, dem alttestamentarischen Rachespruche nach?

Was würde aus ihr, wenn sie allein stände in der Welt mit dem Gedanken, daß sich selbst d e r treulos von ihr abgewandt, dem sie ihr ganzes, reiches Herz zu eigen gab?«

»Das ist schön und edel von Ihnen gedacht,« sagte Günther seufzend; »aber wollen Sie Ihre F r a u der Bosheit des Leumunds aussetzen, wenn Sie nach Deutschland zurückkehren? Halten Sie die Abstammung Ihrer Frau so geheim Sie wollen, ein unglücklicher Zufall kann sie stets verrathen, und könnten Sie — selbst nur mit dem Bewußtsein solcher Gefahr — Ihres Lebens auch nur einen Augenblick froh werden?«

»Und was kümmert m i c h das Urtheil der Menge,« rief Könnern trotzig, »die ja immer nur Freude an dem Unglücke des Nächsten hat?«

»Sie vielleicht nicht, aber glauben Sie, daß Ihre Frau die Verachtung der Gesellschaft ertragen könnte, ohne sich wenigstens unglücklich und elend zu fühlen?«

»Dann kehren wir zurück nach Brasilien!« rief Könnern aus. »Verweigert mir die Heimath das Glück, das ich in ihr genießen könnte, dann hat sie auch kein Recht, meine weitere Liebe zu fordern, und die Fremde mag dann mein Vaterland werden und bleiben. Verlieren Sie kein Wort weiter darüber, Günther — ich weiß, Sie meinen es gut und haben in Ihrer Art vielleicht auch Recht — aber Sie thun mir nur weh und sind nicht im Stande, Etwas an meinem festen Entschlusse zu ändern.«

»Genug davon, mein lieber Könnern,« sagte Günther, ihm die Hand reichend und die seine herzlich drückend; »ich ehre Ihr edles Herz, und diese Stunde wird uns fortan nur fester binden! Vielleicht läßt sich auch Alles noch günstiger gestalten, als wir jetzt glauben. Noch weiß Niemand um das Geheimniß, als wir Beide, denn glücklicher Weise haben wir die Comtesse noch zur rechten Zeit beseitigt. Was aber jetzt geschehen muß, kann hier nicht auf offener Straße besprochen werden — zu übereilen ist außerdem Nichts, und wir wollen Beide die Sache ruhig beschlafen. Morgen sehen wir Alles mit kälterem Blute und können dann ruhig beschließen, was geschehen soll. Hier nähern wir uns überdies auch der Colonie, und es ist besser wir sitzen auf. Der neue

Director ist schon angekommen, nicht wahr? Ich sehe da wenigstens seine würdigen Untergebenen, ein paar betrunkene Soldaten, die sich jetzt müßig in der Stadt herumtreiben und Nichts als Unheil anstiften werden.«

»Allerdings — schon vor einigen Tagen, und es ist sogar möglich, daß Sarno heute Abend die Colonie verläßt, um mit dem Dampfer nach Rio hinauf zu fahren. Jedenfalls wird er im Laufe des morgenden Tages abreisen.«

»Dann lassen Sie uns ein wenig rascher austraben,« sagte Günther, »denn ich möchte ihn gern noch sprechen« — und seinem Pferde die Sporen gebend, sprengte er im Galopp die Straße entlang. — Unterwegs sah er sich wohl nach Felix um, denn er hatte sich mit ihm kein Rendez-vous gegeben und wußte gar nicht, wohin er sich heute Abend gewandt haben konnte. Aber Santa Clara war auch nicht so groß, daß er lange nach ihm hätte suchen müssen, und im Laufe des Tages war er ziemlich sicher ihn irgendwo zu treffen.

Sarno fanden sie zu Hause und eifrig mit Packen beschäftigt. Als sie zu ihm in's Zimmer traten, drehte er sich nach Günther um und rief lachend: »Beinahe hätten Sie mich hier gar nicht mehr gefunden. Alle Wetter, die Frau Präsidentin hat Eile gehabt!«

»Wenn Sie meinem Rathe folgen, gehen Sie g a r nicht,« sagte Günther. »Der Präsident hat kein Recht, Sie so ohne Weiteres, ohne wichtige Gründe Ihres Dienstes zu entlassen. Bleiben Sie hier und schicken Sie mich mit dem Dampfer nach Rio. Ich garantire Ihnen, daß ich einen Gegenbefehl bringe.«

»Ich danke Ihnen, Herr von Schwartzau,« sagte Sarno trocken — »aber ich habe nicht Lust, mich hier mit dem Herrn Director herum zu zanken, nur der unter solchen Umständen sehr zweifelhaften Ehre wegen, Director zu bleiben. Außerdem hat der Herr sich auch gleich eine Abtheilung Soldaten mitgebracht und würde nicht säumen, selbst gewaltsamen Besitz von dem Directionsgebäude zu nehmen.«

»Darauf ließe ich es ankommen.«

»Ich nicht. Mit diesem Präsidenten, oder vielmehr seiner Frau Gemahlin an der Spitze danke ich außerdem für den Posten. Ja, wäre d a eine Änderung getroffen, dann von Herzen gern, aber wie die Verhältnisse jetzt stehen, n i c h t. Ich bin fest entschlossen, mit dem Dampfer nach Rio zu fahren.«

»Gut, dann aber folge ich Ihnen. In kurzer Zeit kann ich meine sämmtlichen Arbeiten hier beendet haben, und dann sprechen wir ein weiteres Wort über diese Präsidialwirthschaft, der unter jeder Bedingung ein Ende gemacht werden muß. Ich habe haarsträubende Dinge in Santa Catharina gehört und Beweise dafür in Händen, mit den achtbarsten Leuten der Insel zu Zeugen. Denen wird die Regierung in Rio ihr Ohr nicht verschließen.«

»Ich bin Ihnen sehr dankbar für Ihre Bemühungen, aber es wird Nichts helfen,« sagte Sarno achselzuckend — »hier in Brasilien geht nun einmal Alles seinen gewohnten Schlendrian, und nur wer keine schmutzigen Hände scheut, kann sich allein emporarbeiten. Ich passe aber zu derlei Intriguen nicht, und werde ruhig wieder meine Vermessungen beginnen, bei denen ich doch wenigstens nur Arbeit und keinen Ärger habe.«

»Aber Sie bleiben, bis ich komme, in Rio?«

»Ich werde unter fünf oder sechs Wochen nicht von dort wegkommen.«

»Desto besser — dann treffen wir uns jedenfalls. Sie wohnen?«

»Im Hotel Pharoux.«

»Schön; weiter brauche ich Nichts.«

»Und Könnern?« fragte Sarno und sah lächelnd zu seinem jungen Freunde auf — »haben Sie reussirt? Aber zum Henker, Mann, Sie sehen so melancholisch aus! Ich will doch nicht hoffen, daß Sie einen Korb nach Hause bringen?«

»Elise wird mein Weib,« sagte Könnern fest.

»Und dabei schneiden Sie ein Gesicht,« lachte Sarno, »als ob Ihnen das größte Unglück begegnet wäre. Sie haben Etwas auf dem Herzen…«

»Ja« sagte Könnern zögernd — »es ist — Etwas vorgefallen, das mein Glück nicht stört, aber doch hinausschiebt; gestatten Sie mir jedoch, daß ich jetzt noch darüber schweige.«

»Mein lieber, bester Freund!« rief Sarno gutmüthig — »Sie glauben doch um Gottes willen nicht, daß ich Sie habe aushorchen wollen?«

»Sie sollen Alles erfahren, denn ich bin es Ihnen schuldig,« erwiederte Könnern, »aber — ich muß erst selbst mit mir im Klaren sein. Ehe Sie Rio verlassen, sehe ich Sie jedenfalls dort, denn auch mich werden bis dahin meine Geldgeschäfte nöthigen, die Hauptstadt zu besuchen. Wen habe ich denn auch noch in Santa Clara, wenn Sie Beide den Ort verlassen?«

»Dann treffen wir uns also Alle in Rio, und nun kommen Sie her und helfen Sie mir ein Wenig mit packen, daß ich die verwünschten Kisten und Koffer in Ordnung kriege. Das weiß der Böse, was man für eine Quantität Gepäck zusammenbringt, wenn man sich erst einmal ein paar Jahre an einem Platze aufgehalten! Ein Glück nur, daß mir Herr von Reitschen — durch einen Unterhändler natürlich — meine Möbel hat abkaufen lassen, ich müßte sonst wahrhaftig eine Auction anstellen.«

Könnern wie Günther halfen jetzt Beide dem Freunde seine Sachen ordnen, da die Abfahrt des Dampfers auf heute Abend festgesetzt war, und Sarno sich gegen vier Uhr, um die rückgehende Fluth zu benutzen, einschiffen mußte. Eine Menge Leute, und zwar die achtbarsten der Colonie, kamen auch heute noch, ihrem bisherigen Director Adieu zu sagen und ihm zu versichern, wie leid es ihnen thue, daß er sie verließe. Dann kam der Transport des Gepäcks zum Boote, welchen Jeremias übernommen hatte, und mit seinem Handkarren wahre Wunder leistete.

Der Weg zur Landung war allerdings nicht so nahe, aber er ging von der Thür des Directionsgebäudes an immer leise bergab, und der kleine kräftige Bursche lud enorme Quantitäten von Koffern und Kisten auf, mit denen er dann im scharfen Trabe und in Schweiß förmlich gebadet, aber immer guter Laune, seinem Bestimmungsorte zueilte.

Der letzten Fuhre folgten die drei Freunde zusammen, und unten an der Bootlandung lagen sämmtliche Soldaten faul ausgestreckt im Schatten und sahen zu, »wie der alte Director fortgeschickt wurde.« Sie lachten auch unter einander und machten ihre frechen Bemerkungen, aber keiner der Drei achtete auf sie. Die verschiedenen Colli wurden an Bord genommen, und Sarno wandte sich jetzt erst noch einmal zu seinem bisherigen treuen Factotum, Jeremias, welcher sich bescheiden zurückgezogen hatte und neben seinem leeren Karren stand.

»Hieher, alter Freund,« sagte er zu ihm — »Du bist der Letzte, der noch eine Forderung an mich hat.«

»Wenn Sie's nur gar nicht erwähnen wollten, Herr Director,« sagte Jeremias, und die Thränen standen ihm dabei in den Augen — »hol's der Teufel, ich wollte — es wäre der Andere, den ich hätte herunterkarren müssen! Hurrje, mit welchem Vergnügen wäre das geschehen — aber Gott straf' mich, wenn er hier in der Colonie eine Stunde seines Lebens froh werden soll! Da ist er, das ist richtig, aber er wird froh sein, wenn er den Platz hier erst wieder mit dem Rücken ansieht!«

»Mach' keine dummen Streiche,« warnte ihn Sarno, »und gebt dem Herrn keine gegründete Ursache zur Klage; Ihr habt es Euch sonst selber zuzuschreiben, wenn er Euch das Leben sauer macht.«

»Ja, aber…«

»Schon gut, Jeremias — hier ist eine Kleinigkeit für Deinen letzten Monat und die heutige Arbeit…«

»Aber Herr Director!« rief Jeremias ordentlich erschreckt, als ihm Sarno eine ganze Hand voll Milreis in den Hut warf — »das kann ich ja gar nicht nehmen — ich bin so den letzten Monat schmählich faul gewesen — das müßte mir ja auf der Seele brennen!«

»Dann betrachte es als Strafe,« lächelte Sarno — »und nun Adieu, Ihr lieben Freunde, die Ihr noch bis zuletzt bei mir ausgehalten habt. Adieu, Könnern, Adieu, Schwartzau, auf Wiedersehen in Rio!« und in das Boot springend, gab er das Zeichen zum Abstoßen. Die Ruderer ließen ihre Riemen einfallen; der Bug des trefflich gebauten Bootes fiel vom Lande ab, und während noch ein freundliches Lebewohl herüber- und hinübergewinkt wurde, schoß das kleine Fahrzeug seine Bahn entlang dem Dampfer zu.

Hinter ihm aber folgte ein anderes kleineres, von vier Soldaten gerudert, welches den Befehl gehabt zu warten, bis der bisherige Director unterwegs sei. Es brachte die Briefe und Depeschen des neuen Directors an Bord.

Herr von Reitschen hatte sich dem Abschied von seinem Vorgänger entzogen.

10.

Bux & Comp.

Könnern und Günther waren zusammen Arm in Arm in der Richtung nach Bohlos' Hotel, wo sie jetzt wohnten, zurückgegangen, und Jeremias folgte ihnen in einiger Entfernung mit dem leeren Karren. Er hatte das erhaltene Silber in seine Hosentasche gesteckt und fühlte von Zeit zu Zeit danach, sah sich auch wohl manchmal in der Straße um, ob ihm das Gewicht nicht etwa die Tasche zerrissen hätte und er jetzt, zum Besten der Colonisten, Milreis auf den Weg streue. Unterwegs aber, als er sich ziemlich allein sah, blieb er stehen, hob seine Tasche etwas mit der rechten Hand und sagte leise vor sich hin:

»Verwünscht schwer geworden heute — kann's wahrhaftig nicht mehr länger so am Beine herumtragen und muß wieder einmal damit auf die »Bank« gehen — und kann ich abkommen? Hm! Bei meinem jungen Herrn Grafen die Pferde abreiben, denn die werden wieder schön abgehetzt nach Hause gekommen sein — aber das kann warten — thu' ich hernach beim Füttern — bei Bodenlos sollte ich heute Flaschen spülen — das hat auch bis morgen Zeit — beim Baron die Pfeifen rein machen — er mag heute noch einmal aus einer alten rauchen — und beim Tischler Bitter — Donnerwetter, der hat heute Kindtaufe und dem sollt' ich den Kuchen vom Bäcker holen, das hab' ich doch in den Boden hinein vergessen! Na, jetzt ist's doch zu spät und er wird sich ihn nun wohl selber geholt haben, der Kindtaufsvater — man kann ja auch nicht an Alles denken, und heute ist's überhaupt zugegangen wie in Sodom und Gomorrha. Also abgemacht — zuerst geh' ich auf die Bank und deponire meine Capitalien — dann müssen vor allen Dingen die Pferde besorgt werden, und nachher — ach was, nachher ist Feierabend und morgen noch ein Tag!« — und damit hakte er sein Tragband wieder ein und zog den Karren pfeifend die Straße hinauf und der Stelle zu, wo er ihn gewöhnlich unterstellte — in einem von Bohlos' Schuppen.

Oben vor seinem Hause stand Justus Kernbeutel, und zwar heute, mitten in der Woche, in seinem Sonntagsstaat, einem blauen Frack mit gelben Knöpfen, einem Paar großcarrirter Hosen, gelber Piquéweste, einer hellblauen seidenen Halsbinde und einem zwar etwas abgetragenen, aber doch wieder sorgfältig abgebürsteten Hut auf, ein kleines spanisches Rohr mit einem großen geschliffenen Glasstein als Knopf unter dem Arm, und jedenfalls gerade im Begriff, irgend einen wichtigen Besuch zu machen — denn zu einem Spaziergang brauchte er sich nicht so anzuziehen.

Die Straße herauf kam ein junger Mann im Schritt angeritten; er war in die gewöhnliche Tracht der dortigen brasilianischen Farmer gekleidet, mit breitrandigem Strohhut auf, und gerade als sich Justus zum Gehen wandte, rief er ihn an: »He — holla — halt, Freund!«

Justus drehte sich um und wartete auf ihn, und als er herankam, sagte er weiter Nichts als: »Und?«

»Ihr wollt ausgehen?« fragte der junge Mann — »da komme ich gerade zur rechten Zeit. Ist mein Rock fertig?«

»Morgen,« sagte Justus in größter Gemüthsruhe — »nur noch die Knöpfe anzusetzen.«

»Ei zum Henker, Mann, das hättet Ihr dann aber auch noch vorher thun können! Ich brauche den Rock heute Abend und werde nun schon drei Wochen immer von Tag zu Tag darauf vertröstet. Wenn Ihr nicht arbeiten wollt, so sagt's doch lieber gleich heraus und habt die Leute nicht zum Narren.«

»Hoho,« rief Justus, »nur nicht so vornehm, Herr Köhler — hier in Brasilien thut Jeder, was ihn freut, und ein Künstler läßt sich nun einmal gar keine Vorschriften machen.«

»Ach was, Künstler,« rief Köhler ärgerlich, »wenn die Schneider auch noch Künstler werden, nachher hörts auf!«

»Ich verbitte mir alles Schimpfen!« rief Justus und wurde ganz roth im Gesichte.

»Holla, zankt Euch nur nicht,« lachte ein Vorübergehender, der Wirth Buttlich; »Ihr Deutschen sollt ja e i n i g sein, wißt Ihr denn das nicht? Ist ja eine ganz alte Geschichte —« und vergnügt vor sich hinpfeifend, schlenderte er in eine Nebenstraße hinein.

»Zanken,« brummte Justus vor sich hin, »wer zankt sich denn? Ich will ja gern meine Kunden befriedigen, wenn sie nur höflich sind. Das ist das Wenigste, was ein Künstler außer der Bezahlung verlangen kann.«

»Und wann soll ich den Rock haben?«

»Morgen früh bestimmt, auf Ehre!« rief Justus; »mehr kann ich nicht sagen, das ist mein höchster Schwur.«

»Und um wie viel Uhr kann ich herunterschicken?«

»So früh Sie wollen, und wenn's um neun Uhr ist.«

»Gut; aber was ist denn das, Kernbeutel, seid Ihr irgendwo zu Gevatter gebeten, daß Ihr Euch so furchtbar herausgedonnert habt? Ihr glänzt ja ordentlich wie ein neuer Knopf.«

»Hm,« schmunzelte Justus, an seinen carrirten Beinen hinuntersehend, »heute ist *Thé dansant* und Concert bei Zuhbel, zur Feier des neuen Directors — wenigstens dazu, daß wir den alten los sind, und da muß man sich doch anständig anziehen.«

»Hm, da hättet Ihr auch etwas Besseres feiern können,« meinte der junge Mann. »Der alte Director war ein Ehrenmann, und ich will zu Gott hoffen, daß der neue eben so gut einschlägt, glaub's aber nicht. Wenn Ihr übrigens nach Zuhbels hinaufgeht, so haben wir, wenigstens ein kurzes Stück, e i n e n Weg, denn ich will nach Barthel's Chagra hinüber.«

»Da reiten Sie aber doch näher die Straße, die hier hinüberführt.«

»Es ist dort eine Colonie ausgemessen, die ich mir einmal ansehen wollte,« sagte Köhler — »der Bach läuft durch, und vielleicht ließe sich dort eine Mühle anlegen.« — Und die beiden Männer, Justus neben dem Pferde her, hielten zusammen die Straße hinauf, bis sie ein Stück im Walde waren; dann bog Köhler links ab an dem Hange hin und Justus Kernbeutel setzte seinen Weg allein fort.

Es ging hier eine kurze Strecke ziemlich steil hinauf, und Justus, der nicht wünschte, sich in Schweiß zu bringen, stieg sehr langsam bergan. Die Sonne war noch eine halbe Stunde hoch, und er konnte, ohne sich zu übereilen, Zuhbel's Chagra recht gut vor oder wenigstens mit Dunkelwerden erreichen.

Als er die Höhe des Weges gewonnen hatte, an der rechts ein steiler, aus rauhen Blöcken bestehender Felshang emporragte, drehte er sich um, theils um auszuruhen, theils um einen Blick auf die sich hier weit ausdehnende Scenerie zu werfen, die am Horizont sogar durch das Meer begränzt wurde. Das Städtchen selber konnte er von hier oben aus nicht sehen, da es hinter dem dichten Gebüsche und Unterholze versteckt lag.

Justus war übrigens, wie man danach vielleicht hätte glauben können, keineswegs ein großer Verehrer von Naturschönheiten, und wenn er einen großen Berg hinaufstieg, fluchte er gewöhnlich leise vor sich hin, bis er oben war; aber er versäumte nie, auf allen den Punkten gewissenhaft anzuhalten, von wo aus er das Meer sehen konnte, und auch nicht etwa, weil er es liebte — Gott bewahre — nein, nur um sich zu freuen, daß er nicht mehr darauf war und festen Boden unter seinen Füßen hatte.

Auf der ganzen Seereise war er nämlich, von dem Augenblicke an wo er sich in Bremerhaven eingeschifft, bis zu dem Moment wo er in die Mündung des Santa Clara mehr wie ein Sack, als wie ein lebendiger Passagier hineingerudert worden, so seekrank gewesen, daß ihm noch bis auf den heutigen Tag übel wurde, wenn er nur Theer roch und dadurch wieder lebhaft an seinen Aufenthalt an Bord erinnert wurde. Sah er aber so recht von Weitem aus die endlose blaue Fläche, oder konnte er gar die weißen Kämme überstürzender Wellen erkennen, dann erfaßte ein eigenes inneres Wohlbehagen seine Seele, er rieb sich die Hände, stampfte mit den Füßen, schnalzte mit der Zunge und machte oft die wunderlichsten und außergewöhnlichsten Capriolen, um sein unbändiges Vergnügen auszudrücken.

Heute fühlte er sich dazu in ganz besonders günstiger Stimmung — war es die Aussicht auf den vergnügten Abend, war es der neue Anzug, den er trug und den er, in Ermangelung eines Modejournals in Santa Clara, einem Theil der Bevölkerung vorzuführen dachte; war es vielleicht die frische, kühle Abendluft, die hier draußen wehte, oder auch die Wirkung einiger Gläser Cognac, die er vorher zu sich genommen, kurz, er blieb stehen, nahm den Hut ab, machte dem einige Meilen entfernten Meere eine sehr formelle, ehrerbietige Verbeugung und sagte:

»Ich empfehle mich Ihnen ganz gehorsamst, sehr verehrtes Brechmittel, Salzwasserpfütze verfluchte, die Einen herumschlenkert, daß man am Ende gar nicht einmal mehr weiß, wo Einem der Kopf oder wo die Füße sitzen. Hier, hier komm' her, wenn Du dazu Courage hast — hier auf dem Felsen schaukele mich einmal, wenn Du kannst, und wirf mich herüber und hinüber, wie einen schlechten Groschen — ääh!« setzte er hinzu, eine Grimasse gegen das Meer ziehend — »so viel für Dich und alle das dumme Gesindel, das sich auf Dir jetzt herumschütteln läßt, um nach Brumsilien zu kommen — hei, wie die Kerle torkeln und wie hundeschlecht ihnen ist — wie sie würgen und ächzen — wenn ich sie nur sehen und meine Freude an ihnen haben könnte! — Hurrah für festen Boden — hurrah hoch für soliden Steingrund!« — und seinen Hut in die Luft werfend, machte er selber einen Sprung und schlug dabei mehrere Mal die Füße zusammen.

»Na, Gott straf' mich,« sagte da plötzlich eine Stimme dicht an seiner Seite, »wenn das nicht über den grünen Klee geht!«

Erschreckt fuhr Justus herum, denn er hatte vorher keinen Menschen bemerkt, und ein unheimliches Grausen lief ihm über den Rücken, als er auch jetzt noch Niemanden neben sich sah, denn der Weg war vollkommen leer.

»Bux!« — der Gedanke schoß ihm plötzlich durch's Hirn, als er laut den Namen rief — »das ist kein Anderer, als der verfluchte Bux — wo nur der Himmelhund steckt?«

Ein lautes, ordentlich wieherndes Gelächter antwortete ihm von einem der Felsen unweit der Straße, und als er hinaufsah, saß der Bauchredner da oben, schnitt aber jetzt schon wieder ein so finsteres Gesicht, daß Justus ordentlich unsicher wurde, ob nun nicht eben Jemand neben ihm durch den Bauch gelacht und es nur so geschallt hätte, als ob der Ton von da oben käme.

»Was, zum Teufel, machst Du denn da auf der Kanzel o-ben?« rief er ihm erstaunt zu.

»Gerade das Entgegengesetzte von dem, was Du thust,« sagte Bux mürrisch — »ich gucke 'nunter und Du 'rauf. Aber komm' her, ich habe was mit Dir zu reden.«

»Ja, komm' her, das ist leicht gesagt,« meinte Justus, »aber wie kann ich hinauf? Komm' Du hieher, das ist bequemer.«

»Wenn Du nicht willst, läßt Du's bleiben,« brummte der mit der Silbertresse — »so behalt' ich's für mich.«

»Hm,« sagte Justus, neugierig werdend — »ich zerreiße mir die neuen Hosen und will noch in Gesellschaft.«

Bux antwortete ihm nicht und pfiff gleichgültig in's Blaue hinein, und Justus, der jetzt eine Stelle entdeckt zu haben glaubte, an der er ziemlich bequem aufwärts steigen konnte, kletterte mit einigen Schwierigkeiten, denn seine »Strupfen« genirten ihn, über das rauhe Gestein empor, wobei er besonders ängstlich den Dornen auszuweichen hatte. Als er übrigens unterwegs einmal nach oben sah, war Bux verschwunden, und erst als er den Stein selber erreichte auf dem er gesessen, entdeckte er den Bauchredner hinter den Felsen dort, wo er von dem Wege aus gar nicht gesehen werden konnte. Er hatte sich auf ein kleines Fleckchen Grasboden geworfen und schien die Ankunft seines neuen Freundes ruhig zu erwarten.

»Was, zum Henker, machst Du denn hier?« sagte Justus, als er den Platz endlich erreicht hatte und sich dabei das linke Knie rieb, das er sich gegen einen Felsen gestoßen. »Das ist ja ein ganz verfluchter Weg hier herauf.«

»Ich überlege mir eben,« sagte Bux ruhig, »ob ich mich am Liebsten hängen oder ersäufen soll, denn so viel Geld habe ich nicht mehr, um mir eine Ladung Pulver und eine Kugel zu kaufen, und zum Hängen kann man Bast nehmen. Aber ich glaube, das Ersäufen sagt meiner Natur besser zu.«

»Und um Dich zu ersäufen, bist Du hier oben auf den Berg geklettert,« lachte Justus, »wo nicht einmal so viel Wasser ist, um sich die Finger naß zu machen zum Banknoten zählen? Das ist nicht so übel.«

Bux antwortete nicht; er lehnte sich mit dem Rücken an den Felsen, hielt sein linkes Knie mit beiden Händen umspannt und schaute finster vor sich nieder.

Justus sah ihn eine Weile an, dann fragte er: »Was war denn das, was Du mir sagen wolltest?«

»Jetzt sitz' ich drin,« brütete Bux weiter, ohne die Frage zu beantworten — »mit den Vorstellungen ist es Nichts mehr. Gestern Abend waren drei Personen drin, von denen zwei nicht einmal bezahlt hatten, und ich brauche zwölf, um nur Beleuchtung und Miethe zu bezahlen. Die gottverfluchten Schufte wollen mich zwingen, daß ich die Kinder nicht soll tanzen lassen, und wozu hab' ich denn da die blutigen Rangen. — Verhungern w i l l ich aber nicht — Gott straf' mich!« rief er, sein Knie loslassend und seine Faust in die andere Hand schlagend — »und wenn sie mich dazu treiben....«

Seine Augen blickten stier und wild, und in den schmutzigen, gemeinen Zügen glühte ordentlich Haß und tückische Bosheit.

»Ei, zum Wetter,« sagte Justus, der immer noch solidere Ansichten vom Leben hatte — »wenn's mit der »Kunst« nicht geht, dann versuch's einmal eine Weile mit der Arbeit — verding' Dich bei einem Bauer und....«

»Daß ich mich schinde und plage für ein paar Milreis, nicht wahr, nur um der Heulliese, meiner Frau, und den Rangen die Bäuche zu füllen? Verdammt, wenn ich's thue — da versuch' ich noch wenigstens erst, ob nicht auf andere Weise 'was zu machen ist — he, Schneider!« sagte er plötzlich und sah zu Justus mit einem scharfen, forschenden und doch mißtrauischen Blick auf — »bist Du ein Kerl, auf den man sich verlassen kann?«

»Nanu?« sagte Justus und sah erstaunt zu ihm nieder.

»Ich meine,« fuhr Bux fort, »ob Du das Herz auf dem rechten Fleck hast, wenn es einmal gilt. Du bist auch arm wie eine Kirchenmaus, wenn Du auch jetzt die paar bunten Lappen um Dich herum hängen hast; die Schulden fressen Dich bald auf, und eh' das Jahr um ist, jagen sie Dich so zum Platz hinaus — halt's Maul, ich weiß Alles, und mir brauchst Du Nichts weis zu machen, aber — wenn Du Dir nun mit einem Griff helfen und Alles wieder in's Reine bringen könntest?«

»Donnerwetter!« sagte Justus, und seine Augen wurden immer größer — »was hast Du nur? Weißt Du einen Fleck, wo ein Haufen Gold liegt — aber warum hast Du ihn Dir da nicht schon lange selbst geholt?«

»Weil Einer allein Nichts ausrichten kann,« knurrte Bux, »und mit meiner Vettel von Weib Nichts anzufangen ist. Doch ich will nicht länger hinterm Busche halten, denn Du verräthst mich nicht, so viel weiß ich — dächtest Du daran, bei Höll' und Teufel, ich risse Dir das Herz lebendig aus dem Leibe!«

»Aber was hast Du nur?« rief Justus wirklich erschreckt.

»Hör' zu,« sagte Bux, sich selbst auf diesem abgelegenen Platz scheu umsehend, ob sie Niemand höre — »Du weißt, daß der neue Director angekommen ist.«

»Jedes Kind weiß das,« brummte Justus — »wir feiern's heute.«

»Du weißt aber nicht, daß er einen Haufen Geld mitgebracht hat,« fuhr Bux fort, »um eine Menge Leute abzulohnen, welche der frühere Director angestellt hatte.«

»Und was hilft uns das?«

»Von Buttlich weiß ich's,« fuhr Bux fort, ohne sich stören zu lassen — »und ich selber habe gesehen, wie der schwere Koffer hinauf getragen wurde. Buttlich hat mir aber ebenfalls erzählt, daß nächster Tage eine große Gesellschaft oder ein Ball bei der Frau Gräfin ist — dahin geht der Director jedenfalls, und das Haus ist oben leer — Justus, hast Du Courage?«

»Ne,« sagte dieser, ganz entschieden mit dem Kopf schüttelnd — »zu so 'was nicht — hol's der Teufel, das klingt im Anfang ganz gut, aber nachher wird's auf einmal faul, und dann sitzt man drin. Ne, Bux, das wollen wir doch lieber n i c h t machen.«

»Memme!« knirschte der Bursche zwischen den Zähnen durch — »habe mir's bald gedacht, daß Du zu Nichts zu gebrauchen bist.«

»Und wenn sie uns erwischen?«

»Wenn wir's so dumm machen, verdienen wir's nicht besser!«

»Ne,« sagte Justus noch einmal nach einer kleinen Pause, in welcher er die Sache hin und her erwogen hatte — »ich verdiene gern einen Thaler Geld und — bin auch nicht übereigen, w i e, aber auf d i e Art — nachher in Eisen nach Rio hinauf geschafft werden und dort in d a s Loch, wo man erst am gelben Fieber stirbt, ehe man gehangen wird — Gott soll mich bewahren, da — ernähr' ich mich lieber von meiner Kunst, wenn's auch ein Hundeleben ist!«

»Esel!« grinste da Bux plötzlich vor sich hin — »Du bist doch, Gott straf' mich, zu dumm, daß Du glaubst, ich dächte an so 'was. Sitzt der Kerl auf — hahahahaha!«

Justus sah ihn erstaunt an.

»Also war's nur Spaß?« fragte er verdutzt.

»Na, Du glaubst wohl ich wär' ein Einbrecher im Ernst?« lachte Bux — »ne, Justus, für dumm hab' ich Dich immer gehalten, aber für s o dumm doch wahrhaftig nicht.«

»Du machtest aber so ein ernsthaftes Gesicht dabei.«

Bux war aufgestanden und sah über den Felsen hin nach dem Weg hinüber. Sein scharfes Ohr hatte einen Schritt auf dem harten Boden gehört, und es dauerte auch nicht lange, bis ein Mann den Weg kam, der anscheinend die Richtung nach Zuhbel's Chagra einschlug.

»Kommt Jemand?« fragte Justus.

»Ist das nicht der Lump, der Jeremias?« sagte Bux, der nur eben mit seinen Augen über den Stein hinausschaute – Justus nahm seinen Hut ab und sah ebenfalls vorsichtig hinüber.

»Ja wohl,« flüsterte er, »das ist die rothköpfige Canaille, seine Perrücke leuchtet ja wie Feuer durch den Wald. Wo will denn der noch heute Abend hin? zu Zuhbel's doch wahrhaftig nicht, denn der würf' ihn den Augenblick aus dem Hause.«

»Und wie er sich immer umguckt,« flüsterte Bux zurück, »genau so, als ob er ein bös Gewissen hätte.«

Es war in der That Jeremias, der, seinen Hut in der Hand, den Weg von der Colonie herauf gekommen war und jetzt auf derselben Höhe stehen blieb, auf welcher Justus gehalten, um nach der See zurückzuschauen. Auch Jeremias sah sich ein paar Mal um, aber es schien, als ob die Scenerie seine Aufmerksamkeit nicht fesseln könne, denn er drehte den Kopf bald der Richtung zu, von welcher er gekommen, bald der entgegensetzten, gerade als ob er Jemanden erwarte und nicht wisse, von welcher Seite er kommen würde.

»Was zum Teufel hat denn der? Auf wen wartet er denn?« flüsterte Bux, als Justus seinen Arm ergriff, drückte und ihn durch ein Zeichen warnte, vorsichtig zu sein. Bux sah ihn erstaunt an. Jeremias, der nicht daran dachte, daß da oben zwischen den Steinen irgend ein menschliches Wesen sitzen könne, schritt vorsichtig weiter und bog endlich, kurz vorher, ehe ihn die Wendung der Straße den Nachblickenden verborgen haben würde, in eben dieselbe Felswand ein, in der die Beiden standen.

Er mochte jetzt ungefähr hundert Schritte von ihnen entfernt sein, als Justus sich zu Bux überbog und flüsterte:

»Bux, ich setze meinen Hals zum Pfande, daß der Schuft jetzt nach dem heimlichen Verstecke kriecht, wo er sein Geld vergraben hat. Wenn wir d a s ausfinden könnten, da wäre ein Fang zu machen, und d e m Halunken gönnt' ich's.«

»Glaubst Du wirklich?« zischelte Bux zurück und stieg auf einen der nächsten Steine, um den kleinen Burschen nicht aus den Augen zu verlieren. Es war jetzt auch gar keine Gefahr mehr, daß sie gesehen würden, denn Jeremias drehte ihnen den Rücken zu.

»Gewiß,« sagte Justus — »was sollte er denn sonst hier oben zwischen den Steinen herum zu kriechen haben, und daß er Geld irgendwo vergräbt, weiß ich ganz gewiß.«

»Komm,« winkte Bux, als Jeremias jetzt gerade hinter dem Rücken der nächsten Abdachung verschwunden war — »zwischen den Blöcken hier kann er uns nicht sehen, und vielleicht bekommen wir ihn da drüben wieder in Sicht« — und ohne eine weitere Antwort seines Kameraden abzuwarten, sprang er von seinem Stein herunter, und glitt wie eine Schlange zwischen den Felsstücken hin der Richtung zu, in der Jener verschwunden war. Justus konnte ihm in seinen engen Kleidern und besonders mit den Stegen an den Hosen, welche ihn im Steigen hinderten, kaum folgen. Bux erwies sich übrigens als ein vortrefflicher Spürhund, denn sein Terrain mit einer wahren Meisterschaft benutzend und jeden Fels, jeden Baum zur Deckung brauchend, pirschte er sich rasch und vollkommen geräuschlos weiter vor, und sah sich nur manchmal unwillig nach Justus um, wenn dieser achtlos auf einen dürren, knackenden Zweig trat oder an einen lockern Stein mit dem Fuße stieß — Dinge, die er verschiedene Mal möglich machte.

Jetzt hatte er den scharfen Kamm, welcher aber hier nicht so steil ablief und einen Blick über die nächste enge Schlucht gestattete, erreicht, und entdeckte auch Jeremias schon an der andern Seite derselben, an der er in die Höhe kletterte. Die Schlucht lag übrigens vollständig vom Wege ab und tief und sicher versteckt mitten im Walde.

Bux mußte hier abwarten, bis Jeremias wieder aus Sicht war, und Justus kam indessen auch heran.

»Ist er da?«

Bux deutete nur einfach mit dem Arm über die Schlucht, wo die lichten Kleider des Deutschen, der langsam an dem Hang hinstieg, deutlich hinter den Büschen sichtbar waren, wohl einmal einen Augenblick verschwanden, aber doch immer wieder zum Vorschein kamen.

»Wenn er noch lange macht,« flüsterte Justus, »geht die Sonne unter, nachher wird's Nacht.«

Bux hob nur warnend die Hand, daß er schweigen solle, denn Jeremias war stehn geblieben und bückte sich dort. Die beiden Männer schauten ihm mit der gespanntesten Erwartung zu, aber keiner von ihnen sprach ein Wort weiter, denn das da drüben mußte der Platz sein. Was Jeremias eigentlich machte, konnten sie freilich nicht erkennen, aber während ihm Justus mit größter Aufmerksamkeit zuschaute, merkte sich Bux genau die verschiedenen Büsche, einen einzeln stehenden Baum, eine junge Palme und einen Felsblock, an dem wie ein Teller groß ein Moosfleck wucherte.

Jeremias hatte sich etwa zehn Minuten an der Stelle aufgehalten; jetzt richtete er sich wieder empor und schien erst vorsichtig umzuschauen, ob er kein lebendes Wesen erkennen könne. Aber Todtenstille herrschte im Walde, über welchem nur ein einzelner Raubvogel kreiste und dann und wann seinen eigenthümlich schrillen Ruf ertönen ließ. Der kleine Bursche mußte sich auch für vollkommen sicher halten, denn er stieg jetzt auf einem andern Wege, als er gekommen, und vorsichtig von Stein zu Stein tretend, gerade in die Schlucht hinab und der Richtung nach genau auf die Stelle zu, wo die Beiden auf der Lauer lagen. Erwarten durften sie ihn hier aber keinesfalls, und Bux, wieder hinter die nächsten Steine zurückgleitend, ergriff Justus' Arm und zog ihn noch etwas weiter den Hang hinauf hinter ein Dickicht von Lorberbäumen, wo er sich niederkauerte und seinem Begleiter ein Zeichen gab, das Nämliche zu thun.

In dieser Stellung blieben sie etwa eine Viertelstunde, und erst als die Sonne den obern Rücken der westlichen Gebirge berührte, hob sich Bux wieder in die Höh und schritt auf seinen alten Stand zurück, um zu erforschen, ob sich noch Etwas von Jeremias erkennen ließ. Dieser mußte sich aber jedenfalls – und für ihn auch der bequemste Weg – die Schlucht hinunter gewandt haben, deren Mündung wahrscheinlich unten wieder auf den Weg oder doch wenigstens in dessen Nähe führte. Es war nicht das Geringste mehr von ihm zu erkennen. Trotzdem zögerte Bux, hier gerade die Schlucht hinab zu steigen, wo sie sich jedenfalls ganz offen zeigen mußten, und zog es vor, einen kleinen Umweg zu machen. Dort begünstigte sie außerdem das Terrain ganz besonders, da sich, ein kleines Stück weiter oben, eine Terrasse über die Schlucht hinüber zog und dadurch einen dünnen Wasserfall bildete, mit dem sich der Bergbach den Hang hinunter warf. Sie erreichten, außerdem fast überall durch Gebüsch gedeckt, die andere Seite der Schlucht dadurch viel früher und konnten nun ohne weiteres Zögern ihrem Ziel entgegen rücken, denn so lange hatte sich Jeremias hier keinesfalls ausgehalten. Außerdem durften sie nicht mehr viel Zeit verlieren, denn schon rötheten sich die Wolken im Westen.

Bux versäumte aber auch in der That nicht viel Zeit. Seine Ortskenntniß ließ Nichts zu wünschen übrig. Bald hatte er den einzeln stehenden Baum und die junge Palme gefunden; dicht darüber stand der Stein mit dem weißen Moosfleck, und hier war die Stelle, wo Jeremias, zu welchem Zweck auch immer, gehalten hatte. Hier aber war auch der Grund so steinig, daß er unter keinen Umständen gegraben haben konnte.

»Zum Henker auch!« brummte Justus, der sich überall umsah, »hier kann es doch nicht sein; Du mußt Dich im Platze versehen haben; ich glaube, es war weiter oben.«

»Dann such' Du weiter oben,« brummte Bux – »wenn ich mir einmal einen Ort gemerkt habe, find' ich ihn auch wieder, und hier war's. Hat er aber hier Etwas versteckt, so ist's nicht v e r g r a b e n, sondern liegt unter einem Steine, und dem wollen wir verdammt bald auf die Sprünge kommen. Paß Du nur ein Bißchen auf, daß wir nicht etwa überrascht werden – wir sind freilich unser Zwei, aber – besser ist besser« – und ungesäumt hob er einige der nächsten Steine auf, ohne jedoch das Geringste zu entdecken – unter denen konnte Nichts verborgen sein.

»Teufel noch einmal!« brummte er endlich und richtete sich wieder auf – »wenn hier wirklich 'was liegt, ist es verflucht schlau weggestaut, und weiß der Henker, wie er's gemacht hat,

149

denn den großen Felsblock da hat er doch wahrhaftig nicht heben können. Das brächten z w ö l f Menschen nicht zuwege.«

»Sieh 'mal hier,« sagte Justus, der etwas mehr seitwärts stand – »da ist eine Spalte in dem Fels, aber so eng, daß man nicht einmal den Finger dazwischen bringen kann.«

Bux ging zu dem bezeichneten Platze, hatte ihn aber kaum ein paar Secunden betrachtet, als er sich zu der Platte niederbog und daran probirte.

»Bei Gott, die bewegt sich!« flüsterte er – »und siehst Du, hier oben ist auch Etwas von dem Stein abgestoßen, als ob Jemand mit einem eisernen Instrument daran gewesen wäre.«

»Wenn man nur ein Messer dazwischen brächte.«

Bux hatte sein Taschenmesser schon heraus, und ohne die Klinge zu öffnen, drückte er es ganz hinein und schob daran, bis sich der Stein etwas ablöste und er die Finger dazwischen bringen konnte.

»Schieb Deinen Stock hinein, daß es mich nicht fängt.«

Justus gehorchte, und im nächsten Augenblick hob sich die Platte oben los und zeigte einen ganz eigenthümlich geformten hohlen Raum im Innern, der aber nur mit lockerm Gestein angefüllt schien. Es dämmerte außerdem schon, und sie konnten kaum noch auf zehn Minuten Tageslicht rechnen.

»Halte die Platte – so – daß ich dahinter greife!« rief Bux – »aber laß sie nicht fallen.« Justus hielt sie mit zitternden Händen fest, und Bux, der keine Rücksicht auf seine Kleider zu nehmen brauchte, zwängte sich jetzt von der Seite hinein und warf die Steine drin zurück. Plötzlich stieß er einen leisen Jubelruf aus: »Ich hab's!«

»Was?« rief Justus – »was ist's?«

»Zieh die Platte noch ein klein Wenig zu Dir – so – noch ein Bißchen – so, jetzt geht's – ein Sack – ein Sack mit Geld – hurrah, das war geglückt!« und aus dem Gestein zerrte er einen klingenden Leinwandsack heraus und hob ihn mit Mühe aus der Spalte mit einem Arme zu Tage.

»Jemine!« rief Justus und ließ die Platte los, die wieder in ihre alte Lage zurücksank und so vortrefflich paßte, daß man nur mit großer Aufmerksamkeit den Platz entdecken konnte.

»Esel!« schimpfte Bux — »kannst Du denn den Stein nicht einmal halten, bis man Dir's sagt? Wenn nun noch mehr drin stäke — Du bist doch zu gar Nichts zu gebrauchen.«

»Na, wie viel Säcke soll er denn haben,« lachte Justus — »Junge, Junge, in dem Beutel stecken wenigstens ihre dreihundert Milreis, wenn auch nicht ein einziges Goldstück dazwischen wäre. Aber was machen wir jetzt damit?«

»Wir theilen,« brummte Bux, der indessen mit einiger Mühe die Schnur gelöst hatte, in den Sack griff, eine Hand voll Münzen herausnahm und in seine Westentasche steckte.

»Du, laß mich auch einmal kosten,« sagte Justus — »schmeckst Du prächtig!«

»Komm hier fort!« sagte Bux, den Sack wieder zubindend — hol's der Henker, der Teufel könnte doch noch sein Spiel haben — dort drüben im Dickicht sind wir sicher.«

»Wenn wir nachher nur wieder zum Wege hinunter finden,« meinte Justus ängstlich.

»Narr, der Mond geht ja in einer Stunde auf,« brummte der Bauchredner — »und hab' keine Angst — i c h führe Dich sicher.« —

Jeremias, der einmal durch Zufall diesen wunderlichen Stein gefunden und — weil er keinem Menschen sein mühsam erspartes Geld anvertrauen wollte — zu seinem Depositorium benutzt hatte, war indessen wieder auf die andere Seite der Schlucht hinübergestiegen und wollte derselben eben thalabwärts folgen, um zu dem Wege und in die Stadt zurückzukehren. Da entdeckte er an einer Stelle im Sand die Spuren eines Stiefels, welche ziemlich frisch zu sein schienen, und er erschrak heftig darüber. War er etwa von Jemandem bei seiner letzten Arbeit beobachtet? War sein Versteck entdeckt worden? Doch das k o n n t e ja nicht sein. Die Fährten hier hatte jedenfalls einer der Colonisten einge-drückt, der sich auf der Jagd in der Gegend herumgetrieben, und bei dem jetzt trockenen Wetter konnten sie eben so gut mehrere Tage alt sein — was brauchte er sich deshalb den Kopf zu zerbre-chen. Außerdem brach auch die Nacht schon an, und er stieg rasch den Hang hinab, um die Colonie noch vor völliger Dunkel-heit zu erreichen. Nichtsdestoweniger fühlte er sich heute Abend nicht so recht behaglich — es drängte ihn sogar ein paar Mal, wieder umzukehren und sich selber zu überzeugen, ob Alles sicher sei — wie aber konnte er glauben, daß irgend ein Mensch der Welt — noch dazu in der Dunkelheit — d i e Stelle ausfinden sollte.

»Und ich wollte doch, ich hätte dem Director das Geld mit nach Rio gegeben,« brummte er endlich leise vor sich hin — zum Kuckuck, i c h habe den Platz gefunden und ein Anderer könnte auch einmal darüber stolpern — und noch dazu jetzt, wo das nichtsnutzige Soldatenvolk überall herumschnüffelt und spionirt — daß die braunen Bestien alle der Teufel hole!«

Er hatte den Weg jetzt erreicht und schlenderte langsam eine Strecke darauf hin. Die Sonne war unter und es dämmerte schon stark. Er blieb wieder stehen.

»Ist mir doch ganz curios heut zu Muthe,« murmelte er, in-dem er sich nach den Bergen umsah, »und ich gäb' was drum, wenn ich noch eine Weile da oben geblieben wäre — es wurde nur gar so spät — und in den alten Felsblöcken kann man Nachts Hals und Beine brechen.«

Er horchte erschreckt empor — war es ihm doch fast, als ob er in der Richtung nach seinem versteckten Schatz hin einen Ruf gehört hätte — es war Alles todtenstill — die Grillen zirpten ihr Abendlied, und von der See herüber konnte man das dumpfe Rollen der Brandung hören — weiter keinen Laut.

»'s ist doch merkwürdig,« dachte Jeremias, »was mir heute nur Alles in den Gliedern liegt und in den Ohren klingt, nur, weil ich da oben die Spur von einem Schuh im Sande gefunden habe! Als ob es nicht Menschen genug gäbe, die da herumstreifen könnten — und außerdem hat's in drei Tagen nicht einmal geregnet. Aber wie Blei liegt's mir trotzdem in den Gliedern und ich möchte die ganze Nacht hier sitzen, um nur morgen früh mit Tagesanbruch gleich wieder an der Stelle zu sein. — Dann nehm ich's aber mit — keine Sonne soll je wieder auf den Stein scheinen mit meinem Geld darunter, so viel weiß ich, denn die Angst will ich nicht noch einmal ausstehen. — Und was hindert mich denn, daß ich's j e t z t noch hole? — aber mit dem Gelde mitten in der Nacht den Weg da allein gehen und alle die Soldaten um das Nest herum....?!«

Jeremias war vollkommen mit sich im Unklaren — er wollte Etwas thun und wußte nicht was. Wie machte er's am Gescheutesten?

Gerade, wo er stand, war ein Baum quer über den Weg gefallen, von einem vorbeipassirenden Kärrner wahrscheinlich durchgehauen und eben nur nothdürftig genug mit dem Stammende aus dem Weg gehoben, daß die Räder durchpassiren konnten — wer die Passage breiter haben wollte, konnte sich selber helfen. Auf den Stamm setzte sich Jeremias, seinen Hut neben sich legend, und kratzte sich unter der rothen Perrücke in lauter Zweifel und Ungewißheit den Kopf; es war indessen vollständig dunkel und Nacht geworden.

Endlich schien er zu einem Entschluß gekommen. »Zum Schwerebrett!« brummte er, jetzt ist's Nacht geworden — jetzt kriecht Niemand mehr da oben herum — und ich auch nicht — und morgen, eine Stunde vor Tag, steh' ich auf, und sprenge die Bank — hol' mich Dieser und Jener wenn ich's nicht thue!«

Damit nahm er seine Perrücke ab, trocknete sich darunter mit einem baumwollenen Taschentuch den Schweiß, zog sie wieder fest, drückte sich den Hut darüber und wollte eben aufstehen und in die Stadt zurückkehren, als er rasche und schwere Schritte auf den Steinen hörte.

»Holla, wer ist das?« fuhr er erschreckt empor. Aber die Schritte kamen rasch näher — es war Jemand, der aus Leibeskräften lief, und im nächsten Momente sah er eine dunkle Gestalt auf

153

sich zuspringen, und zwar genau der Richtung folgend, welche die Straße selber nahm.

Das eine Ende des Baumes lag aber nach dort hinüber, da der umgestürzte Stamm am dünnen Ende durchgehauen war und der Bauer mit seinem Wagen lieber einen kleinen Bogen gemacht hatte. Der Laufende schien den Stamm gar nicht gesehen zu haben, bis er dicht davor war – er wollte einhalten, konnte aber nicht mehr, that einen Fehltritt und schlug der Länge nach über das Holz weg. In demselben Augenblick klirrte Etwas wie Geld auf dem Boden, wie ein Sack mit Silber, und Jeremias, zu dessen Füßen das Alles vorging, sprang in die Höhe und rief überrascht aus: »Holla! – wen haben wir denn da?«

Der Gestürzte mußte keinesfalls die unmittelbare Nähe eines andern Menschen geahnt haben; kaum aber hörte er die Stimme neben sich, so stieß er einen Angstschrei aus, so hell und gellend, daß Jeremias selbst davor zurückschreckte, raffte sich aber auch in demselben Moment empor und war mit Einem Satze seitwärts im Dickicht verschwunden, wo er in wilder Flucht durch Dornen und Geröll hindurchbrach.

»Na ja,« sagte Jeremias und sah verblüfft hinter ihm drein – was hat denn der ausgefressen, und wer war's eigentlich? – Kam mir beinahe so vor, als ob's der Lump, der Bux – alle Teufel!« unterbrach er sich selber und sprang der Stelle zu, aus der er das klirrende Geräusch gehört. Er brauchte auch nicht lange zu suchen, denn mitten im Weg lag ein dunkler Gegenstand, während es ihm durch alle Nerven zuckte, als er nur seine Hand darauf legte.

Es war ein Sack mit Geld – genau so ein Sack, wie e r ihn unter dem Stein verborgen gehabt, und als er mit vor Aufregung zitternden Fingern darüber hingriff, konnte er nicht länger im Zweifel sein, daß er sein Eigenthum in Händen halte.

Was war geschehen – wie hing das Alles zusammen? Die Gedanken jagten sich ihm wirr im Kopf und die Furcht überkam ihn jetzt, daß der blos erschreckte Räuber, vielleicht noch mit Genossen, zurückkehren und ihn überfallen könne.

In die Stadt! war jetzt sein einziger Gedanke — zu Menschen, zwischen menschliche Wohnungen, und den wiederge-
fundenen Beutel fest unter den Arm drückend, lief er, wie der
Verbrecher vor ihm gelaufen war, den Weg entlang, als ob ihn
selber sein böses Gewissen treibe.

Selbst unterwegs aber überkam ihn die Angst, daß der
Flüchtige schon umgedreht sein könne und hinter irgend einem
Busche auf ihn lauere, und er brauchte jetzt die wunderlichsten
Mittel, sich dagegen sicher zu stellen. Wenn Jener nämlich glauben mußte, daß er nicht allein sei, wagte er sicher nicht vorzubre-
chen, und Jeremias fing jetzt an zu rufen: »Hier ist er — da hinter
dem Busche! — Spring' da herum, daß er nicht wieder durch-
bricht! — Halt' ihn! — Warte, Canaille, dieses Mal entgehst Du
uns nicht!« Und dabei lief er so rasch ihn seine Füße trugen, bis
er, endlich bei Justus' Haus angekommen, vor Erschöpfung und
ausgestandener Todesangst fast in die Knie brach.

Hier begegneten ihm aber Menschen. Zwei Soldaten gingen
plaudernd die Straße hinauf — ein Reiter kam die eine Querstraße herein. In den Häusern war Licht und in den Zimmern konnte
er die Leute sitzen sehen. Vor der einen Thür saßen sogar noch
ein paar junge Burschen und sangen, und Mädchen gingen über
die Straße, um Wasser zu holen. — Er war in Sicherheit.

11.

Können und Elise.

Am nächsten Morgen fehlte es in Santa Clara an allen Ecken und Enden: bei Baulens war kein Pferd gefüttert und geputzt, der Baron schimpfte über Jeremias und seine schmutzigen Pfeifen, bei Bohlos sollte Wein abgezogen werden und keine Flasche war rein, beim Kaufmann Rohrland waren die Kleider nicht rein gemacht und die Schuhe ungeputzt geblieben, kurz, überall suchte man Jeremias, der noch im Leben nicht so nöthig gewesen schien als gerade heute, und gerade heute nicht gefunden werden konnte.

Und wo war Jeremias? — In seinem Dachstübchen, aber fest eingeschlossen, das Schlüsselloch verstopft, so saß er auf seinem Bett, antwortete auf kein Klopfen, und brütete über seinem Geldsack, den er wohl verborgen unter der Matratze liegen hatte und sich nicht mehr getraute zu verlassen.

So war es bald Mittag geworden, und er saß noch immer da, als es plötzlich wieder, lauter als je, an seine Thür schlug. Er gab keine Antwort; aber der Klopfer ließ sich dieses Mal nicht abweisen, und rief, mit dem Mund an der Thür:

»Was, zum Teufel, treibst Du denn da drin, Jeremias? So mach' doch auf!« — Keine Antwort — »verstelle Dich nur nicht — ich habe Dich ja eben nießen hören. Mach' auf, oder ich drücke wahrhaftig die Thür ein!«

Jeremias kannte die Stimme — es war der Kaufmann Rohrland selber — konnte ihm der vielleicht einen guten Rath geben? Jeremias stand auf und schob den Riegel zurück.

»Aber, zum Teufel, was treibst Du denn nur hier oben?« rief ihm dieser entgegen, »überall wirst Du gesucht; der Bodenlos flucht und schimpft und der junge Graf wettert im ganzen Orte herum. Bist Du krank?«

»Zahnschmerzen,« sagte Jeremias, und hielt sich mit beiden Händen die Backe.

»So laß ihn herausreißen — wer quält sich denn so lange mit einem kranken Knochen! Ist's denn jetzt besser?«

»Ja.«

»Kannst Du mir 'was besorgen?«

»Und was ist's?«

»Der neue Director war bei mir, und wollte für etwa ein Conto de Reis Silber; ich habe aber nur ein paar Hundert Milreis im Hause — kannst Du einmal herumlaufen und sehen, wo Du sie auftreibst? — Er giebt ganz gute Banknoten dafür, die eigentlich noch eine Prämie bekommen.«

»Ganz gute Banknoten?« fragte Jeremias aufmerksam werdend.

»So gut wie Silber, oder noch besser. Ich wechselte sie ihm gern ein, wenn ich es nur hätte.«

Jeremias sprang wie der Blitz in die Höhe und in seine Schuhe; da war Hülfe in der Noth.

»Sieh' zu, daß Du es bekommst, und wenn es nur wenigstens ein Theil ist, das Andere schaffen wir dann schon.«

»Ich bring' es hinüber,« sagte Jeremias, und meinte seinen Sack — »also gute Banknoten?«

»Ich tausche sie zu jeder Stunde wieder um, wenn ich's nur selber habe. Kommst Du dann hinüber?«

»In einer Viertelstunde; ich — muß mich nur erst waschen.«

»Gut,« sagte Rohrland — »also, ich verlasse mich darauf. Hier hast Du erst einmal fünfhundert Milreis, und wenn Du noch mehr auftreiben kannst, hol' Dir das Übrige — siehst Du, es sind lauter gute Noten und noch alle neu.«

Er zählte sie ihm vor, wickelte das Packet dann wieder in Papier ein, und legte es ihm auf das Bett. Kaum war er aber fort, als Jeremias die Thür wieder hinter ihm fest verriegelte und in voller Hast seinen Schatz vorholte. — Banknoten — weshalb hatte er denn nicht an die schon lange gedacht, daß er sich immer mit dem schweren Silber herumgequält und die Angst ausgestanden hatte, es zu verlieren — Banknoten — die konnte er in seinen Rock oder in seine Weste nähen, und wer wußte nachher, daß er ein Vermögen auf dem Leibe trug? Aber zählen mußte er vorher, was er hatte, und mit vorsichtiger Hand that er das jetzt auf der Bettdecke, daß die Münzen nicht an einander schlugen. — Und wie das hübsch aussah, als da Alles in einer Reihe vor ihm lag — aber Banknoten waren besser — die klimperten nicht und hatten kein Gewicht, und man brauchte nicht draußen in den Bergen herumzukriechen, um sie einzeln zu verstecken, und nachher alle auf einmal stehlen zu lassen. — Wer nur der Dieb gestern gewesen war, und wie er ihn ausgefunden hatte? Wirklich der Bux? — Aber wie konnte der wissen, daß er Geld im Walde versteckt gehalten? — Es m u ß t e jemand Anders gewesen sein — vielleicht der Schneider, der Justus, der ihn wie Gift haßte? — Er hörte bei dem Gedanken ordentlich mit Zählen auf, und brummte leise vor sich hin: »So eine Canaille, — dem trau' ich's zu.«

Jetzt war er fertig, aber wieder und wieder überzählte er die Summe — vierhunderteinundzwanzig Stück, und s e i n e r Berechnung nach fehlten neunzehn daran — ob die der Schuft herausgestohlen hatte? — Es wurden aber nicht mehr, und er packte sie endlich wieder ein und trug sie fort.

Damit schien dem kleinen Burschen aber eine wahre Last von der Seele genommen zu sein. So wie er sein schweres Silber los war, nähte er sich die paar Banknoten sorgfältig in seine Weste ein, und ging dann an seine Arbeit, und pfiff und sang dabei, daß es eine wahre Lust und Freude war. — —

Wir müssen jetzt noch einmal auf die Erlebnisse des vorigen Tages zurückspringen, und zwar zu dem Augenblick, wo Könnern und von Schwartzau in Begleitung Helenen's den Meierschen Garten verließen.

Noch saß der alte Mann auf dem Stuhl, die Hände gefaltet und in sich zusammengebrochen, den Blick stier und glanzlos auf den Boden heftend. Neben ihm stand die Tochter, den linken Arm um seine Schulter geschlagen, ihre Stirn auf sein Haupt gelehnt, und mit der rechten Hand seinen Arm gefaßt, und flüsterte leise:

»Väterchen — Väterchen — was ist Dir? So fasse Dich doch — sieh mich an — ich bin ja bei Dir, Deine Elise, Dein Kind, und will Dich nie verlassen, wenn es Dir gar so schrecklich ist. Sprich nur mit mir — hebe nur die Augen zu mir auf — sage mir nur das Eine — Eine Wort, daß Du mir nicht böse bist!«

»Sprich mit ihr,« flüsterte die Frau, die ihre ganze Fassung wieder gewonnen hatte, und ebenfalls zu dem Gatten getreten war — »sprich mit ihr und sei ein Mann, Franz. — Es ist Nichts, Kind, es wird gleich vorübergehen — vor acht Tagen hatte er ja auch schon einmal einen solchen Anfall gehabt, nur daß wir es Dir damals verheimlichten, damit Du Dich nicht so sehr erschrecken solltest.«

Meier hob den stieren Blick langsam zu seiner Frau empor, und sah sie so scharf und durchdringend an, daß sie ihre Augen zu Boden schlagen mußte.

»Es ist Nichts — gar Nichts?« sagte er leise. — »Und war er nicht hier — hat er nicht…«

»Unsinn!« rief aber die Frau jetzt ärgerlich; »schwatze dem Kinde Nichts vor, daß es sich ängstigen muß.«

Noch immer haftete des alten Mannes Blick fest auf seiner Frau, und an dem Arm der Tochter hob er sich empor, bis er aufgerichtet vor ihr stand — dann seine Hand auf Elisens Schulter legend, und sich zu ihr wendend, während nur noch ein scheuer Blick nach der Frau hinüberschweifte, flüsterte er:

»Glaub' ihr nicht, Elise, glaub' ihr nicht. Jahr nach Jahr hat sie mich eingeschläfert und mein Gewissen erdrückt, daß es nicht ausbrechen konnte an freie Luft. Jetzt ist's vorbei, jetzt ist's vorbei! Er ist gekommen, der Rächer, und die Schuld muß gesühnt werden.«

»Vater!« rief Elise in furchtbarer Angst — ist geschehen — was hast Du?«

»Er spricht im Fieber,« rief die Mutter erbleichend — »hör' nicht auf ihn — lauf', Elise — spring' hinaus und schick' das Mädchen nach einem Arzt!«

»Zurück!« rief der alte Mann, indem er Elisen's Arm jetzt krampfhaft hielt — »zurück Versucher, Deine Zeit ist um. — Länger ertrag' ich's nicht — hat mir so schon das Herz fast abgedrückt die langen, langen Jahre über — zurück!« Und das Mädchen wieder an sich ziehend, flüsterte er ihr rasch und ängstlich zu: »Komm mit auf mein Zimmer, Elise — komm mit — Du sollst Alles — Alles wissen — Dir will ich beichten — in Dein reines Herz will ich meine ganze Schuld, meinen ganzen Jammer ausschütten — dann wird mir wohl — dann wird mir wohl werden!«

»Franz,« rief die Frau, mit krampfhaft gefalteten Händen zu ihm aufschauend — »um Gottes willen bedenke was Du thust! Willst Du das Kind vom Herzen der Mutter reißen?«

»Du h a s t kein Herz!« stöhnte aber der alte Mann, die zitternde Hand gegen sie schüttelnd — »geh' — geh' — geh'! Laß mich mit dem Kind allein, ich m u ß sprechen — muß endlich sprechen und für meine Seele Ruhe finden, wenn ich nicht hier und dort zu Grunde gehen soll. Komm', Lieschen, komm — ich w i l l reden,« und mit zitternder Hast zog er die Tochter in sein Zimmer. Die Frau aber wankte zum Sopha, warf sich darauf, barg ihr Gesicht fest, fest in den Händen und lag dort stumm und regungslos.

Das war ein trauriger Tag in dem Hause. Die Dienstleute gingen herum und wußten nicht, was mit der Herrschaft geschehen sei. Das Frühstück war schon unberührt auf dem Tisch stehen geblieben und kalt wieder hinausgetragen, zum Mittagsessen wurde gar nicht gedeckt. Das Dienstmädchen ging ein paar Mal zur »Madame« hinein, um zu fragen ob Niemand Etwas verlange — aber sie bekam nicht einmal eine Antwort. Die Frau lag noch immer auf dem Sopha und regte kein Glied, und nur an dem schweren Athmen konnte man sehen, daß sie noch lebe, und Elise war, als sie den Vater verließ, auf ihr Zimmer gegangen, und hatte sich dort eingeschlossen.

So kam der Abend heran, und als es anfing zu dämmern, erhob sich die Frau langsam von ihrem Lager, stand auf, und verließ das Haus und den Garten, und schritt langsam den schmalen Weg zum Thal hinab. Karl sah sie gehen, und schüttelte den Kopf, denn wie selten war die Frau hinaus vor die Gartenthür gegangen, und nie und nimmer nach Dunkelwerden — wo wollte sie jetzt hin? Einmal fiel es ihm ein, ob er nicht lieber hinein gehen sollte und es dem Herrn sagen; aber der hatte seinen Riegel inwendig vorgeschoben, und das Fräulein war eben so wenig zu sprechen. Er ging dann selber hinaus vor den Garten, um nach der Madame da draußen auszuschauen — aber sie war nirgends zu sehen, und es fing an, ihm selber ganz unheimlich dabei zu werden.

Endlich kam Elise herunter, um ihre Mutter zu sprechen. — Das Mädchen kam ihr weinend entgegen, um ihr zu erzählen, daß die Frau fort sei, und so gar schrecklich bleich ausgesehen habe, wie sie gegangen, und so gar große und glänzende Augen gehabt habe. Und kein Tuch hatte sie mitgenommen, keinen Hut — ruhig und langsam war sie hinausgeschritten auf die Straße und dort hinab.

Elise seufzte tief auf und faßte krampfhaft ihr armes, gequältes Herz — die Ahnung von etwas Furchtbarem kam über sie; aber so viel war schon geschehen — so Entsetzliches, daß der Eine Schlag nicht betäubender wirken konnte als der andere. Das Mädchen durfte auch nicht ahnen was geschehen — wenigstens jetzt noch nicht, denn lange ließ es sich ja doch nicht mehr geheim halten.

»Wo ist der Karl?« fragte sie ruhig.

»Hier, Fräulein,« sagte der junge Bursche, der schüchtern an der Thür gestanden.

»Geh' hinunter in die Stadt und suche die Mutter — sie ist krank — benachrichtige auch zugleich den Arzt, daß sie in einem heftigen Fieberanfall das Haus verlassen habe. Wenn Du sie allein nicht gleich findest, so schick' andere Leute nach allen Richtungen aus — Du wirst aber schon von ihr hören — Menschen werden sie schon hier oder da gesehen haben — lauf', Karl — sei geschwind, und — wenn Ihr sie gefunden habt, schick' mir rasch einen Boten voraus, daß ich Euch entgegen komme.«

Karl nickte stumm mit dem Kopfe, und seine Mütze nehmend lief er in die Stadt hinab, so rasch ihn seine Füße trugen — aber der Abend verstrich und er kehrte nicht zurück, und Elise ging still und allein in dem öden Zimmer auf und ab. Es war tiefe Nacht, und der Mond ging auf und warf sein bleiches Licht in zitternden Schatten durch den Orangenbaum, der vor dem Fenster stand; Elise sah es nicht — die Augen auf den Boden geheftet, wanderte sie die halbe Nacht mit schweren, sorgenvollen Schritten, bis sie etwa gegen zwei Uhr Morgens die Hausthür gehen hörte und wußte, daß jetzt Karl zurückgekehrt sei. Sie schritt zur Thür, und rief: »Karl!«

»Ach, Fräulein, sind Sie noch auf?«

»Hast Du keine Spur gefunden?«

»Wir haben Alles abgesucht — in allen Häusern nachgefragt, sie kann — sie kann sich nirgends aufgehalten haben.«

»Sie war in der Stadt?«

»Ja — des Liebel's Mädchen hat sie gesehen, wie sie dort am Haus, aber hinten am Garten vorbeigegangen ist, auf dem kleinen Wege — der —«

»Der?«

»Der nach dem Fluß führt.«

»Nach dem Fluß?« wiederholte Elise, und sie fühlte, wie ihr das Blut im Herzen stockte, aber gewaltsam raffte sie sich empor und fuhr leise fort: »Und weiter hat sie Niemand gesehen?«

»Der Mann, welcher die Fähre unten hält, behauptet, es sei eine Frau in einem weißen Kleide an seinem Hause vorbeigegangen, immer den Weg entlang; unten, wo die Soldaten liegen, will sie aber Niemand gesehen haben.«

»Ihr habt nicht ordentlich nachgefragt.«

»Gewiß, Fräulein – aber es wurde so spät – die Leute schliefen schon alle. Morgen mit Tagesanbruch bin ich wieder in der Stadt und – bringe Ihnen gewiß gute Nachricht.«

»Es ist gut; leg' Dich nieder – Du wirst auch müde sein.«

»Ach, gar nicht, bestes Fräulein, wenn ich nur…«

»Leg' Dich nieder, Karl, und sei morgen früh wieder auf.«

»Ehe es nur grau im Osten wird, bin ich in der Stadt unten.«

Es mochte etwa zehn Uhr am nächsten Morgen sein, als ein einzelner Reiter am Gartenthor hielt, sein Pferd dort befestigte und an das Thor pochen wollte; aber er sah, daß dieses nur angelehnt sei, und betrat den Garten. Es war Können, und sein erster Blick flog nach dem Mandelbaum hinüber, an dem er gestern Elisen getroffen. Der Cithertisch stand noch dort mit der Cither, wo sie vergessen und dem Nachtthau ausgesetzt gewesen war – ein kleines Halstuch, das Elise getragen und abgenommen, als es ihr zu warm wurde, lag daneben auf dem Tisch.

Können seufzte tief auf; die Brust war ihm so beklommen, er konnte kaum athmen; aber er faßte sich gewaltsam, und schritt auf das Haus zu. Unten traf er das Mädchen, das in der Küche neben dem Heerde saß und roth geweinte Augen hatte.

»Ist Ihr Fräulein zu Hause?« fragte er leise.

»Ja – drin im Zimmer,« sagte die Magd, scheu zu dem Fremden aufsehend, denn das war ja Einer von Denen, die gestern dagewesen, wonach das Unglück über ihr Haus hereingekommen.

»Kann ich sie sprechen?«

»Ich weiß nicht – sie wird wohl Niemand sprechen wollen – das arme Kind – ach, bei uns geht's zu!«

»Sind die Eltern bei ihr?«

»Der alte Herr ist in seinem Zimmer und schreibt,« antwortete das Mädchen, sich die Augen abtrocknend – »er hat die ganze Nacht geschrieben und ist in kein Bett gekommen – und die Frau ist fort — kein Mensch weiß wohin, und sie suchen sie schon seit gestern Abend vergeblich überall. Sie haben 'was Schönes angerichtet, und Gott im Himmel verzeih' Ihnen die Sünde!«

»Ich muß das Fräulein sprechen — gehen Sie hinein — sagen Sie ihr, daß ein Freund da sei, der ihr Trost brächte.«

»Den könnte sie brauchen,« seufzte das arme Mädchen, und erhob sich von der Küchenbank, als die Thür des Zimmers aufging und Elise auf der Schwelle stand. Sie sah todtenbleich aus, war aber vollkommen ruhig und sagte leise: »Kommen Sie herein, Herr Könnern, ich habe Ihre Stimme gehört — ich muß mit Ihnen reden.«

»Elise, meine arme, arme Elise!« rief Könnern, als er das Zimmer betreten hatte und ihre Hand ergriff — »welch ein kalter Reif ist auf Dein junges Leben gefallen!«

Elise barg ihr Antlitz in den Händen und stand eine Weile schweigend vor ihm. Er legte seinen Arm um sie und zog sie an sich — sie duldete es; endlich richtete sie sich wieder empor, machte sich von ihm frei und flüsterte:

»Ich danke Ihnen, Herr Könnern, daß Sie mich noch einmal aufgesucht haben — der Gedanke wäre mir schrecklich gewesen, auch Sie in jener furchtbaren Stunde so verloren zu haben. Jetzt ist Alles gut, jetzt kann ich ruhig mit Ihnen sprechen — ruhig von Ihnen Abschied nehmen…«

»Elise,« bat Könnern, und wollte wieder ihre Hand ergreifen, die sie ihm aber entzog.

»Lassen Sie mich ausreden,« bat sie — »meine Gedanken sind ohnedies verwirrt, mein Kopf ist mir wüst und leer — so lassen Sie uns denn wenigstens diese schwere Stunde abkürzen — es könnte sonst meine Kräfte übersteigen.«

»Mein armes, armes Kind!« flüsterte Könnern.

»Sie wissen Alles, wie ich voraussetzen darf, nicht wahr?« fuhr Elise fort, und sah scheu zu ihm auf.

»Alles,« hauchte Könnern — »Herr von Schwartzau hat mir gestern Abend Alles erzählt, denn ich m u ß t e es wissen, wenn ich rathen und helfen soll.«

»Gott sei Dank,« seufzte Elise, »dann wird mir das wenigstens erspart! Ich hatte mich davor gefürchtet.«

»Und hat Dein Vater, Elise…«

»Er hat mir sein ganzes Herz ausgeschüttet,« sagte die Tochter — »seine ganze, furchtbare Schuld bekannt und — mich noch viel Furchtbareres ahnen lassen, was ihn dazu getrieben« — setzte sie leise und scheu hinzu. »Das Unglück ist aber so plötzlich über uns hereingebrochen, daß es mir selber manchmal noch wie ein böser, furchtbarer Traum vorkommt, aus dem ich endlich erwachen müsse, weil es ja gar nicht möglich sein könne, daß er wahr — daß er wirklich sei. Und doch ist er wahr und wirklich; — ich wache — ich lebe bei vollem Bewußtsein, und darf mir das Entsetzlichste — meine Mutter — noch nicht einmal denken, wenn ich die armen, gequälten Sinne zusammenhalten will. — Doch jetzt fort mit Allem, was mich stören oder hindern könnte — d e r Schmerz ist m e i n — und ich will ihn allein tragen.«

»Und verschmähst Du die Hand, die sich ausstreckt, Dir tragen zu helfen?«

»Lassen Sie mich ausreden,« bat Elise, »denn der Weg, den ich mir vorgezeichnet habe, liegt so klar und offen vor mir, daß kein Irren davon möglich ist. — Ich will auch nicht den Vater — die Eltern entschuldigen — das Furchtbare ist geschehen, und die Folgen brechen herein. Nichts bleibt uns jetzt übrig, als gut zu machen was noch möglich ist — und das soll geschehen. Mein Vater hat die ganze Nacht damit zugebracht, seine Papiere zu ordnen — ich habe ihn heute Morgen gesprochen — bis heute Nachmittag wird er mit Allem fertig sein, und läßt bis dahin Ihren Freund bitten, sich zu ihm her zu bemühen.«

Könnern schwieg und nickte nur leise mit dem Kopf.

»Er wird ihm,« fuhr Elise fort, und Könnern sah, welche Gewalt sie sich anthun mußte, ruhig zu bleiben — »Alles übergeben was wir haben — Alles,« setzte sie rasch hinzu, »selbst das Letzte, und morgen — verlassen wir dann die Colonie.«

»Elise, das geht nicht — das geht bei Gott nicht!« rief Könnern erschreckt.

»Es geht nicht?« rief das junge Mädchen, und ihre ganze Gestalt zitterte, ihre Glieder bebten, die Lippen halb geöffnet, mit stieren Blicken streckte sie die Arme nach Könnern aus und bat mit vor innerer Angst fast erstickter Stimme: »Und soll auch noch das Furchtbarste über uns hereinbrechen? Soll der arme, alte Mann, dessen Leben schon durch seine Gewissensbisse zerstört und vergiftet wurde, auch noch in den Kerker müssen? Soll ich den Vater hinter Eisenstäben sterben sehen, während die Mutter…« Sie konnte nicht mehr, der schwache Körper hatte das Ü-bermenschliche ertragen, und sie wäre zu Boden gesunken, hätte sie nicht Könnern in seinem Arm aufgefangen.

»Elise,« flehte der junge Mann in Todesangst, »woher diese schrecklichen Gedanken — quäle Dich nicht unnöthig mit einer leeren Furcht! Dein Vater kann f r e i hinziehen, wohin er will — Günther von Schwartzau ist ein Ehrenmann und mein treuer Freund, und was in s e i n e n Kräften steht, Dein hartes Geschick zu mildern, wird er mit Freuden schon meinetwegen thun.«

»O, Dank — tausend, tausend Dank für diesen Trost!« schluchzte Elise, ergriff Könnern's Hand und preßte sie an ihre Lippen, ehe er es verhindern konnte — »dann ist Alles gut — Alles gut — und mit der Angst von sich genommen, die seine Tage vergiftet hat, kann er, wird er ein neues Leben beginnen. Ich bin ja auch jung und kräftig,« fuhr sie lebhafter fort — »ich will und kann arbeiten, und Gott wird uns nicht verlassen, wenn er die wahre Reue des Schuldigen sieht.«

»Elise,« rief Könnern, der sich nicht länger halten konnte — »Du zerreißest mir das Herz mit solchen Reden — »bin ich Dir gar Nichts mehr? Sind die lieben Worte, welche Du gestern zu mir gesprochen, schon verhallt und todt? Elise, ich entbinde Dich nicht des Wortes, das Du mir gegeben — w a s auch geschehen, was verschuldet ist, nicht Du — nicht ich trage die Schuld davon, und wir dürfen deshalb nicht darunter leiden. Du bist mein —

mein für immer, und auf Händen will ich Dich tragen mein ganzes Leben lang!«

Er hatte noch seinen Arm um sie geschlungen, und preßte sie fest und leidenschaftlich an sich, und Elise duldete die Umarmung und lehnte ihr Haupt müde an seine Brust. Dann machte sie sich leise von ihm los und sagte, indem sie ihn mit einem rührenden Blick voll Liebe und Dankbarkeit ansah:

»So — jetzt ist mir wohl — ich habe e in mal an diesem treuen Herzen geruht, und die Erinnerung dieses Augenblicks wird mir ein Trost mein ganzes, langes Leben sein — und jetzt, Bernard, laß uns scheiden.«

»Elise…«

»Rede mir nicht zu,« sagte das Mädchen, indem jetzt wieder Leichenblässe ihre Züge entfärbte — »mein Entschluß steht fest — unerschüttert fest — ich kann und darf Dir nicht angehören — ich kann und will das Opfer nicht von Dir annehmen, Dich an das Leben eines Verbrechers zu ketten. Aber das Kind gehört zum Vater, und wie mich Gott geschützt, daß ich den Augenblick überstanden, in dem ich Dir das gesagt — wird er mich auch weiter schützen auf meiner langen, dornenvollen Bahn. Ja, Bernard,« fuhr sie wie verklärt fort, als er stumm vor Schmerz vor ihr stand — »ich habe Dich geliebt mit meiner ganzen Seele — mit jedem Athemzug, den ich gethan, mit jedem Schlage meines armen Herzens — ich liebe Dich noch und werde Dich immer lieben, aber — ich darf nicht Dein sein — darf nicht — kann es nicht. Leb' wohl! Möge Dir Gott den Frieden geben, welchen Dein reines Herz verdient — mögen Dich dereinst wieder süße Bande fesseln, die nicht von Schuld und Sünde getrübt sind; m e i n Segen begleite Dich auf allen Deinen Wegen, denn Du hast mir mehr gegeben, als die ganze Welt — e i n e n glücklichen Augenblick an Deinem Herzen. Und nun leb' wohl, Bernard — leb' ewig wohl — Gott schütze Dich!« Und ihr Antlitz zu ihm hebend, bot sie ihm selber den Abschiedskuß — aber ihre Lippen waren kalt und bleich, und wie sie sich von ihm wandte und die Thür ihres Zimmers hinter sich schloß, war es, als ob ein Geist aus einer andern Welt zu ihm gesprochen und vor seinen Augen in Duft und Nebel zerstoben sei.

12.

Verschiedene Interessen.

In dem Zimmer der Frau Gräfin stand Helene am Fenster, sah hinaus und trommelte dabei ungeduldig mit den Fingern an der Fensterscheibe.

Die Gräfin hatte noch nicht Toilette gemacht — sie saß in ihrem Lehnstuhl, ein Buch in der Hand, ohne jedoch darin zu lesen, den rechten Fuß, von welchem der Pantoffel heruntergefallen war, über den linken geschlagen, in einem weißen, nicht frisch gewaschenen Morgengewand, auch die Haare noch nicht in Ordnung und außerdem nicht in der besten Laune.

Helene selber dagegen sah aus, wie der frische, junge Morgen da draußen vor den Fenstern. Die Wangen geröthet von einem Frühritt, den sie schon gemacht, ein paar duftende Orangenblüthen und eine Rose im Haar stand sie da, und selbst in den Augen, wie der funkelnde Thau da draußen noch auf den Blüthen lag, ein paar blitzende Tropfen, die aber mehr der Unmuth als der Schmerz ausgepreßt haben mußte und die sie zu stolz war wegzuwischen, damit die Mutter die Bewegung nicht etwa sah.

»Laß nur um Gottes willen das schreckliche Fenstertrommeln,« sagte die Mutter endlich — »Du machst mich noch ganz nervös, und — schicke mir dann die Dorothea herein, denn ich m u ß mich jetzt anziehen — es ist wahrhaftig schon zehn Uhr vorbei.«

Helene hörte allerdings mit ihrem Marsch auf der Fensterscheibe auf, aber sie rührte sich nicht von der Stelle und sagte endlich erregt:

»Du treibst mich noch zu einem verzweifelten Schritte, Mama, mit Deiner gränzenlosen Ruhe und Gleichgültigkeit.«

»Gleichgültigkeit?« fragte die Gräfin zurück — »Du nennst das Gleichgültigkeit, was vorsichtige Überlegung und Berechnung ist — und was k a n n s t Du überhaupt dagegen einzuwenden haben? Pulteleben ist ein anständiger, hübscher, junger Mensch aus guter und wohlhabender Familie er liebt Dich leidenschaftlich und ist in seinen Forderungen auch nicht unbescheiden. Er will ja gar nicht, daß die Hochzeit g l e i c h sein soll — er will nur die feste Zusicherung Deiner Hand — nur eine vorläufige Verlobung, weiter Nichts, und — lieber Gott — nachher könnt Ihr ja noch immer thun, was Ihr wollt. Es ist schon manche Verlobung rückgängig geworden, ohne daß beide Theile darüber gestorben sind.«

Helene drehte sich rasch und scharf nach der Mutter um.

»Und wenn ich mich weigere?« sagte sie, und der Blick, mit dem sie die Mutter dabei ansah, zeigte viel mehr Trotz als Liebe.

»Es ist ganz vernünftig,« sagte die Gräfin ruhig, ohne jedoch zu ihr aufzusehen, »daß wir die Sache von beiden Seiten betrachten; wir wissen dann Beide gleich besser, woran wir sind. Wenn Du Dich also weigerst, wird Herr von Pulteleben augenblicklich ausziehen und das Geschäft aufgeben — das versteht sich von selbst. So wie e r aber aus dem Hause ist, kannst Du auch versichert sein, daß unsere Gläubiger wie ein Rabenschwarm über uns herfallen, und das Resultat ist dann sehr einfach: wir müssen ausziehen — wohin? wirst Du vielleicht angeben können — unsere Möbel und Sachen werden öffentlich verauctionirt und Deine Mutter verläßt mit ihren Kindern in Schande und Spott einen Platz, in dem sie bis jetzt wenigstens eine achtbare Stellung gehalten. Hab' ich Recht oder nicht?«

»O wärest Du mir nur gefolgt!« rief Helene leidenschaftlich — »hätten wir uns nur eingeschränkt wie ich Dich bat und wieder bat, und mit dem Wenigen, was wir hatten, Haus gehalten, es wäre nie und nimmer so weit gekommen!«

»Liebes Kind, das verstehst Du nicht,« sagte die Gräfin ungeduldig mit dem Kopf schüttelnd, — »wir mußten standesgemäß leben, oder die Leute hätten den Augenblick gemerkt, daß wir — mit unserem Einkommen beschränkt sind. Es giebt gar kein mißtrauischeres Volk als diese Bauern.«

»Aber k a n n es denn auf die Länge der Zeit verheimlicht bleiben?«

»Zeit gewonnen. Alles gewonnen,« ist ein altes, gutes Sprüchwort, und wir h a b e n Alles gewonnen, wenn Du nur, Deiner Mutter zu Liebe, nachgiebst und nicht mit dem alten Starrkopf Recht behalten willst.«

»Aber ich liebe den Mann nicht!« rief Helene, ihre Augenbrauen zogen sich dabei fest zusammen und ihre kleine Hand ballte sich.

»Liebe — Liebe,« sagte die Frau Gräfin, sich hin und her wiegend — »in unserem Stand wird selten eine Heirath aus L i e b e geschlossen. H a s t Du eine andere Wahl, so nenne sie — hast Du sie nicht, so sei vernünftig.«

»Warum läßt Du mich nicht Stunden geben?« fragte Helene rasch — »ich habe Dich so oft darum gebeten.«

»Damit könntest Du Dich s e l b e r am Leben erhalten, und was wird dann aus m i r , was aus Oskar? Aber thu' es — thu' es nur — was kümmerst Du Dich um Deine Mutter; die mag dann untergehen und verkümmern, wie sie will — es ist ja nur die M u t t e r !«

Helene hatte sich auf den Stuhl an's Fenster gesetzt, stützte den Kopf auf ihre linke Hand und sah, von ihren Gedanken gequält, hinaus in's Leere. Endlich stand sie auf, ein schwerer Seufzer hob ihre Brust, und sie sagte leise:

»Thu', was Du willst, Mutter — d e n Vorwurf sollst Du mir wenigstens nicht machen können.«

»Und morgen Abend haben wir die Gesellschaft?« fragte die Gräfin, und ein triumphirendes Lächeln zuckte über ihre Züge.

»Richte es ein wie Du willst,« wehrte Helene ab — »ich sage Dir ja, ich füge mich Allem, aber — quäle mich nicht weiter!« und mit raschen Schritten verließ sie das Zimmer, um ihre eigene Stube aufzusuchen. —

Herr von Pulteleben saß oben, eine Treppe höher, noch in seinem Morgenanzuge vor dem geöffneten Koffer und überzählte seinen Cassenbestand.

»Das weiß doch der Henker,« murmelte er dabei vor sich hin — »ob ich mich um fünfzig Milreis verzählt habe, oder wo sie hingekommen sind — die Frau Gräfin hat doch den Schlüssel gehabt und das Schloß war unbeschädigt — na ja, das fehlte auch noch, daß das Geld auf d i e Weise weggeht, es wird s o dünn genug, und wenn die versprochenen Wechsel jetzt nicht bald eintreffen, so sitzen wir hier Alle mit einander auf dem Trocknen. Verfluchte Geschichte mit der Cigarrenfabrik — ganz verfluchte Geschichte, und ich will nur wünschen, daß die Leute bald anfangen sich um unsere Producte zu reißen, sonst steh' ich für Nichts.«

Er stützte seinen Ellbogen auf's Knie und schaute lange in tiefen Gedanken in den Koffer hinein. Endlich sagte er, diesen zuschließend und wieder aufstehend:

»Aber was thut's — Thorheit! — ich habe noch die alte Ängstlichkeit von Europa mitgebracht, welche sich erst hier in Brasilien verlieren muß. Eine kleine Weile hält's noch aus — bis dahin kommen ebenfalls Gelder ein, und da meine gnädige Schwiegermutter *in spe* ihr Capital für das Rittergut mit dem nächsten fälligen Dampfer schon erwartet, so wär' ich ja ein wahrer Thor, wenn ich mir ganz unnöthiger Weise Sorgen machen wollte. Glück muß ein junger Mensch haben, und der Zufall — oder vielmehr dieser verzweifelte Jeremias, der mir heute Morgen meine Kleider n o c h nicht rein gemacht hat — scheint mich in dieser Familie dem Glück mitten in den Schooß geworfen zu haben; daß ich das aber beim Schopf ergreife, versteht sich von selber.«

»Der Jeremias ist aber wirklich ein Lump,« fuhr er in seinem Selbstgespräche fort, indem er seinen Rock hernahm und ihn selber ausbürstete — »nicht der geringste Verlaß mehr auf den Menschen, und wenn ich ihm nicht wirklich so viel Dank schuldig wäre, ich jagte ihn heutigen Tages zum Teufel!«

Draußen an seiner Thür klopfte es an.

»Wer ist da?«

»Ich bin's,« sagte die Dorothea — »ich bringe das zerrissene Zeug wieder — der Schneider ist die Nacht nicht nach Haus gekommen — er ist auf einen Ball über Land — soll ich's zu einem Andern tragen?«

»Aber das versteht sich doch von selbst!« rief Herr von Pulteleben ärgerlich — »so gescheidt hätten Sie doch gleich sein können.«

»Na, dann mag's auch unten liegen bleiben, bis der Jeremias kommt,« brummte die Alte leise vor sich hin, indem sie die Treppe wieder hinunter stieg — »ich hätte Zeit, den ganzen Morgen in der Stadt herum zu laufen!«

»Schöne Wirthschaft das bei den Handwerkern,« dachte indessen Herr von Pulteleben, indem er seinen Rock anzog und dann in die noch ungewichsten Stiefel fuhr — »muß ihnen doch hier verwünscht gut gehen, daß sie so übermüthig werden — die Nacht auf einem Ball über Land — es wird wahrhaftig alle Tage besser! —«

Es war Abend geworden — die Sonne neigte sich schon den westlichen Gebirgen zu, und in seinem Zimmer, in Bohlos' Hotel, ging Könnern bereits Stunden lang mit untergeschlagenen Armen auf und ab, jedesmal an's Fenster springend, wenn der Huf eines Pferdes auf der harten Straße hörbar wurde. — Und Günther kam noch immer nicht, trotzdem, daß er seit zehn Uhr Morgens fort war, und oft schon hatte der junge Mann selber in den Hof gewollt, um sein eigenes Pferd zu satteln und ihm entgegen zu reiten, jedoch immer wieder seine Ungeduld bezähmt. Jetzt litt es ihn nicht länger mehr; er griff seinen Hut auf und wollte eben fort, als die Thür aufging und der längst Ersehnte eintrat.

»Endlich, endlich!« rief Könnern ihm entgegen — »wo sind Sie nur so lange geblieben — und ich habe nicht einmal Ihr Pferd gehört?«

»Ich bin zu Fuß gekommen.«

»Zu Fuß? Und ist Alles geordnet?«

»Das war ein böser Nachmittag, Freund,« seufzte Günther, seinen Hut auf den Tisch werfend — »und wär' es nicht Ihnen zu Liebe gewesen, ich hätte mich dem im Leben nicht unterzogen. Aber welchem Fremden hätten wir es anvertrauen können, ohne den Klatsch augenblicklich durch die ganze Colonie getragen zu haben. Nun — jetzt ist es Gott sei Dank überstanden und Sellbachs — oder Meiers, wenn Sie wollen — sind abgereist.«

»Abgereist?« rief Könnern, erschreckt seinen Arm fassend.

»Fort!« sagte Günther ruhig — »und — es war das Beste, was sie thun konnten. Wir bekamen heute außerdem die Ge- wißheit, daß sich die unglückliche Frau noch in der nämlichen Nacht in den Strom gestürzt, und ihrem Leben dadurch auf ge- waltsame Weise ein Ende gemacht hat; die Leiche wird natürlich nie gefunden werden, denn die zahlreichen Alligatoren darin machen das hoffnungslos.«

»Und Elise?« sagte Könnern leise und scheu.

»Nahm die Nachricht viel ruhiger auf, als ich erwartet hatte,« fuhr Günther fort — »Sie haben Recht, Könnern, das Mädchen ist ein Engel und jeder ihrer Gedanken nur eine Sorge um den Vater. Mit einer fast unheimlichen Gewalt bezwang sie dabei ihren Schmerz, und obgleich ich ihr erklärte, daß ich selber nicht den geringsten Auftrag, und für mich selber keineswegs die Absicht habe, gegen ihren Vater des Geschehenen wegen vorzugehen — daß er selber, wenn er wolle, ein Abkommen mit seinen Gläubigern in Deutschland treffen möge, ja, daß ich ihm, wenn er dies wünsche, mit Freuden die Hand zu einer Vermittlung bieten würde, wies sie Alles ruhig aber fest zurück. Sie behauptete dabei, daß sie im bestimmten Auftrage ihres Vaters handle, der seine Schuld allerdings nicht mehr ungeschehen machen könne, wie er aber die That bereue, so auch Alles thun wolle, was jetzt noch in seinen Kräften stehe, den erlittenen Verlust zu ersetzen. Er könne freilich Nichts weiter thun, als Alles hergeben was er habe, und sie bäte mich daher, nicht allein Haus und Grundstück mit Allem was es enthielt, sondern auch noch eine sehr bedeutende Summe von Werthpapieren zu übernehmen, welche sie mir einhändigte. Das Einzige, was sie bat mitnehmen zu dürfen, sei das Nothwendigste für sich und den Vater an Wäsche.

»Ich versuchte Alles, sie zu überreden, sich nicht von allen Mitteln zu entblößen – ich stellte ihr vor, daß, wenn ich als Stellvertreter der Gläubiger hier handeln solle, um ihr Vermögen zu übernehmen, ich auch das Recht haben müsse, zurückzuweisen, was ich für überflüssig halte – umsonst! Sie sei jung und kräftig, erwiederte sie mir, und könne und wolle arbeiten, und kein Milreis, auf dem ein Fluch hafte, solle in ihrem Besitze bleiben, um ein neues Leben damit zu beginnen. Das Einzige, was ich sie endlich anzunehmen vermochte – und das auch nur nach stundenlanger Überredung und ihres Vaters wegen, der einen langen Marsch nicht ausgehalten hätte – war mein eigenes Pferd – und vor zwei Stunden etwa, der alte Mann im Sattel mit dem kleinen Bündel Gepäck hinter sich, die Jungfrau zu Fuß an seiner Seite – so zogen die Unglücklichen in den Wald hinein.«

Könnern der, bleich wie ein Todter, die Augen von Thränen gefüllt, dem einfachen Bericht gelauscht, sank jetzt auf einen Stuhl, barg sein Gesicht in den Händen und saß lange stumm und regungslos. – »Und darf ich sie ziehen, darf ich sie ihrem Schicksale s o überlassen?« stöhnte er endlich – »es kann – es kann nicht sein!«

»Wie ich das Mädchen heute habe kennen lernen,« sagte Günther ernst, »so würden Sie ihr durch ein Nachfolgen nur noch einmal die Schmerzen des Abschiedes bereiten – weiter Nichts – und das arme Kind hat Leid und Schmerzen genug gehabt. Sein Sie nicht grausam; Anderes würden Sie nicht damit bezwecken.«

»Und ohne Mittel – ohne das Nöthigste, sich am Leben zu erhalten, auf fremde Menschen – auf ihrer eigenen zarten Hände Arbeit angewiesen – Hände, die nie gewohnt waren, eine schwere Arbeit zu verrichten, mit einem Körper, der solchen ungewohnten Anstrengungen erliegen muß, selbst wenn ihr Geist das Furchtbare erträgt – Günther, Günther, der Gedanke allein kann mich zur Verzweiflung treiben! Und wenn sie nun krank, nun selber hülfsbedürftig wird, wer soll ihr beistehen, wo der alte Mann ja selber Hülfe und Pflege für sich gebraucht?«

»Das Einzige was wir thun können,« sagte Günther, »ist, unter der Hand nachzuforschen. Ein so auffälliges Paar kann in unseren Colonien nicht spurlos verschwinden; man wird immer in der Nähe Nachricht von ihnen bekommen können, und sollte dann Hülfe nöthig sein, so läßt sie sich vielleicht indirect und ohne daß Elise Etwas davon weiß, vermitteln. Nahen dürfen Sie ihr aber jetzt nicht, wenn Sie nicht Alles verderben wollen, das ist meine feste Überzeugung. — Aber gönnen Sie mir eine Stunde Zeit; ich muß diese Papiere ordnen und gleich nach Hause berichten, denn übermorgen früh bin ich gezwungen, meine Arbeiten wieder zu beginnen und zu beenden. Morgen werde ich deshalb die Auction der Sellbachschen Sachen halten, und dafür ist es nöthig, gleich noch ein paar Anzeigen für die Gasthäuser und öffentlichen Plätze zu schreiben. Der Jeremias, dem ich eben begegnet bin, wird dann die weitere Verbreitung noch heute Abend übernehmen. In einem solchen Neste, wie dies, ist ein derartiges Ereigniß gleich allgemein bekannt, und wir haben das unglückselige Geschäft dann abgemacht, ehe das Publicum nur Zeit gehabt hat, sich seine Vermuthungen mitzutheilen — es muß Alles Schlag auf Schlag folgen. Die Eincassirung der in der Auction gelösten Gelder werde ich dann hier dem Kaufmann Rohrland übertragen. Apropos,« setzte er hinzu, als er eine Anzahl Papiere aus seiner Tasche nahm und ein paar ziemlich umfangreiche Karten auf den Tisch warf — »da hat mir der Jeremias auch ein paar Einladungen auf morgen Abend zu der Frau Gräfin mitgebracht. Sie giebt, glaub' ich, eine Art Soirée, oder etwas Derartiges. Es ist auch eine für Sie dabei.«

»Für mich? Ich kenne die Frau Gräfin gar nicht,« sagte Könnern gleichgültig.

»Ich auch nicht,« lachte Günther; »die Einladung ist wahrscheinlich eine Art von Erkenntlichkeit für den Dienst, den wir ihrer Tochter vorgestern Abend geleistet haben. Wie doch oft kleine, unbedeutende Ursachen so furchtbare Wirkungen haben — dachten wir damals daran, daß das durchgehende Pferd in zweimal vierundzwanzig Stunden ein Menschenleben kosten und eine Familie von Haus und Hof treiben könnte?«

»Kann ich Ihnen bei Ihren Papieren helfen?«

»Nein; aber wenn Sie mir einen Gefallen thun wollten, so könnten Sie sich einmal nach meinem neugefundenen Freund und neuen Kameraden, dem jungen Grafen Rottack umsehen. Er ist wahrscheinlich hier im Hause, und ich habe mit ihm zu reden. Für ihn ist übrigens auch eine Einladung gekommen; da sie aber seinen Namen nicht wußten, steht er mit auf meiner Karte.« —

Die Sonne ging unter, und die Straße von Zuhbel's Chagra herein kam unser alter Bekannter Köhler und hielt an des Schneiders Justus' Haus. Es war finster in der Arbeitsstube Kernbeutel's; aber der junge Mann ritt dicht an das Fenster und klopfte mit der Hand an eine der Scheiben. Niemand antwortete, und er klopfte stärker. Endlich ging in der Stube eine Thür auf und die Frau kam herein.

»Na,« sagte sie, »was giebt's? Wer klopft da?«

»Ist der Justus zu Hause?«

»Der Liedrian!« keifte die Frau; »wer weiß; wo der die Nacht trunken gelegen hat und jetzt seinen Rausch ausschläft. O, Du mein Herrgott, wie oft habe ich die Stunde schon verschworen, wo ich das nichtsnutzige Mannsbild zum ersten Mal mit Augen gesehen habe — aber ich mag die Wirthschaft auch nicht länger mit ansehen und gehe aus dem Hause!«

»Was, der ist noch nicht von seinem Ball zurück?« rief Köhler ärgerlich. »Da ist mein Rock auch n o c h nicht fertig, und er hat sich verschworen, daß ich ihn heute Morgen haben sollte.«

»Wer hätt' ihn sollen fertig machen — ich?« knurrte die Frau — »weiter fehlte auch Nichts mehr; die Schinderei hab' ich so schon allein, soll ich auch noch die Arbeit für den Lumpen thun?«

»Ist er denn bei Zuhbels oben?«

»Ja, was weiß ich, wo er sich herumtreibt!« sagte die Frau und schlug ärgerlich die Thür wieder hinter sich zu.

»Schöne Wirthschaft, das,« brummte Köhler vor sich hin, als er sein Pferd wieder zurück auf die Straße und heimwärts lenkte; »aber soll mich Dieser und Jener holen, wenn ich bei dem liederlichen Halunken auch je wieder ein Stück arbeiten lasse!« –

In dem kleinen Käfterchen, das Bux in Buttlich's Hause mit seiner Familie bezogen, saß die Familie Bux beim Abendbrod. Die Frau hatte das jüngste Kind, das wieder recht unruhig war, an der Brust und saß auf einer kleinen Kiste neben der Holzlade, die zum Tisch dienen mußte, während an dem andern Ende Bux selber rittlings Platz genommen. Rechts und links von ihm kauerten die beiden älteren Kinder, und ein Stück gekochtes Rindfleisch mit schwarzen Bohnen, wie außerdem eine Flasche Schnaps, der Bux schon ziemlich lebhaft zugesprochen, standen in der Mitte.

»So freßt Euch heute einmal satt!« lud Bux die Familie ein; »wer weiß, wann's wieder Fleisch in den Topf giebt. Und Du, bring einmal den Balg zum Schweigen, oder ich werf' es, Gott straf' mich, vor die Thür hinaus – und Dich mit!«

Bux hatte nicht seinen *beau jour*; er sah wüst und wild um die Augen aus, deren eines roth unterlaufen war, wie nach einer Schlägerei. Auch ein paar Schrammen trug er in dem ungewaschenen Gesicht, und um die linke Hand einen schmutzigen Lappen gebunden. Der häufig genossene Branntwein war ihm dazu schon etwas in den Kopf gestiegen, und immer wieder auf's Neue hob er die Flasche an die Lippen.

»Ach Du lieber Gott!« stöhnte die Frau, indem sie von ihrem langersehnten Mahl aufstand und das Kind in der Stube herumtrug – denn es wollte die Brust nicht mehr nehmen, die ihm ja doch keine Nahrung bot – »ich wollte, Du würfst uns Beide nur hinaus und gleich in's Wasser, da wärst Du uns mit Einem Mal los, und uns – wär's auch wohl da unten!«

»Halt's Maul und mach' mir den Kopf nicht wild,« schrie der Mann – »heute wollen wir lustig sein, und ich will die Heulerei nicht haben! Hast Du mich verstanden?«

Die Frau schwieg und suchte das Kind zu beschwichtigen, das jetzt, so lange es auf und ab getragen und geschüttelt wurde, auch ruhiger war, und der Mann fuhr, seine Gabel vor sich hin auf die Lade werfend, mit zusammengebissenen Zähnen fort:

»Gott verdamm' mich, nicht einmal das Bißchen Fressen kann man in Ruhe verzehren, mit so einer himmelhundischen Last am Bein! Macht mir den Kopf nicht warm, das sag' ich Euch, denn ich bin heute gerade guter Laune und will mir den Abend nicht verderben lassen!« — Und dabei sprach er wieder fest der Flasche zu. Dann aber schnitt er das Fleisch in kleine Stücke und schob es den Kindern hin, die scheu und stumm darüber herfielen, denn der Vater saß ihnen zu nahe, als daß sie hätten wagen dürfen ein Wort einzuwerfen. Auch die Frau kam endlich wieder herzu, denn das Kind war ihr im Arm eingeschlafen, und sie legte es leise auf die im Winkel zusammengeschobenen Lumpen, die ihm zum Bettchen dienten.

»Da, trink' einmal,« sagte der Mann endlich und schob ihr, als die Mahlzeit schon fast beendet war, die Flasche hin.

»Ich kann nicht,« lehnte die Frau ab — »der Schnaps ist mir zu scharf — er brennt mir den Hals entzwei und — möchte auch dem Kinde schaden.«

»Kinde schaden,« brummte der Mann unwirsch — »so laß es bleiben — soll Dir's auch wohl noch eingießen, die Gottesgabe« — und er hob die Flasche an den Mund und leerte den noch darin befindlichen Rest auf Einen Zug.

Die Frau sah ihm ängstlich zu, sagte aber kein Wort; sie wußte recht gut, daß sie ihn in diesem halbtrunkenen Zustande nicht reizen durfte, und Bux schien wirklich heute Abend guter Laune, denn er schob die Flasche zurück, nahm seinen Pfeifenstummel aus der Tasche, stopfte sich denselben und legte sich dann, den blauen Dampf in das Dunkel hineinqualmend, in die Ecke auf sein Lager.

»Ist der Junge beim Justus drüben gewesen und hat ihn eingeladen, uns zu besuchen?« fragte er endlich; »hätt's beinahe ganz vergessen, und von dem Lumpengesindel sagt Einem auch keines Antwort, wenn man einmal 'was bestellt.«

»Ich war drüben, Vater,« sagte der Knabe, »aber der Mann war noch nicht nach Haus gekommen; wenn er käme, wollt's ihm die Frau bestellen.«

»So? — hm — hahaha,« lachte Bux vor sich hin — »liederlicher Strick, wo der sich wieder einmal herumtreibt! — Sonst war Niemand da, der nach mir gefragt hätte, wie ich da vorhin lag und schlief?«

»Niemand als der Fleischer, der sein Geld haben wollte,« sagte die Frau.

»Soll zum Teufel gehen!« brummte der Mann und qualmte immer stärker.

Dann war Alles ruhig. Die Frau räumte die Lade ab und stellte das Geschirr in einen Winkel, um morgen mit Tagesanbruch wieder aufzustehen und es auszuwaschen. Sie hätte den Mann gern gefragt, ob er heute Morgen, als er aus war, irgend eine Beschäftigung oder Aussicht auf Erwerb gefunden, denn vorgestern schon war das letzte Stück Geld ausgegeben gewesen, und jetzt schien er doch wieder Etwas bekommen zu haben; aber sie wagte es nicht. Das Kind schlief gerade, und wenn er böse wurde und auffuhr, konnte er es wieder wecken und sie dann die halbe Nacht mit ihm im Zimmer herumlaufen, wie gestern und vorgestern.

Der Mann war auch ruhig. Das starke Getränk übte seine betäubende Wirkung. Er hatte die Pfeife ausgeraucht und hielt sie noch leer in der Hand, während er schon schwerfällig mit dem Kopfe zu nicken anfing. Ein paar Mal fuhr er wieder in die Höh und sah sich scheu um, dann sank sein Kopf zurück auf das Kissen; er begann zu schnarchen, und die Frau winkte den Kindern, vorsichtig zu Bett zu gehen, löschte das Licht aus und legte sich dann selber neben dem Kleinsten nieder, um dieser Nacht vielleicht ein paar Stunden Schlaf abzuringen.

FUSSNOTEN

1: Die Maniok-Wurzel ist eine der Kartoffel nicht unähnliche Knolle, welche mit Bohnen und Schweinefleisch das Haupt-Nahrungsmittel der Brasilianer bildet. Sie wächst, als Wurzel eines Strauches, aber nicht rund, sondern lang, nur unter der Erde und oft bis zu Armesdicke, mit einer dünnen, braunen Schale, wie die Kartoffel. Sonderbarer Weise ist sie giftig, wenigstens der Saft derselben, und sie muß deshalb zerrieben und ausgepreßt werden, wonach man das dadurch erhaltene grobe Mehl dörrt und zu den Speisen verwendet. Eine ganz ähnliche Wurzel wie die Maniok, und in Strauch und Knolle kaum von ihr zu unterscheiden, ist die besonders in Peru und Ecuador angepflanzte Yuka, welche aber kein Gift enthält und häufig geröstet gegessen wird.

2: Portugiesen und Spanier können nie ein Sp, St oder Sch mit einem Consonanten dahinter am Anfang eines Wortes aussprechen, und setzen jedes Mal ein E vor.

3: Der obige Erlaß ist wörtlich, nur mit Änderung des deutschen Namens, und erst in allerneuester Zeit sind rein protestantische Ehen durch das neue Ehegesetz auch für gültig in Brasilien erklärt worden.

www.ingramcontent.com/pod-product-compliance
Lightning Source LLC
Chambersburg PA
CBHW030610040726
47497CB00008B/2920